4.00

LE MAÎTRE TUEUR

JEAN-FRANÇOIS TREMBLAY

LE MAÎTRE TUEUR

collection **ROMAN** policier

Catalogage avant publication de Bibliothèque et
Archives Canada

    Tremblay, Jean-François, 1963-

    Le Maître tueur

    (Collection ROMAN policier)

    ISBN 2-922086-39-9
    I. Titre.

PS8639.R452M34	2005	C843'.6	C2005-940554-6
PS9639.R452M34	2005		

Illustration de la couverture : *Dan Chrétien*

Photographie de l'auteur : *Jason Ervens*

Dépôt légal
Bibliothèque nationale du Canada
Bibliothèque nationale du Québec
ISBN 2-922086-39-9 2er trimestre de 2005
Tous droits réservés
© 2005 Éditions pour tous
© 2005 Jean-François Tremblay

ÉDITIONS POUR TOUS
L'éditeur de vos rêves
2860, croissant de la Marquise
Brossard (Québec) CANADA
J4Y 1P4 — (450) 676-8770
eptous@videotron.ca — Sans frais : 1-866-676-8770
Diffusion au Québec : Québec-Livres
Europe : Librairie du Québec à Paris

Remerciements

Dire merci est un art qui n'a pas de prix, mais qui n'est pas aussi facile qu'il y paraît. Il faut souligner les efforts de chacun sans oublier quiconque. Donc pour éviter le pire, je dirai merci à tous ceux qui m'ont aidé, chacun à leur façon.

À mon collaborateur de la première heure, M. Pierre Bourgouin, un correcteur dévoué, un ami sans égal qui, par la justesse de ses commentaires, a su m'obliger à me surpasser, merci.

À mes deux autres correcteurs, Mme Diane Pomminville et M. Richard Paquet, merci pour l'excellence de votre travail.

À mon illustrateur, M. Dan Chrétien, merci pour la beauté de la couverture, pour ton acharnement à la recherche de la perfection. Grâce à ton talent de dessinateur et de grand motivateur, tu m'as fait rêver. Tu es le collaborateur que tous souhaitent rencontrer un jour, mais tu es d'abord un ami précieux. Jamais, il n'existera de mots assez forts pour te dire à quel point j'estime tout ce que tu as fait pour ce livre. Donc, tu devras te contenter, d'un merci pour tout.

À mon éditeur, M. Pierre Ozias Gagnon, merci d'avoir participé à la réalisation de ce grand rêve.

À mon épouse, Sylvie, merci pour ta tolérance à mon esprit vagabond, celui-ci a tendance à s'égarer sur des sentiers où je ne sais pas toujours comment t'entraîner avec moi. Merci pour ta compréhension pour ses longues heures passées à rêvasser devant mon clavier, ce qui a permis ceci. Merci de m'avoir choisi pour ton héros sentimental de tous les jours; si je n'avais qu'un seul rôle à jouer dans toute mon existence, je garderais celui-là.

Jean-François Tremblay

Chapitre 1

L'homme surveillait attentivement la devanture du magasin d'armes. L'endroit avait été repéré quelques jours auparavant. Une pluie torrentielle avait fait presser le pas aux passants de ce lundi matin. Tout le monde gardait la tête basse et se hâtait de se mettre à l'abri. Le jour était idéal. Personne ne faisait attention à personne. Un imperméable de plus ou de moins ne ferait pas de différence aujourd'hui.

Le vendeur vint débarrer la porte à neuf heures et cinq comme il le faisait habituellement. Les gens étaient tellement stupides, faciles à prévoir. Leurs habitudes si précises et si ancrées dans leur quotidien que l'on pouvait presque remplacer n'importe qui sans que personne ne s'en aperçoive à condition de reproduire scrupuleusement les mêmes attitudes que lui et d'afficher une vague ressemblance physique.

Il traversa la rue en courant et entra dans la boutique en pestant contre le mauvais temps. Le vendeur acquiesça avec sympathie avant de lui demander ce qui pourrait l'intéresser. L'homme hésita un moment avant de dire sur le ton qui convenait : « Un fusil pour la chasse aux canards. »

Le râtelier était situé au fond du magasin. Juste à côté de celui-ci, deux fils tentaient de se confondre avec la peinture sur le mur. Le vendeur accompagna l'homme jusqu'au râtelier pour le déverrouiller afin de permettre à l'éventuel acheteur de soupeser les différents fusils.

Le client s'arrêta à une bonne distance du présentoir. Il semblait intimidé puis, comme à contrecœur, il s'approcha en avouant qu'il n'y connaissait pas grand-chose. Le vendeur lui sourit.

— Qu'est-ce que vous me conseillez?

Le vendeur considéra un moment le présentoir tout en jouant

avec son trousseau de clefs. C'était le moment qu'attendait l'autre homme. Sa main gauche émergea de sa poche pendant qu'il jetait un bref coup d'œil vers la porte du magasin. Le couteau de cuisine s'enfonça profondément dans la gorge du vendeur qui émit un court gargouillis avant de s'écrouler. Poussé vers la droite, il tomba à l'abri des regards derrière un comptoir.

L'homme coupa d'un coup les deux fils sur le mur; l'alarme ne crierait pas au secours aujourd'hui. Calmement, il alla boucler la porte, replaçant la pancarte indiquant que le magasin était fermé. En revenant, il extirpa un sac de campeur de son imperméable. Muni des clefs, il ouvrit un présentoir et choisit dix armes qu'il plaça dans le sac. Puis, il alla dans l'arrière-boutique chercher des munitions. Celles-ci aboutirent aussi dans le sac.

Il prit ensuite place derrière la caisse enregistreuse où il fit minutieusement l'addition de tout ce qu'il avait pris. C'était peut-être inusité, mais le contrat qu'il avait reçu ne laissait pas de place à l'improvisation. Le tiroir-caisse s'ouvrit lorsqu'il fit le total. L'éternel argent de départ du commerçant y traînait. L'homme se dit que justement il avait envie d'un nouveau walkman, il empocha donc les deux cents dollars.

Avec un linge imbibé d'un acide spécial qui dissolvait le gras animal formant les précieuses empreintes digitales dont était si friande la police, il essuya avec soin les touches de la caisse, la lame du couteau, la poignée de chacun des tiroirs d'armes et fit de même pour la poignée de la porte d'entrée.

Geste inutile en soi, car il n'était pas fiché par la police mais, encore là, le client avait été très précis. Cela devait se faire à sa manière ou il y aurait des vagues.

Toujours sûr de lui, l'homme quitta les lieux et se rendit au plus proche arrêt d'autobus. Consultant sa Rolex, il constata avec plaisir qu'il ne serait pas en retard. Sa prochaine cliente n'aimerait sûrement pas attendre dans le hall d'entrée de son édifice.

Dans le flot de la circulation, un conducteur lui sourit à son insu et continua sa route, tapotant inlassablement du bout des doigts un sac dans lequel il sentait la présence d'une cassette vidéo soigneusement camouflée dans un costume d'aïkido.

Chapitre 2

Un homme vêtu d'un costume de jogging courait le long d'une artère secondaire. Sa ceinture arborait un magnifique nouveau walkman. Ses longs cheveux noirs flottaient librement derrière lui alors qu'il accélérait subitement. La voiture qu'il attendait venait juste de le doubler. Il consulta sa Rolex. « Juste à temps Raymond. » Il accéléra encore, puis obliqua entre deux bâtisses. Il bondit, un bon pied au-dessus de la clôture de séparation, avant de retomber avec grâce de l'autre côté. Là, il fit du surplace dans le parking de la ruelle en attendant que l'autre arrive. « Cette semaine va être magnifique car la météo annonce du soleil pour les prochains jours. De plus, la fille qui m'attend dans l'appartement de Raymond est superbe. Un corps mince à l'éternelle allure d'adolescente. Une poitrine orgueilleuse et de petites fesses fermes et musclées. Sa longue chevelure noire ajoute à son charme. »

La voiture vint se stationner doucement à sa place. L'homme au walkman se remit à courir faisant coïncider son passage à la hauteur de la voiture avec le moment où la portière de celle-ci s'ouvrait. Le joggeur jeta un bref regard aux quelques lumières d'appartements qui éclairaient encore faiblement la ruelle à cette heure tardive, avant de lancer avec désinvolture et un brin de compassion à l'homme qui sortait du véhicule : « Ton pneu est presque à plat, vieux. » Le ton, le naturel de la voix avaient été parfaits. L'autre se pencha immédiatement pour constater les dégâts.

L'homme aux longs cheveux fut sur lui avant qu'il n'ait compris ce qui se passait. Il lui fit heurter violemment la tête contre l'aile de la voiture. Étourdi, il fut rapidement projeté au sol et se rendit compte, seulement quelques précieuses secondes plus tard, qu'on l'étranglait. Il sentit ses oreilles qui bourdonnaient alors que l'autre lui frappait la tête contre le macadam, puis ce fut terminé pour lui. L'autre le fouilla de quelques gestes expéditifs, ouvrit la portière et glissa le corps sur la banquette arrière. Tâtant le pouls de sa victime, il s'assura qu'il était bien mort. Valait mieux être trop prudent. Une seconde plus tard et deux passantes l'auraient surpris dans cette position, mais lorsqu'elles arrivèrent à sa hauteur, il était déjà installé au volant. Il se baissa un instant et attendit qu'elles aient quitté son champ de vision avant de démarrer.

Quelques minutes lui suffirent pour se rendre à destination. L'usine était pareille à toutes les autres, à une exception près : elle était fermée temporairement pour une période d'un mois. Les temps étaient difficiles : réductions de salaires, mises à pied, faillites. « Cela ne risque pas de m'arriver », se dit-il en éclatant de rire. Il gara la voiture juste à côté du conteneur à ordures et éteignit les phares. « On ne risque pas de le retrouver là avant quatre à six semaines, avec un peu de chance. » Les chauffeurs qui ramassent les ordures industrielles sont généralement au courant des périodes de congé de leurs différents clients, ce qui signifiait qu'ils s'épargnaient ainsi des arrêts inutiles quand l'usine était fermée.

Il mit le corps de Raymond dans la benne tout en plaçant son nez dans son cou pour vérifier si celui-ci n'avait pas changé d'eau de Cologne. Les renseignements que lui avait fournis le client étaient d'une exactitude qui défiait l'imagination. Si toutes les exécutions à venir se montraient aussi divertissantes que celle d'aujourd'hui cela promettait d'être fort instructif à plus d'un point de vue.

Il tâtonna un instant dans la benne et en sortit un sac brun qu'il avait placé là quelques heures auparavant. Il ouvrit la bouteille qui était à l'intérieur et s'aspergea de l'eau de Cologne préférée de Raymond. Prenant soin d'essuyer la bouteille avec son éternel tissu imbibé d'acide, il la replaça là où il l'avait prise. Il se pencha ensuite quelques instants sur le corps, l'occasion étant trop belle pour ne pas mettre une de ses théories à l'épreuve. L'expression de la femme lorsqu'elle s'apercevrait de ce qui s'était passé, juste ça, c'était suffisant pour justifier les risques encourus par son scénario.

Prenant son temps, il refit le trajet en sens inverse, se remémorant les ordres qu'il avait reçus. « La victime sera utilisée comme objet sexuel afin de l'avilir au maximum... Durant son utilisation, nous aimerions qu'elle ait le temps de se culpabiliser sur le fait qu'elle puisse ressentir du plaisir avec un étranger. La victime devra être amenée à une totale obéissance avant la fin de votre tâche. Il est primordial d'effectuer la mise en scène suivante... » Il est évident que son client souffrait d'un désordre psychologique important, mais il manquait d'éléments pour l'interpréter. Il gara la voiture à sa place réservée et monta à son nouvel appartement.

Il s'immobilisa devant le numéro douze et écouta longuement le silence à la porte. « Raymond tu fais trop d'heures supplémentaires, tu négliges ta femme. Il y a tellement de gens inintelligents, trop occupés à tendre les bras vers un bonheur qu'ils considèrent insaisissable, incapables de comprendre qu'il est déjà là, que le plaisir à y trouver consiste à apprécier sa propre vie et non en une quête d'un quelconque idéal social. Il faudrait que j'explique ça aux gens dans mon prochain livre. Tu étais probablement heureux Raymond, mais trop stupide pour le savoir. »

Tout l'immeuble semblait se taire en attendant un événement extraordinaire. Il fit jouer la clef dans la serrure. Comme d'habitude, son instinct lui avait fait choisir la bonne au premier essai. Il entrouvrit la porte. Constatant que tout était obscur, il entra et referma doucement. Quelques secondes plus tard sa vision de nuit entra en action. La puissance de sa nyctalopie l'étonnait toujours. Il y voyait comme en plein jour, les couleurs en moins. Il explora rapidement les lieux, pistolet à la main.

À droite, trois ouvertures : la première, les toilettes; la deuxième, une salle de lavage; plus loin, la cuisine. À gauche, tout au fond, le salon et, finalement, la chambre à coucher dont la porte était close. Avant d'entrer, il se débarrassa de sa perruque et de tous ses vêtements. Raymond n'avait ni ce genre de vêtement ni ce type de cheveux. Il vérifia que le cran d'arrêt était bien mis, que le silencieux était placé convenablement. Une dernière fois, il révisa son scénario idéal : il la réveillerait en douceur par des caresses, rassurée par le parfum de l'eau de

Cologne, par des formes vaguement familières (lui et Raymond étaient presque du même gabarit), elle ne résisterait pas. Si elle lui posait des questions, il la ferait taire par un baiser, puis le plus tôt possible il lui placerait le bâillon. De cette façon, si elle s'apercevait de quoi que ce soit, il serait trop tard pour essayer d'appeler à l'aide. Lorsqu'elle constaterait qu'il insistait avec fermeté, mais sans brutalité, pour qu'elle garde le bâillon, elle en conclurait que c'était une sorte de jeu sexuel et elle se laisserait faire. Mieux encore, elle jouirait comme une folle de son nouveau mari, jusqu'au moment où finalement elle comprendrait que quelque chose n'allait pas. Là, il devrait faire vite. Il lui braquerait le revolver entre les deux yeux et lui expliquerait la situation.

Ayant terminé sa révision mentale, il ouvrit la porte et entra...

****

La terreur pouvait maintenant se lire dans les yeux de la femme. La peur, mais aussi autre chose : elle avait honte. Elle réalisait qu'elle venait de jouir dans les bras d'un inconnu sans même s'être aperçue que ce n'était pas son mari. L'inconnu la regardait avec un air satisfait.

« Je vais vous dire comment vous vous sentez. Le choc est dur pour vous. Vous n'auriez jamais pensé que vous pourriez ressentir autant de plaisir avec un étranger. Vous avez honte d'avoir eu autant de plaisir. Toute la situation vous semble irréelle, mais malheureusement pour vous il va falloir que vous vous adaptiez très vite, car cela n'a rien d'un rêve. À moins que vous ne soyez amateure de cauchemar ? »

La femme le fixait avec un regard surpris.

« Oui, ma manière de m'exprimer dénote que j'ai un certain niveau d'éducation. Ce qui ne cadre pas, dans votre esprit, avec ce qui vient de se passer. Puisque cela semble vous intéresser, je vais vous renseigner. Je suis docteur en psychologie. »

En ajoutant sa dernière déclaration, il vint s'asseoir sur le rebord du lit.

« Écoute-moi, Murielle, il y a deux choses dont tu dois te rendre compte immédiatement et les accepter une fois pour toutes, jusqu'à ce que la situation change. Un, je peux faire de toi tout ce que je veux. »

Il appuya sa remarque en caressant la poitrine de la femme qui essaya d'y échapper en se jetant sur le côté. Il l'attrapa par les cheveux, l'obligea à le regarder, puis envoya sa tête cogner contre le mur.

— Tu vas te rendre la vie très difficile si tu essaies de jouer à ça.

Il reprit sa caresse mais cette fois-ci, elle ne bougea pas.

— C'est beaucoup mieux comme ça. Maintenant deuzio, tu vas devoir m'obéir au doigt et à l'œil, sinon Raymond va être puni pour chacun de tes écarts de conduite. Tu comprends?

La femme hocha la tête, sans trop y croire. Cela n'échappa pas à son bourreau. Celui-ci sortit de sa poche la montre et le portefeuille de Raymond qu'il exhiba devant le visage de la femme qui, reconnaissant des objets familiers, éclata en sanglots. Il en profita pour sortir se préparer un café. Lorsqu'il revint, la femme hoquetait toujours d'une manière qui lui fit détecter le début d'une crise d'hystérie. Il prit une première gorgée de café, avant de la gifler. Il n'allait certainement pas lui laisser la chance de s'enfermer dans sa peine. Il fallait qu'elle garde le contact avec la réalité, sinon il n'arriverait jamais à la contrôler. Il s'assit à côté d'elle, sachant qu'il fallait d'abord dominer physiquement un otage avant de pouvoir le contrôler.

— La situation est claire, Murielle. Tu fais tout ce que je te dis, de la manière dont je te le dis. Tu as compris les règles du jeu? Ouvre les cuisses que je puisse te caresser selon mon bon plaisir.

La femme hésita. Le café presque bouillant coula subitement sur son épaule puis sur le reste de son corps. Elle se tordit de douleur en tentant de hurler. Le bâillon transforma son cri en un simple gémissement qu'un voisin trop curieux aurait certainement interprété tout autrement.

— Tu dois obéir sans hésitation, sinon je prendrai des sanctions. Tu as compris maintenant.

La femme hocha la tête tout en grimaçant de douleur, de grosses larmes coulant sur ses joues. Il la repoussa un peu, puis s'allongea sur elle, en lui intimant l'ordre d'essayer de dormir.

Il médita quatre heures, faisant mine de dormir avant de simuler son réveil. Elle était réveillée, mais elle n'avait pas bougé. Il se leva et retourna dans la cuisine où il prépara une soupe. Lorsqu'il revint dans la chambre avec un bol, elle redressa la tête.

— Est-ce que tu veux manger?

Elle fit signe que oui. Il déposa le bol sur un bureau, puis s'approcha pour lui parler.

— Bon. Tu penses peut-être que ce serait une bonne idée de crier une fois que je t'aurai enlevé le bâillon, mais rappelle-toi ce qui peut arriver à Raymond. Compris?

Elle fit à nouveau signe de la tête. Il plaça son visage tout près du sien, à peine quelques centimètres, et la fixa dans les yeux pendant qu'il lui enlevait le bâillon. Elle s'arrêta de respirer, mais elle ne cria pas.

« Vous n'êtes qu'un enfant de chienne », lui dit -elle d'un ton méprisant, mais sans élever la voix.

— Embrasse-moi Murielle, lui dit-il d'une voix autoritaire.

Elle appuya légèrement ses lèvres sur les siennes, puis le regarda avec une expression de dégoût. La claque l'envoya rouler sur le plancher. Elle se remit à pleurer en silence.

— C'est toi qui m'as forcé à faire ça.

Il se pencha vers elle et l'aida à se relever avec douceur. Temporairement domptée, elle se laissa installer sur le bord du lit, tout contre lui. Elle regardait le bol de soupe tout en humant la bonne odeur qui s'en dégageait, réalisant tout à coup qu'elle avait vraiment très faim. Il tourna son visage vers le sien.

— Embrasse-moi comme une femme qui en a envie, après tu pourras mang...

Elle but ses derniers mots. Ses lèvres se firent pressantes, sa bouche s'entrouvrit laissant échapper une langue inquisitrice qui s'employa à donner du plaisir à l'étranger. Plusieurs secondes plus tard, elle prit la chance de se reculer doucement, espérant que l'autre avait eu son compte. Elle laissa échapper un soupir de soulagement lorsqu'il lui sourit.

Dès qu'elle eut fini de manger, il l'accompagna à la salle de bain, puis la refit se coucher et s'étendit à ses côtés sans lui remettre le bâillon.

— Tu vas dormir maintenant.

— Pourquoi?

— J'ai mis une puissante drogue dans ta soupe, je dois sortir. Tu ne dois pas avoir peur, je ne veux pas te faire de mal, mais tu dois toujours m'obéir. Si tu te réveilles avant que je ne revienne, tu peux aller à la toilette, mais ne fais pas de connerie. Pas de visite aux voisins, pas d'appel à la police. Embrasse-moi et ne bouge plus.

Lorsqu'elle se réveilla, elle écouta longuement les bruits ambiants avant d'oser bouger. Il ne semblait pas être là. Elle se leva, puis se dirigea prudemment vers la salle de bain. S'il était dans la cuisine ou ailleurs, il ne verrait pas d'objection à cela. Elle eut un petit rire nerveux. C'était permis. Il ne lui en voudrait probablement pas si elle décidait de prendre une douche. L'idée lui vint subitement d'appeler la police. Elle se mit à trembler en pensant à tout ce que cela pouvait impliquer, s'il la surprenait. Pour se rassurer, elle parla à voix haute.

— Êtes vous là? Je vais seulement à la toilette.

Après y être passée, elle se dirigea vers la cuisine. Passant devant le débarras, elle y jeta un coup d'œil pour vérifier s'il n'y était pas. La première chose qu'elle aperçut dans la cuisine fut un flacon de pilules qui trônait au beau milieu de la table. En tournant la tête, elle vit la bouilloire qui était restée sur la cuisinière et le chaudron qu'il avait utilisé pour faire la soupe. Prenant une première décision, elle empoigna le flacon de pilules, fonça vers le lavabo, jeta tous les comprimés et les fit disparaître en faisant couler l'eau. Désormais, il ne pourrait plus la droguer, se dit-elle. Elle se dirigea ensuite vers le salon où elle sentait un léger courant d'air. Le téléphone l'attira sans prévenir. Elle se laissa tomber sur le divan. Elle le regardait fixement comme s'il allait la mordre. Après avoir décroché le combiné, le bouton de composition automatique du 911 sembla doubler de volume lorsqu'elle le regarda.

— Je ne ferais pas ça à ta place.

La voix qui venait du balcon la fit sursauter alors que l'inconnu écartait les stores du salon en entrant. Terrifiée, elle se retourna vers lui, en se levant. Elle resta là, le souffle court, tremblante comme une feuille. Il s'avança lentement, un rictus menaçant sur le visage. Arrivé à proximité, il se pencha et replaça le combiné sur son support. Puis en se relevant, il la frappa avec un grand élan du revers de la main. Elle tomba violemment par terre, la joue fendue. Elle se mit à pleurer, se mordant les lèvres pour ne pas hurler de douleur.

Après un long moment, elle réussit à parler sur un ton presque hystérique.

— Je ne l'aurais pas fait, je ne l'aurais pas fait, je ne l'aurais pas fait!

— Tu penses que je vais croire cela? dit-il d'un ton plus narquois qu'interrogateur.

Ses sanglots reprirent alors qu'elle ajoutait : « J'ai jeté les pilules. »

— Pourquoi? Sa voix était tranchante et curieuse à la fois.

— Je ne veux plus que tu... que vous me droguiez.

— Bon d'accord! Je vais appeler mes amis. Tu as désobéi. Raymond aura sa punition.

L'homme décrocha le téléphone et composa à une vitesse stupéfiante. Elle entendit la sonnerie dans l'écouteur et en déduisit que ce n'était pas une ruse. Elle mit trois sonneries avant de réagir. Réalisant tout à coup ce qui allait se passer, elle se traîna par terre et s'accrocha à la jambe du kidnappeur en le suppliant.

— Ne lui faites rien... Je vous jure que je ne recommencerai plus, je ferai tout ce que vous voulez, ne lui faites pas de mal... Je serai gentille.

Implorante, elle se hissa le long de sa jambe et se mit à ouvrir sa fermeture éclair.

— Je ferai ce que tu voudras.

Il raccrocha. Pendant le reste de la journée, ils firent plusieurs fois l'amour. Le lendemain, elle fut réveillée par la voix de l'homme qui parlait au téléphone. Comme s'il eut deviné l'instant même où elle s'était réveillée, il raccrocha immédiatement.

— Prends une douche et viens me rejoindre dans la cuisine, j'ai commencé à préparer le petit déjeuner.

— D'accord, mais je ne vois pas à quoi ça sert d'aller sous la douche si c'est pour me faire salir quelques minutes plus tard.

Elle arriva complètement nue dans la cuisine, un sourire sarcastique sur les lèvres. Il était assis devant une assiette d'œufs tournés. Il la regarda sans colère.

— Tu te penses très forte? D'accord, on va parler franchement.

Il se leva et avec une rapidité qui ne lui permit même pas de comprendre ce qui allait se passer, il l'attrapa par le bras et l'entraîna vers la porte qui donnait sur le corridor de l'immeuble où il s'arrêta d'un bloc. Tout d'abord hésitant, il finit par ouvrir la porte. Son visage trahissait une nervosité mal contenue, sa voix était paniquée.

Elle sentit la panique l'envahir; si lui avait peur alors...

— Tu veux appeler la police, tu veux foutre le camp. Vas-y. Non?

Il attendit un moment avant de refermer doucement la porte.

— Ce type qui tient Raymond est un fou. Je me suis fais enculer autant que toi. Je ne sais pas qui il est, ni où il est. Je pense qu'il veut avoir une rançon de la part des parents de Raymond. Je ne sais même pas pourquoi je suis là. J'ai été aveugle, mais maintenant c'est trop tard, je suis trop enfoncé, je ne peux pas revenir en arrière. C'est pour ça que je me suis défoulé sur toi. De cette façon, si je finis en prison, j'aurai au moins profité de la situation. Avant que tu ne partes, ouvre cette boîte. Un type me l'a donnée en même temps que les affaires de Raymond. Il m'a dit de te la montrer à la première difficulté que tu me ferais, qu'après tu serais une esclave docile. Je n'ai pas voulu, mais il faut que tu comprennes une fois pour toutes que ce n'est pas un jeu.

Il sortit une petite boîte de sa poche et il lui mit dans la main. Incapable de résister à son regard qui lui intimait de l'ouvrir, elle obéit. Il l'observait comme un chat guette un oiseau. Au moment précis où le choc était à son maximum, il lui cria : « Comprends-tu ce qu'ils vont lui faire si tu n'es pas là quand ils vont m'appeler? »

Elle voulut crier, mais elle s'étouffa en se mettant à vomir, tandis que le doigt de Raymond qui portait encore leur alliance tombait sur le sol. Elle fut longuement malade. Il était très fier de lui. Il avait menti et elle avait tout gobé, même le pire. Même l'hésitation simulée pour se donner le temps d'écouter les bruits du corridor avant d'ouvrir la porte. Il savait qu'il était très fort à ce jeu-là, mais chaque nouvelle victoire lui faisait plaisir. Son système était très au point, comme il l'avait déjà démontré devant des étudiants. Prouvant hors de tout doute qu'un détecteur de mensonges n'arrivait pas à distinguer le vrai du faux quand on lui posait des questions sur des faits simples qui s'appliquaient à lui-même. Il réprima un sourire lorsqu'il la vit finalement sortir des toilettes. Elle était brisée, il la tenait, il ferait tout ce qu'il voudrait d'elle.

Chapitre 3 — 28 avril

L'inspecteur Robitaille brassait les différents documents qui étaient dans le dossier comme un joueur brasse de mauvaises cartes, espérant qu'un as allait surgir de nulle part. À peine quarante ans, quarante-quatre pour être précis. Ses six pieds deux pouces avaient de quoi mettre hors de combat la plupart des malfrats qu'il côtoyait. Son visage était aimable et ses yeux pétillants. Svelte et découpé, tout le contraire de l'image que l'on se fait d'un personnage ayant atteint sa position. L'ensemble donnant une impression qui oscillait entre le dynamisme et l'autorité.

Trois fois cité pour bravoure, record d'arrestations. Passé maître dans l'art de l'aïkido, il donnait parfois un coup de main à l'entraîneur du département. Un ulcère le faisait atrocement souffrir et l'obligeait à suivre une diète sévère. Au moins de ce côté, il respectait un peu la tradition.

Son adjoint Lajoie, un jeune policier, véritable mur vivant, ouvrit la porte en courant. Il était en retard comme d'habitude. Ses six pieds et huit pouces, des muscles à ridiculiser ceux de Superman et sa gueule à la Rock Voisine lui valaient plus de rendez-vous qu'il n'y avait de nuits dans un calendrier. Ce qui l'empêchait régulièrement d'arriver à l'heure. Il n'était pas reconnu comme le meilleur policier disponible, mais il connaissait ses capacités et n'hésitait pas à jouer son rôle. Il était le protecteur attitré de l'inspecteur Robitaille. Le grand chef de toutes les polices l'avait reçu dans son bureau et lui avait expliqué clairement que si un train fonçait vers l'inspecteur, il devait se jeter devant pour l'arrêter et que, si monsieur Robitaille recevait un bleu en sa présence, il pouvait faire une croix sur sa carrière dans la police.

L'inspecteur Robitaille releva calmement la tête, une expression sévère sur son visage.

— Bonjour Gérard.

— Je sais, je suis en retard. Tenez, j'ai pensé à vous.

Le colosse lui tendit un roman policier, format best-seller. L'inspecteur considéra le livre un moment. Un best-seller, donc Gérard était en retard d'au moins trente minutes. Si cela avait été un policier série noire, c'était moins de dix minutes. Tout ce qui se trouvait entre ces deux points de repère était un polar format de poche. L'inspecteur soupçonnait son adjoint d'en avoir toute une collection dans son casier, et qu'il renouvelait sa réserve à chaque semaine. En plus, il devait tenir une liste de tous ceux qu'il lui avait donnés car il n'avait jamais commis l'erreur de lui offrir deux fois le même. Il le rangea avec les autres best-sellers du mois. À combien en était-il rendu ce mois-ci? Dix? Douze? Non plus près de vingt. Enfin! L'incident était clos comme d'habitude. L'inspecteur n'arrivait pas à en vouloir à Gérard, surtout depuis l'événement. Voilà deux ans l'autre avait pris deux balles en pleine poitrine en se plaçant devant lui pour faire écran. Tout autre que lui serait mort, mais c'était sans compter sur cette force de la nature. Lancé sur son élan, il avait soulevé le type au-dessus de sa tête et l'avait projeté par la fenêtre d'un quatrième étage. Environ neuf mois plus tard, il était déjà de retour à son poste. Sa propre fille était amoureuse de lui et sa femme, qui l'invitait à souper tous les vendredis, l'appelait son bébé. La première fois, il avait presque eu envie de piquer une colère, mais voyant l'expression de douceur mélancolique que le colosse avait jetée à sa femme, il s'était tu, et n'avait jamais plus fait de commentaires.

— Vous m'en voulez?

L'inspecteur se leva d'un bond en jetant les documents en l'air d'un geste brusque. « C'est de la merde », hurla-t-il alors que tout le département se figeait pour un moment en se retournant vers son bureau. Tout un chacun se dépêchant de se trouver une activité pressante le plus loin possible de la zone de tempête et le moins susceptible de rencontrer le patron.

Gérard hésita un moment puis à peu près certain que la colère n'était pas dirigée vers lui, se mit à quatre pattes pour ramasser les feuilles qui s'étaient éparpillées dans tout le bureau.

— Relève-toi. Laisse-les par terre. Ces rapports ne valent pas de la merde. Quelqu'un d'autre va les ramasser.

— Mais monsieur ce sont des rapports officiels.

— Ca n'empêche pas que ce que je veux savoir n'est pas dedans. Mon intuition me dit qu'il se cache quelque chose derrière ce meurtre. C'est juste trop simple mais, en même temps, il y a des éléments compliqués qui ne cadrent pas avec le reste. Viens, on sort.

Déjà l'inspecteur se dirigeait vers la sortie avec sa vivacité habituelle. Gérard prit une grande respiration et le rejoignit en trois enjambées. L'inspecteur criait de la porte : « J'ai lancé des dossiers par terre dans mon bureau, qu'on les ramasse. »

Deux paliers d'escalier plus bas, l'inspecteur démarrait déjà alors que Gérard avait à peine eu le temps d'enfiler son imposante stature dans la voiture de service. Heureusement que pour l'accommoder l'inspecteur avait choisi une fourgonnette. Celle-ci, même banalisée, était reconnue partout comme étant son véhicule. Il n'était pas encore sorti du garage de la police que le téléphone cellulaire sonnait, une sonnerie, deux. Gérard comptait : trois. Cela voulait dire que l'inspecteur n'était pas disponible. Il laissa sonner.

— Tu vas me chercher les clefs du magasin d'armes.

L'inspecteur immobilisait déjà le véhicule devant le poste vingt-huit, dans le district où avait été commis le crime. Gérard sortit sans rien demander. Personne ne lui ferait de difficultés. La réputation de Robitaille avait depuis longtemps outrepassé les règlements généraux de la police. Il surgissait de nulle part sur les lieux d'affaires qui n'étaient pas de sa juridiction et en prenait le contrôle. L'inspecteur de service était généralement plus que satisfait de se libérer de ses responsabilités et, s'il ne l'était pas, ses coéquipiers se chargeaient de lui faire entendre raison. Robitaille était une espèce de célébrité à sa façon et il obtenait toujours les enquêtes qu'il convoitait. Le grand chef en personne y veillait lorsque cela grinçait trop.

Gérard connaissait tous les postes de police par cœur. Il se dirigea directement vers le service qui l'intéressait. Le commis derrière ses barreaux n'hésita pas un moment et lui tendit le registre. Muni d'un bordereau de sortie, il alla quérir les clefs demandées. Gérard signa son nom d'une écriture serrée et précise, puis il plaça entre parenthèses « inspecteur Robitaille ». Douze enjambées plus tard, il avait traversé le corridor, les deux portes de séparation, monté l'escalier du sous-sol et s'était installé dans la voiture qui démarrait déjà.

L'inspecteur n'avait presque rien dit depuis le départ de son bureau, comme cela lui arrivait souvent. Il conduisait d'une manière machinale, et avait frôlé l'accident au moins à deux reprises depuis le début du trajet. Pas une fois Gérard ne s'était crispé dans l'attente de l'impact, comme si tout lui était indifférent. En réalité, il connaissait les réflexes rapides du patron et leur faisait confiance dans ce genre de situation. Ils arrivèrent enfin à leur destination et l'inspecteur immobilisa la voiture avec un crissement de pneus devant le lieu du crime. « Ça y est », se dit Gérard, « Colombo est lancé ». L'inspecteur Robitaille portait ce surnom. Tout le monde savait qu'il avait écouté religieusement tous les épisodes de la série et que, même s'il ne voulait pas l'avouer, c'était son héros préféré.

L'inspecteur se campa sur ses jambes, à côté de la voiture et se mit à parler à haute voix, comme c'était son habitude quand il se rendait sur le lieu d'un crime. Moitié méthode Colombo, moitié méthode Sherlock Holmes, il aimait bien qu'on lui donne la réplique, et affirmait que cela l'aidait beaucoup; avec lui, aucun mystère. Enfin presque jamais.

— Bon. Imaginons un instant ce qui s'est passé ce matin-là. Une pluie battante, tout le monde voudrait être à l'intérieur, mais faut bien aller travailler, c'est lundi.

Juste imaginer une pluie battante, par le beau temps qu'il faisait tenait du tour de force, mais l'inspecteur ne s'arrêtait pas à ce genre de réflexion quand il était lancé.

— Bon, tout le monde porte des imperméables et notre homme aussi, enfin nos deux hommes. Ils sont là, quelque part, attendant que le vendeur ouvre le magasin.

L'inspecteur fit une pause, observant les alentours. Son attention se fixa sur une dame qui entrait dans une caisse populaire, juste en face. La caisse n'était pas encore ouverte, mais elle se dirigea vers la console du guichet automatique pour contourner la difficulté.

— Je veux que l'on appelle la compagnie qui s'occupe de l'entretien des guichets. Je veux que l'on nous transmette la cassette de la caméra de surveillance du guichet pour le jour du crime. Avec beaucoup de chance, elle ne sera ni effacée, ni de mauvaise qualité. Avec l'aide d'un miracle, on pourra peut-être observer deux gaillards à l'allure louche qui attendent un bon moment sans rien faire. C'est sûrement un coup d'épée dans l'eau, mais demande à tout hasard si la caisse pourrait nous fournir une liste des membres qui ont fait des opérations à ce guichet, disons trente minutes avant le crime jusqu'à dix minutes après. Si la caméra n'a rien vu, peut-être quelqu'un aura remarqué quelque chose. Nos deux bonhommes se sont peut-être postés là pour s'abriter de la pluie. Tu as enregistré tout ça?

Pour toute réponse, Gérard ouvrit sa main qui camouflait une mini-enregistreuse.

— Pourquoi ne pas être entré en même temps que la victime?

— Parce qu'il habitait au-dessus et qu'il n'avait pas à sortir pour ouvrir le magasin. C'était également le propriétaire.

« Ouais », grommela Gérard qui ignorait ces détails.

— Bon, admettons que nos deux gars attendent à l'extérieur...

— Pourquoi pas dans leur véhicule, chef?

— Au cas où tu ne l'aurais pas remarqué la moitié du coin de rue est occupée par l'arrêt d'autobus et comme le trottoir est en réparation sur trois coins de rue de ce côté-ci, cela m'étonnerait qu'ils aient choisi d'attendre aussi loin de la porte. L'autre côté de la rue, c'est le métro. Sur cette rue, il y a beaucoup de circulation, je ne crois pas que quelqu'un soit assez stupide pour laisser la voiture de l'autre côté. Donc ils attendent dehors. Ils sont probablement pas mal trempés, car ils attendent depuis un bon bout de temps, ils ne peuvent pas se permettre de ne pas être les premiers. Le vendeur débarre la porte. Les deux autres se séparent. L'un des deux dit à l'autre : « Pas de problème je m'occupe de la cassette. » L'autre lui fait un vague signe, se dépêchant de se diriger vers la porte du magasin. Il peut même se permettre de rentrer en courant. Le vendeur va trouver cela tout à fait naturel, compte tenu de la température. J'imagine assez bien le tueur maugréant contre celle-ci pour mettre le propriétaire en confiance. Tu suis mon raisonnement? Ouvre-moi la porte.

À peine à l'intérieur, l'inspecteur s'immobilisa juste à côté de la porte avant de la refermer. « Maintenant, si tu sais que tu vas tuer ce type avec un couteau, qu'est-ce que tu fais? »

— Je dois m'arranger pour qu'il vienne près de moi. Je dois l'éloigner de l'alarme qui est sûrement quelque part le long du comptoir et, si possible, l'éloigner de la vitrine avant où l'on pourrait voir ce qui va se passer.

— Bien raisonné. Il lui dit quelque chose à propos... disons des carabines, et le vendeur s'approche pour venir les lui montrer. Il sait qu'il n'y aura pas beaucoup de clients aujourd'hui, alors vaut mieux se donner du mal s'il veut vendre quelque chose. Le tueur lui enfonce un long couteau de cuisine dans la gorge. Un seul coup très net, puis il le fait tomber derrière le comptoir à l'abri du regard des passants. Question : Pourquoi un couteau de cuisine?

L'inspecteur attendait visiblement une réponse. Comme à chaque fois, Gérard essaya de lui en fournir une. Il savait pertinemment qu'il ne trouverait pas la réponse que l'inspecteur attendait, mais cela faisait partie de son rôle. C'était parfois un peu humiliant, mais il n'y pouvait rien.

— Il ne possédait pas d'arme à feu. Il avait peut-être peur que le bruit attire l'attention du monde parce qu'il n'avait pas de silencieux, quoique cela m'étonnerait qu'avec le bruit de la circulation cela l'ait vraiment inquiété. Le tueur est très habile avec un couteau ou ne sait pas bien tirer. Il est juste chargé de récupérer des armes pour le compte de quelqu'un d'autre, mais n'en utilise pas lui-même.

— Pas mauvais, mais tu passes encore à côté de ma question. Pourquoi un couteau de cuisine? Ce qui est sûr, c'est que le tueur connaît bien les armes à feu ou qu'on lui en a parlé longuement, car il n'a pas tout raflé au hasard. Il les a choisies avec soin et n'a pris que les munitions correspondant aux armes qu'il emportait avec lui. Ce qui me permet de croire que c'est la première hypothèse qui est la bonne. Ce qui me ramène encore à la même question : pourquoi utiliser un couteau de cuisine? Lorsque tu es habile à quelque chose, tu utilises le meilleur matériel disponible. Dans ce cas-ci, un spécialiste du couteau aurait utilisé un poignard de commando ou un coutelas de survie ou un stylet. Tu me suis? Quelque chose qui en impose ou qui lui donnerait un certain style.

— Vous voulez dire que si le type était un expert du maniement du couteau, il n'aurait pas dû utiliser ce genre d'arme?

— Voilà! À moins qu'il n'utilise un couteau pour autre chose ou tous les jours...

— Un cuisinier!

— Peut-être. Ou tout simplement quelqu'un qui cuisine chez lui et à qui on a fait une demande urgente et tellement alléchante qu'il n'a pas eu le temps de se procurer une meilleure arme dans les délais qu'on lui avait laissés. Bon, laissons ça.

L'inspecteur se pencha vers le comptoir où le cadavre avait été retrouvé et fit mine de ramasser un trousseau de clefs.

— Bon, maintenant j'ai les clefs de tout ce qui est barré ici. Qu'est-ce que je fais?

Gérard bondit vers la porte pour la verrouiller, puis revint tout aussi rapidement vers le comptoir des armes de poing, les clefs à la main. Observant un moment la serrure, il essaya une grosse clef carrée, puis ensuite une munie d'une étiquette bleue, puis une rouge, pour finalement ouvrir le panneau coulissant avec une clef à étiquette mauve. L'inspecteur le regardait avec fascination essayer les différentes clefs. Gérard dégageait une énergie et une rapidité d'exécution que l'on n'aurait pas crues possibles chez quelqu'un de sa stature. L'inspecteur, de sa position près du râtelier d'armes, applaudit lorsque Gérard fit mine de prendre des armes et de les jeter dans un sac imaginaire.

— Félicitations, c'était une très bonne démonstration de rapidité, qui fut très instructive. Tu t'es dirigé droit vers le comptoir qui t'intéressait parce que tu savais où était ce que tu voulais, mais il y a un hic. Après avoir sélectionné les armes que tu voulais, tu es revenu couper les deux fils ici.

L'inspecteur indiquait les fils de l'alarme et du vidéo qui avaient été sectionnés juste à côté du râtelier d'armes. Gérard traversa de nouveau la pièce et mima le geste de couper les deux fils d'un mouvement vigoureux. Puis stupéfait, il s'arrêta.

— Dis-le, tu as raison.

— Mais... C'est con. Mon copain a sûrement déjà ramassé la cassette vidéo là-haut comme c'était convenu. Soit ça m'a sorti de la tête sur le moment, soit je ne lui fais pas confiance. Mais si je ne lui fais pas confiance, j'aurais coupé le fil dès que possible, ou mieux encore je ne l'aurais jamais mis au courant de toute l'affaire. Dans le pire des cas, je serais monté par l'escalier intérieur et je serais allé prendre la cassette moi-même.

L'inspecteur porta la main à sa tête comme à chaque fois qu'un élément voulait lui échapper, geste inconscient mais qui était une parfaite imitation de celui de Colombo quand il réfléchissait.

— Remarquable raisonnement. Tu vas peut-être finir par devenir un excellent inspecteur. Cependant on pourrait pousser le raisonnement un cran plus loin, si on exclut l'hypothèse voulant que le tueur ait coupé les fils dans un geste d'énervement. Ce qui ne cadre pas du tout avec un homme qui prend ensuite le temps de poinçonner le montant du vol sur la caisse enregistreuse. Il ne nous reste qu'une solution. Comme nous savons qu'il n'a pas pris lui-même la cassette, à cause de la fenêtre brisée de l'extérieur au deuxième étage à l'arrière, il a coupé les fils dès qu'il a pu, mais ne savait pas que quelqu'un s'emparait de la cassette vidéo pendant ce temps-là. Peut-être qu'on pourra jouer là-dessus. Mais pourquoi a-t-il pris le temps de marquer ce qu'il prenait? Au moins cela nous confirme une chose.

— Oui, il a exécuté une commande et le commanditaire a fait vérifier si cela se passait comme il l'avait demandé.

— Bravo! Tu touches un point intéressant qu'il faudra garder en mémoire.

L'heure du dîner était largement dépassée lorsque l'inspecteur qui s'était enfermé dans le mutisme pendant la dernière heure qui venait de s'écouler décida subitement que c'en était assez pour le moment. Ils partirent de l'endroit. Gérard appela d'abord le restaurant préféré de l'inspecteur pour les avertir de leur préparer leur menu habituel, puis ensuite le service pour leur signaler leur pause-repas.

Le reste de la semaine se poursuivit sans que rien de nouveau ne se produise. L'inspecteur continua les différentes enquêtes qu'il menait. La cassette du guichet automatique n'avait rien donné, pas plus que celle des clients du guichet pour le jour du crime. L'annonce au sujet de la cassette vidéo du magasin d'armes était restée sans rebondissement. L'inspecteur avait espéré que le tueur essaierait de descendre le type qui avait la cassette ou que celui-ci, effrayé de se voir pourchassé par un tueur le dénoncerait ou, tout au moins, s'arrangerait pour faire parvenir la cassette à la police; mais rien ne s'était passé.

Chapitre 4 — 12 mai

Il conduisait lentement en se contentant de suivre le flot de la circulation qui traversait le pont Lachapelle, en direction de Montréal. L'inspecteur Robitaille réfléchissait à ce que lui avait dit sa fille, en se demandant s'il devait en rire ou s'en inquiéter. « C'est l'anniversaire de Gérard cette semaine, tâche de ne pas oublier de lui acheter quelque chose », lui avait-elle dit. « Moi j'ai déjà trouvé ce que je veux lui offrir », ajouta-t-elle avec un sourire malicieux qui n'arrêtait pas de trotter dans la tête de l'inspecteur depuis son départ de la maison. Tout cela n'aurait rien signifié pour lui, s'il ne s'était pas souvenu de la remarque de Gérard voilà quelques mois. « Votre fille est devenue une très jolie jeune femme. » « Mon œil! Elle n'a que dix-sept ans », avait-il protesté. Le lendemain soir, une discussion avec sa femme l'avait remis tout de go dans la réalité. Il lui avait dit ce que Gérard avait déclaré au sujet de leur fille, croyant qu'elle aussi en rirait. Il se rappelait très bien ce qu'elle lui avait répondu, il ne s'en était d'ailleurs pas encore remis. « Anthony, ta fille prend la pilule depuis déjà trois ans. » Il s'était carrément étouffé avec sa salive, avant d'éructer un magnifique « quoi! », qui s'était entendu dans toute la maison malgré sa taille impressionnante. Puis elle avait continué à le malmener en ajoutant : « Elle est une femme maintenant. Tu sais, l'année dernière quand elle est allée ouvrir le chalet à notre place, elle n'était pas seule comme tu l'as pensé. Je suis allée moi-même le reconduire. Tu sais, le garçon de l'avocat qui demeure dans le coin. » « Tu as quoi? », vociféra-t-il.

— Je l'ai reconduit au chalet pour qu'ils puissent passer la fin de semaine ensemble loin de ton regard inquisiteur. C'est là qu'elle est devenue une femme.

Sa fille avait couché avec un garçon que sa mère avait elle-même reconduit à ses côtés. Il avait mis une semaine avant de se faire une raison, puis petit à petit il s'était calmé. Sa fille prenait la pilule. Elle ne devait pas être trop ignorante compte tenu de l'ouverture d'esprit de sa mère. Et puis, on connaissait le garçon, ce qui n'était pas si mal. En plus, sa première fois ne s'était pas passée dans un motel miteux, à la sauvette, la peur aux tripes que quelqu'un n'intervienne. Tout compte fait, ce n'était pas si mal et sa mère avait probablement eu raison. Aujourd'hui, il était sûr qu'elle avait eu raison. Mais tout de même, ce petit sourire. Gérard devait avoir vingt-cinq ans, peut-être vingt-six. Ça faisait, huit ou neuf ans de différence. Bon, pas besoin de s'inquiéter de ce côté-là.

Cela lui rappela quand il avait rencontré sa Judith. Elle devait avoir vingt ans, peut-être un peu moins. Une vraie démone, très dégourdie pour son âge. Elle l'avait poussé sur le tapis qu'elle avait installé là exprès pour l'occasion. Ils avaient fait l'amour dans le grenier de la maison de ses parents. Lui, il avait eu peur tout le long de se faire attraper, même si elle avait dit que ses parents ne montaient plus jamais au grenier. Il en avait reparlé avec le père de Judith, et il avait eu un choc. Ils avaient su tout au long ce qui se passait. Le vieux avait dit : « Vous avez fait un tel raffut que la moitié du pâté de maisons a dû être au courant. Dans la famille, les femmes ont toujours été des passionnées. Je t'aurais bien offert un cigare quand vous êtes descendus, mais dès que tu m'as vu, t'es presque parti en courant. De toute façon, tu ne fumais même pas à l'époque. » L'inspecteur se mit à rire alors qu'il entrait dans le stationnement du poste de police. C'est vrai, ma femme est une passionnée. Il repensa à hier soir. La journée était magnifique et le soleil promettait d'être très amical. L'inspecteur entra de fort bonne humeur dans le poste.

En arrivant à son bureau, il fut agréablement surpris. Gérard l'attendait sur le seuil de la porte. Il lui décocha son plus sincère sourire qui figea le géant sur place.

— Une mauvaise fin de semaine?

— Non patron. J'ai un tuyau, c'est peut-être en rapport avec le meurtre du magasin d'armes. On n'est pas certains, mais un de mes copains a été appelé sur les lieux d'un autre meurtre et l'arme du crime correspond à un des modèles qui a été volé dans le magasin. Il m'a appelé pour me demander si ça m'intéressait.

— C'est arrivé quand?

— C'est du tout frais. Le corps était encore chaud voilà une heure.

Lorsqu'ils arrivèrent sur les lieux, il y avait déjà une cohorte de monde aux alentours de l'appartement du drame. Tout un chacun essayant de faire son métier en tentant de nuire le moins possible aux autres. Lorsque l'inspecteur arriva finalement à la porte de l'appartement, il fut bousculé par un journaliste muni d'une caméra qui essayait de sortir. Le cerveau de l'inspecteur tinta violemment : un journaliste, avec un appareil, à l'intérieur. Il l'attrapa par le bras et lui fit refaire le trajet inverse vers l'intérieur.

— Est-ce que qu'il y a quelqu'un qui connaît ce con? Qui est le responsable ici?

— C'est moi monsieur, lui répondit un jeune inspecteur.

— Tu le connais lui?

— Oui, c'est un nouveau du journal...

— Tu trouves ça normal qu'il se balade comme ça en dedans du périmètre de sécurité. Tu lui as donné la permission de photographier? Tu sais ce qu'il a pris comme cliché?

La voix de l'inspecteur vibrait de fureur, il allait continuer quand il fut coupé net dans son élan en apercevant la victime du coin de l'œil. Une jeune femme complètement nue. Tout l'avant du corps disparaissait dans la baignoire qui était remplie à ras bord d'eau teintée de sang. Ses fesses reposaient sur le rebord du bain. Elle avait les jambes légèrement écartées et on lui avait enfoncé un balai dans l'anus.

— Merde!

— Oui, comme vous dites monsieur. Vous avez raison. Je suis désolé, il n'avait pas le droit d'être là.

L'inspecteur fit un signe à Gérard qui s'avança en créant un large remous autour de lui. Il attrapa la caméra du journaliste par le téléobjectif et d'un mouvement brusque, la lui arracha.

L'appareil se fracassa sur le seuil de la porte de la salle de bain. La pellicule se déroula sur le sol jusqu'à toucher les pieds de la victime. Les deux photographes de la police qui cadraient la scène sursautèrent, puis éclatèrent de rire en voyant ce qui s'était passé. L'infortuné photographe se mit à crier : « Vous n'avez pas le droit. Je vais vous poursuivre. » Notre mastodonte coupa ses jérémiades d'une voix neutre, tout en s'adressant à la ronde.

— Ce ne serait jamais arrivé s'il me l'avait donné quand je lui ai demandé. Vous êtes tous témoins.

Robitaille ne put s'empêcher d'éclater de rire. Il y avait du bon dans ce gaillard, du potentiel, il ne restait plus qu'à le former. Voyant que le journaliste était sur le point de recommencer sa litanie de menaces, Gérard intervint à nouveau.

— Virez-moi ce con de l'édifice. S'il vous fait des difficultés embarquez-le-moi pour entrave à la justice. Je recommande de faire très attention à n'utiliser que l'emploi de la force nécessaire. Je ne voudrais surtout pas que monsieur se mette dans la tête de nous poursuivre en plus pour brutalité policière.

Les supposés témoins de l'accident précédent éclatèrent de rire à nouveau. Deux agents l'empoignèrent aussitôt et il disparut rapidement. Pendant ce temps, l'inspecteur s'était avancé auprès de la victime. L'homme qui était responsable de l'endroit patienta jusqu'à ce que l'inspecteur eût fini son examen, puis il s'approcha et tendit la main en se présentant.

— Inspecteur Bouchard, c'est un plaisir de vous rencontrer. C'est moi qui ai appelé Gérard. Nous sommes sortis de l'institut en même temps.

— Racontez-moi ce que l'on sait.

La voix de l'inspecteur était redevenue professionnelle, mais le ton, lui, était glacial.

—La femme a reçu une balle, tirée à bout portant à la base de la nuque par un pistolet de calibre vingt-deux muni d'un silencieux. Il a été envoyé au labo. Cependant, nous ne sommes pas encore certains de la cause du décès, il va falloir attendre l'autopsie car le tueur l'a également poignardée à la hauteur de l'abdomen. Il voulait faire un spectacle car il a retiré la lame afin que l'on obtienne tout ce sang. Le poignard a été trouvé dans le fond de la baignoire. Le labo va pouvoir tenter de nous faire un petit miracle. On peut émettre une première hypothèse sur l'heure approximative du crime, grâce à la voisine, une vieille un peu curieuse. Elle a affirmé que le robinet du bain a été ouvert vers les sept heures. Vers sept heures et quart, peut-être et vingt, le concierge a reçu une plainte du voisin d'en bas comme quoi le bain d'ici débordait et que l'eau était d'une drôle de couleur. Il y avait du sang dedans. Le concierge a finalement décidé d'ouvrir après ne pas avoir eu de réponse. Sept heures trente-huit, la première voiture constatait les dégâts. Le concierge a été secoué, il a vomi dans le corridor, on a dû le faire amener à l'hôpital, il est en état de choc. La femme a été tuée sur place. Il n'y a pas d'autres traces de sang ailleurs. Je pense que le balai a été placé là après le décès. Un genre de mise en scène. Je dirais donc la balle, le couteau, puis le balai.

L'inspecteur acquiesça distraitement, apparemment perdu dans ses pensées.

— Est-ce qu'elle habitait seule?

—Non. Elle était mariée à un dénommé Raymond Courtemanche. J'ai déniché la firme pour laquelle il travaillait après que la voisine nous ait mis sur la piste.

— Encore la voisine.

— Ouais! Une vraie commè..

— Espionne, une vraie espionne. Elle peut nous rendre de précieux services. Inutile de heurter ses sentiments. Ne la bousculez pas, ne la fatiguez pas trop. Je vais aller lui parler tout à l'heure. Le mari, il est où maintenant?

— Aucune idée. À son travail, ils ne l'ont pas vu depuis cinq jours. Ils m'ont dit que si je le rencontrais, je pouvais lui dire qu'il était viré. Il paraîtrait que son absence vient de leur coûter un très gros contrat. Il est en informatique, très bon à ce qu'il paraît, un employé modèle jusqu'à récemment. J'ai lancé un avis de recherche pour lui et sa voiture. Un modèle récent et luxueux, le genre qui ne passe pas inaperçu. Il n'ira pas loin.

« Déjà un coupable... inspecteur? », lui dit Robitaille sur un ton mi-surpris, mi-espiègle.

— Non bien sûr! Juste une piste tentante.

— Ne vous fiez pas aux circonstances, vous pourriez condamner un peu trop vite.

L'inspecteur sourit en pensant à ce qu'il allait faire. Est-ce que le charme de Gérard agirait sur la vieille dame qu'il imaginait?

— Quel âge a notre espionne?

— Environ soixante-dix.

L'inspecteur sourit à nouveau.

— Gérard, j'ai une mission très importante pour toi. Je veux que tu t'occupes de l'espionne. Beaucoup de douceur, de la délicatesse, de la patience à revendre. Si elle a de petits travaux à effectuer, n'hésite pas à contribuer. Je veux tout savoir sur l'immeuble. Tous les potins, ce qui s'y dit. Qui couche avec qui, d'après elle. Tout ce qu'elle sait, tout ce qu'elle pense savoir et même ce qu'elle ignore connaître. Tu as deux jours, et je ne crois pas que tu en auras de trop, à en juger par la description que nous en a faite ton ami. Tu m'enregistres tout ça, moi je rentre au bureau. Garde la voiture. Ne t'en fais pas pour moi, je suis assez grand pour me protéger tout seul. Puis, de toute façon, j'ai un témoignage à préparer. Je dois me présenter comme témoin principal de la couronne dans l'affaire Cossette, alors j'en ai bien pour deux jours à me faire questionner. Il vaudrait mieux que je sois bien préparé. Ils ne me le referont plus.

Gérard se souvenait de l'événement. L'inspecteur avait témoigné dans une affaire plutôt complexe de réseau de prostitution juvénile. Le présumé chef de réseau n'était nul autre que l'ancien ministre de l'Éducation, alors redevenu simple directeur de polyvalente. L'affaire avait fait beaucoup de bruit et le meilleur avocat disponible, un homme dont le nom était souvent associé au milieu du crime avait fait étalage d'un grand savoir-faire. Il avait réussi à discréditer l'inspecteur, le questionnant sans relâche sur de menus détails jusqu'à ce qu'il perde patience à plusieurs reprises, ce qui bien sûr n'avait pas contribué à le rendre plus crédible. L'accusé s'en était sorti indemne, fin du dossier. L'inspecteur avait pris un mois de vacances après que le verdict fut tombé. Depuis ce temps-là, chaque fois qu'il devait témoigner, il prenait un soin presque maladif à réviser tous les détails du dossier, aussi anodins soient-ils. Le plus drôle de l'affaire était que, depuis ce procès, il s'était fait la réputation d'être incollable dans ses témoignages. Gérard y voyait un signe de grande maturité, et il l'admirait pour cela. Il se disait que tout autre que l'inspecteur aurait été abattu, mais lui il s'était servi de cet échec pour devenir encore meilleur.

Le visage de Gérard s'égaya d'un large sourire : « Où est-elle cette gentille grand-maman ? » On lui indiqua la première porte à droite dans le corridor où il s'engouffra sans hésiter.

— Inspecteur Bouchard, est-ce que le téléphone a été coupé ?
— Non, tout fonctionne normalement.
— Oh ! Une dernière chose, monsieur. Mon adjoint, votre ami, comme vous me l'avez fait remarquer, ne porte pas le titre d'inspecteur, mais ça ne fait pas de lui un imbécile. Je n'ai guère apprécié la lueur moqueuse que j'ai vue dans vos yeux quand vous avez dit que vous aviez fini vos études en même temps.

L'inspecteur Bouchard essaya de protester mais fut aussitôt interrompu.

— Il pourrait être nommé immédiatement à ce titre si j'en faisais la demande, et cela dans le domaine de son choix. Rappelez-vous de cela la prochaine fois que vous lui parlerez. Je veux votre rapport écrit sur mon bureau d'ici quarante-huit heures.

L'inspecteur Robitaille sortit sur ce, sans laisser le temps à l'autre d'ajouter quoi que ce soit. Personne n'avait le droit de traiter ses collaborateurs de cette manière. Ce n'était pas aujourd'hui que cela allait commencer et surtout pas de la part d'un inspecteur qui n'était même pas capable d'empêcher un journaliste de venir prendre impunément des photos d'un cadavre complètement nu, et qui en plus, ne lui avait pas dit dans son rapport verbal que la victime portait une ecchymose au visage. Un bleu qui ne pouvait pas dater de plus de trois ou quatre jours. Il l'avait remarqué pendant qu'un des photographes soulevait délicatement la tête de la victime pour avoir une photo de son visage. Bouchard n'allait sûrement pas avoir les premiers résultats officiels du labo avant quarante-huit heures. « Laissons-le transpirer », se dit l'inspecteur.

Chapitre 5 — 16 mai

L'inspecteur Robitaille traversa le poste en survêtement de sport. Il était détendu et tout le monde respirait ainsi plus facilement. Les nouveaux croyaient que le beau temps y était pour quelque chose. Les anciens, eux, savaient que l'inspecteur venait de terminer son grand entraînement d'aïkido de la semaine. Il s'installa confortablement dans sa chaise, renversa la tête en arrière, ferma les yeux et souleva ses jambes jusqu'à les allonger sur le bureau. Quelques personnes qui croyaient encore aux miracles refirent l'impossible pari : l'inspecteur allait-il, oui ou non, s'endormir pour la première fois au bureau? Le niveau de bruit ambiant baissa progressivement jusqu'à n'être plus qu'un murmure.

L'inspecteur était fier de lui. La séance d'entraînement de deux heures qu'il venait de s'offrir avait été particulièrement agréable. Il était cependant heureux pour une autre raison. Quelques heures après être revenu des lieux du crime de la femme au bain, il avait pris une grande décision. On ne formait pas un homme en lui montrant éternellement quoi faire. Gérard devait se pratiquer pour s'améliorer. Il avait donc fait enlever l'enquête à ce jeune arrogant de Bouchard et se servant de son influence, se l'était fait officiellement octroyer. Cependant, officieusement, tout le monde savait que c'était la première enquête de Gérard. L'inspecteur était même allé jusqu'à lui faire assigner un bureau. Tous les renseignements se rapportant à l'affaire devaient d'abord aboutir dans les mains de Gérard qui les lui communiquerait par la suite. L'inspecteur avait confiance aux capacités de son adjoint et ne s'était jamais laissé berner par les apparences. Il était bien sûr au courant de la rumeur qui circulait à propos du fait que la seule raison pour laquelle Gérard était à ses côtés était d'empêcher que quoi que ce soit de fâcheux ne lui arrive, mais il connaissait la vérité sur le sujet. Gérard était le neveu du grand chef et celui-ci voulait qu'il se forme auprès du meilleur. Il avait utilisé ce subterfuge qui jouait deux rôles : il évitait que l'on ne se plaigne de favoritisme et ménageait l'orgueil de Gérard qui n'aurait certes pas bien accepté la chose. C'était plutôt habile. Où est-ce qu'il était celui-là?

Comme répondant à la demande muette de l'inspecteur, il entendit les pas caractéristiques de Gérard qui arrivait. Lorsqu'il ne sentit plus le courant d'air qui provenait de la grande salle, il sut que Gérard était devant la porte hésitant à le déranger dans sa réflexion que l'on avait tort de prendre pour autre chose. Ce qui le fit sourire intérieurement. Il rectifia sa position avec impatience et invita Gérard à entrer. Celui-ci allait sûrement lui parler de l'affaire.

— Quoi de neuf dans ton affaire? demanda l'inspecteur Robitaille.

— J'ai interrogé l'espionne comme vous me l'aviez recommandé, et...

— Une minute. Ça ne marche pas. Ce n'est pas un rapport que tu me fais. C'est ton enquête. Je vais jouer le rôle de ton adjoint. Mon rôle est essentiellement d'écouter ce que tu me dis, de poser des questions de temps en temps quand je ne saisis pas quelque chose et de faire des suggestions, si j'en ai. Tu me dis ce que tu veux, à ta manière.

L'inspecteur s'était levé et referma la porte du bureau pour parler plus à l'aise.

— Écoute, tu n'as pas à avoir peur d'émettre des hypothèses qui sont ridicules. Parfois ce sont celles-là qui nous ouvrent les yeux sur ce qui serait plus probable. Tu sais, quand je me lance en disant : « Je pense qu'il a agi comme ça, puis après il a dû faire... », tout ça, ce ne sont que des hypothèses au même titre que n'importe lesquelles que tu vas formuler. Rappelle-toi la dernière affaire que j'ai réglée, je m'étais complètement fourvoyé. J'avais cherché des problèmes où il n'y en avait pas. C'est dans ma nature. C'est pourquoi j'essaie de m'occuper exclusivement de choses qui semblent contenir des éléments insolites au départ. Tu n'as pas à aborder les choses de la même manière que moi. Quand tu parles ici, tu as le droit de te tromper, tu n'es pas devant la cour à faire condamner un innocent. On se comprend?

Gérard prit une grande respiration pendant que l'inspecteur se réinstallait confortablement dans son fauteuil. Tout ce que l'autre venait de dire semblait très sensé. Mais cela ne l'empêchait pas d'avoir peur d'être ridicule devant son chef et de perdre son estime une fois pour toutes. Tous ces retards finiraient par lui jouer un mauvais tour. La patience de l'inspecteur avait sûrement des limites. Il chassa cette pensée désagréable et se concentra sur ce qu'il allait dire.

L'inspecteur, très calme, s'alluma un cigare qu'il commença à fumer à petits coups avec une délectation évidente.

— La victime s'appelle Murielle Bélanger. Elle était mariée depuis deux ans à Raymond Courtemanche. D'après leurs amis, ils étaient heureux en ménage. Cependant, depuis quelque temps, Murielle s'était plainte à sa cousine que son mari la négligeait à cause d'un projet important au bureau.

L'inspecteur fit une grimace d'incrédulité au sujet de la dernière remarque.

— Oui, moi aussi j'ai eu des doutes. J'ai vérifié pour le projet, et il était effectivement impliqué dans un projet d'implantation d'un nouveau programme que la compagnie a développé dernièrement. Rien à redire là-dessus. Il travaille comme informaticien. D'après son entourage, il est une coche au-dessus des autres. On s'est informé auprès de ses collègues de travail de l'éventualité d'une maîtresse. Personne n'y croit vraiment. La victime a été tuée avec un pistolet de calibre vingt-deux muni d'un silencieux. Elle portait un bleu à la joue droite. Le médecin légiste mentionne que l'incident ne peut pas remonter à plus de trois ou quatre jours. Il suggère, sans être formel, que la marque laissée sur la joue correspondrait à celle d'un coup de poing porté du revers de la main. Il a fixé la mort à peu de temps avant que l'on ne soit appelé. Il affirme que la victime était déjà morte avant que l'on ne lui enfonce le balai dans l'anus. Il dit que le coup de couteau a été également porté après le décès, compte tenu de la petite quantité de sang qu'il y avait dans l'eau. Je pencherais pour dire que le type qui a fait ça n'était pas un maniaque sexuel, sinon il l'aurait fait pendant qu'elle était vivante, non? J'ai l'impression que tout ça c'est juste une mise en scène pour égarer les soupçons.

— Peut-être voulait-il effectivement gagner du temps? Ce qui nous ramène encore à Raymond.

— J'y viens bientôt chef. L'arme du crime provient du vol du magasin. J'ai tout de suite vérifié l'emploi du temps de Raymond. Un alibi sans faille. Réunion toute la journée, plusieurs témoins, ils ont même mangé au bureau. Ce qui nous laisse toujours avec la même question : où est Raymond? Nous avons lancé un mandat d'arrêt contre lui. Nous faisons présentement le tour de sa famille et de ses amis. Il n'a pas utilisé sa carte de crédit depuis l'incident, ni tenté de retirer de l'argent dans aucun de ses comptes. On a une description précise de sa voiture. Il n'a pas d'antécédents judiciaires, donc on peut présumer qu'il n'a pas les contacts nécessaires pour disparaître. Ce n'est qu'une question de temps avant qu'on ne l'attrape.

— C'est peut-être Murielle qui a fait le coup du magasin.

Gérard regarda l'inspecteur estomaqué.

— Laisse-toi pas démonter. Je disais ça comme ça.

— Je vais essayer de vérifier si elle ou lui ont une quelconque expérience avec des armes. Autant vous dire tout de suite, je ne crois pas que ce soit Raymond qui ait fait le coup. Le seul élément qui penche en faveur de mon hypothèse sont les dires de notre espionne.

— C'est fou ce qu'un mot peut changer la perception que l'on a des gens, non?

— Oui, oui. Vous n'avez jamais si bien dit. Elle m'a raconté des choses insensées. Elle sait tout ce qui se passe dans l'immeuble, et si j'osais le dire, même ailleurs. Elle a commencé par me dire qu'avant de la tuer, ils avaient fait l'amour et que la femme semblait y avoir pris un plaisir certain. Plus d'une fois, qu'elle m'a ajouté avec un petit sourire grivois. Elle est sûre que la voix d'homme qu'elle a entendue dans la salle de bain ce matin-là n'était pas celle de Monsieur Raymond comme elle dit. De plus, elle avait remarqué que Raymond ramassait son courrier scrupuleusement chaque jour et que, quelques jours avant le drame, le courrier s'était accumulé dans la boîte pour n'être ramassé qu'à la fin de la semaine. Ce qui laisserait supposer que peut-être Raymond n'était pas là, ou qu'il était très perturbé. On a retrouvé le courrier des derniers jours intact dans un coin du salon. Parmi les lettres reçues, il y avait son retour d'impôt et je ne sais pas si vous êtes comme moi, mais la majorité des personnes que je connais n'ont qu'une idée lorsqu'il arrive, vérifier combien ils ont eu. Là, personne ne s'en est préoccupé, comme si c'était quelque chose de totalement secondaire.

— Peut-être que cela l'était dans les circonstances. Du côté des empreintes, on n'a rien trouvé?

— Non, rien d'utile.

L'exposé des différentes possibilités envisageables se poursuivit pendant presque le reste de la journée. L'inspecteur finit par rentrer chez lui avec un mal de tête carabiné. Qui aurait pu penser que Gérard avait autant d'imagination! Il avait discouru pendant près de quatre longues heures. Ses hypothèses avaient couvert un vaste ensemble de scénarios possibles. Elles allaient de l'intervention d'un amant dans toutes ses variantes imaginables, à la pure présence d'un inconnu, en incluant le suicide de Raymond ou son assassinat. Définitivement, si Gérard apprenait à associer des raisonnements logiques à son imagination fertile, il risquait de devenir un inspecteur hors du commun. Peut-être même aussi bon que lui. « Ce sera un peu grâce à moi si cela arrive », pensa l'inspecteur Robitaille dans un mélange de fierté et un petit tiraillement d'inquiétude d'avoir enfin quelqu'un qu'il se plairait à considérer comme son égal.

La fin de la semaine arriva sans s'annoncer. L'inspecteur Robitaille fut très surpris quand sa femme lui téléphona à l'heure du midi pour lui rappeler que ce soir c'était l'anniversaire de Gérard. Elle lui transmit par la même occasion une liste d'épicerie à ramener sans faute, tôt en fin d'après-midi, avait-elle précisé en le menaçant de représailles infernales s'il s'avisait d'oublier. Il ne se le fit pas dire deux fois. Les menaces de sa femme étaient toujours mises à exécution, même si elles s'apparentaient parfois à de la cruauté mentale, selon son point de vue. Il éclata de rire comme à chaque fois qu'il tenait ce raisonnement. « Remets-toi mon vieux. Il y a beaucoup de monde qui donnerait cher pour avoir une femme terroriste comme la tienne. » Il quitta le bureau peu de temps après pour magasiner.

Cette année, il allait faire un beau cadeau à son dauphin. Il apprécia un moment la formule. Oui, ça sonnait bien, son dauphin.

Lorsque la voiture de Gérard entra dans la cour de l'inspecteur, tout était prêt. Enfin presque tout. L'inspecteur n'avait pas vu sa fille depuis son arrivée. Il l'avait entendue sortir de la salle de bain, traverser en courant le corridor, puis après plus rien.

L'inspecteur se remémora rapidement les événements depuis son arrivée dans la maison afin d'essayer de percer le léger parfum de mystère qu'il détectait subitement. Il était d'abord monté dans sa chambre et il y avait trouvé son plus beau costume étendu sur le lit. Il en conclut donc qu'ils allaient probablement sortir tout de suite après le repas puisqu'il était certain que l'on mangerait à la maison, car la bonne odeur de cuisson qui se dégageait de la cuisine ne pouvait le tromper. Il était ensuite allé prendre un bain. Là, sa femme était venue lui apporter un verre de brandy. Un petit baiser furtif, frustrant, et la voilà qui repartait aussitôt sans répondre à aucune de ses questions. Après le bain, il s'était changé et sa femme était apparue comme par enchantement dans sa nouvelle robe de soirée qui le séduisit immédiatement. C'est à ce moment qu'elle lui fit jurer de ne rien faire qui nuirait à la soirée. À quoi, il avait violemment protesté. Ce qui n'avait pas empêché sa femme de sortir une nouvelle liste de menaces dans l'éventualité qu'il commettrait le moindre impair qui compromettrait l'ambiance de la fête. Elle l'avait ensuite embrassé avec fougue et lui avait servi un autre brandy. Ne lui avait-elle pourtant pas dit le mois dernier de réduire la dose. Cela cachait quelque chose.

— Tony, va au devant de lui et donne-lui ça.

Sa femme interrompit ses réflexions en lui remplaçant son verre par deux autres pleins, tout en le poussant vers l'entrée. Rendu légèrement plus docile que d'habitude par l'alcool, il alla rejoindre Gérard qui traversait la cour d'un pas nonchalant. Il entendit sa femme qui montait l'escalier en courant, mais ne daigna pas se retourner afin de lui demander des explications que l'on ne voudrait probablement pas lui accorder. Il nota que Gérard était lui aussi fort élégant.

— Un verre de brandy, ma femme les recommande chaudement aujourd'hui. J'en suis déjà à mon... À quoi bon compter!

Gérard s'arrêta sur la première marche et prit le verre qu'on lui tendait. Il hésita un moment, puis décida qu'il devait en parler tout de suite. « Comme ça, se dit-il, je n'aurai pas à y penser toute la soirée. »

— On a retrouvé la voiture de Raymond.

L'inspecteur eut un sourire complice en lui faisant un signe vers la balançoire. Les deux hommes s'éloignèrent sans un mot. Une fois rendu à bonne distance de la porte de la maison, l'inspecteur fit un signe à Gérard l'invitant à continuer.

— La voiture a été interceptée en plein milieu de la ville. Un méchant spectacle, je vous passe les détails. Le conducteur, un dénommé Lemieux, prétendit qu'elle lui avait été vendue par un concessionnaire.

Gérard fit une pause pendant que l'inspecteur lui souriait narquoisement.

— Oui, nous aussi on n'a pas été convaincus, mais on s'est carrément pété la gueule. Non seulement, le concessionnaire a-t-il confirmé, mais il avait tous les papiers en mains pour prouver que tout a été fait légalement. À une exception près, mais seulement si on tient à être scrupuleux. La voiture était au nom de Raymond, mais c'est sa femme qui est venue la vendre. Le vendeur a fait tout ce qui était possible pour éviter les problèmes. Il dit que c'est d'abord Raymond qui l'a appelé de chez lui, pour savoir combien il pourrait avoir pour sa voiture. Raymond affirma qu'il voulait la vendre parce qu'il avait de gros ennuis avec l'impôt, et que c'était très urgent. Comme nous le savons, c'est complètement faux! Le vendeur lui a donné une estimation en lui disant que cela dépendrait de l'état du véhicule, mais que comme il était presque neuf, il n'y aurait vraisemblablement pas de mauvaise surprise. Une fois sur place, après une brève inspection, la chose pourrait être menée rondement. L'homme au téléphone aurait alors prévenu qu'il ne pourrait pas venir lui-même, car il attendait un inspecteur du gouvernement, mais que sa femme passerait avec ses papiers et ceux du véhicule. Une fois que le prix aurait été fixé, il n'avait qu'à lui téléphoner à nouveau pour confirmer s'il le trouvait acceptable. Ensuite Murielle amènerait le contrat à son mari qui le signerait, et reviendrait chez le concessionnaire. Notre homme a procédé comme convenu. Notre victime, Murielle, s'est présentée avec tous les papiers nécessaires. Le vendeur a fixé un prix. Il a ensuite comparé le numéro que Murielle lui donnait avec celui qu'il avait noté lors du premier appel. Il a même vérifié dans l'annuaire si tout concordait. Il appela donc chez Murielle et lorsqu'il reconnut la même voix il n'eut plus de doutes. Certes, on pourrait reprocher au vendeur un certain manque de rigueur, mais il faut se mettre à sa place. Il n'allait pas manquer une occasion pareille. Un client aux abois, et une voiture presque neuve. Il a offert cinq mille dollars à prendre ou à laisser. L'automobile en valait plus du double. L'homme au bout du fil n'avait posé qu'une seule condition, être payé en liquide. Le vendeur a argumenté un peu, mais l'appât du gain a été le plus fort. En passant, je lui ai montré une photo de Murielle, il l'a formellement reconnue.

— Merde ça se complique. Le type téléphone. Elle va vendre l'auto, et bang elle se fait tuer.

— C'est exactement ça. Elle se fait tuer, le lendemain matin. Je suis presque sûr que ce n'est pas Raymond qui a appelé. En admettant qu'il avait prémédité de la tuer et qu'il voulait de l'argent pour disparaître, il aurait pu vider son compte de banque. Il y avait près de quinze mille dollars dedans, ils y sont toujours. En plus, le retour d'impôt qui traînait dans le salon, c'était le sien. Alors pourquoi se donner tout ce mal? Pour gagner du temps? Cela n'aurait servi à rien car Raymond demeure notre seul suspect. Qu'en pensez-vous?

L'inspecteur contempla le ciel en réfléchissant. Murielle était une jolie femme. Était! Comme il détestait ce mot! En plongeant dans ses souvenirs il pouvait l'associer à beaucoup de visages. Quelques-uns demeuraient gentiment anonymes, d'autres l'assaillaient d'un coup. Leurs histoires lui revenaient claires et précises. Des cas d'adultères, des dépressions qui avaient persisté jusqu'au suicide, de simples disputes qui s'étaient terminées par un coup fatal. Tout ce potentiel humain perdu à jamais. Les cas de meurtres non résolus étaient les pires. On gardait toujours cette impression d'avoir failli à son devoir. Bien sûr, c'était facile de se trouver des excuses : d'autres cas avaient requis son attention, six mois avaient passé sans avoir eu rien de nouveau, le dossier étant alors automatiquement fermé, puis la piste devenant de plus en plus froide, cela devenait sans espoir : mais les excuses n'arrivaient jamais à le convaincre complètement. Le sentiment d'avoir lâchement abandonné la victime et ses proches refaisait surface et, alors, il n'y avait pas grand-chose à faire pour oublier. L'alcool y parvenait parfois. Il remarqua son verre vide et répondit finalement sur un ton mélancolique.

— Je crois que tu as raison. Mais si ce n'est pas Raymond qui a fait le coup, où est-il? À moins que... lui aussi n'ait été tué.

Du seuil de la porte, la femme de l'inspecteur leur cria de venir manger.

— Je n'étais pas censé parler du bureau. C'était la consigne de ma chère femme, compris?

« Bien sûr, je vous envie beaucoup, c'est vraiment magnifique tout ça », s'empressa d'ajouter Gérard en élevant légèrement la voix et en faisant un geste ample pour désigner le paysage au-delà de la haie. Les deux hommes retournèrent vers la demeure en échangeant des banalités sur les beautés de la nature. Ils commençaient à parler de baseball quand ils franchirent le seuil de la porte.

Dès qu'ils l'eurent franchi, ils s'arrêtèrent interloqués. Tous les deux fixaient Caroline, la fille de l'inspecteur qui descendait doucement l'escalier convaincue d'avoir réussi son entrée. Elle portait une magnifique robe rouge qui laissait voir ses ravissantes épaules. Sa poitrine, quoique menue, était largement mise en valeur par la coupe du tissu qui l'enserrait de manière presque indécente, jouant entre l'ombre et la transparence.

L'inspecteur était très ému. Cette robe était celle que Judith portait juste avant qu'il ne se décide à la demander en mariage. Elle ne l'avait portée que trois fois en tout avant qu'il ne craque et ne perde complètement la tête, en oubliant les responsabilités et le jeune âge de Judith. Il n'avait pu résister, l'année suivante il l'épousait. Les mains de l'inspecteur tremblaient. Autant pour se donner une contenance que pour reprendre de l'assurance, il se dirigea vers le bar où il se resservit un double. Elle avait même changé de coiffure, ce qui la faisait paraître plus vieille. La voix de sa femme lui parvint confuse à travers le brouillard de ses émotions.

— Tu te rappelles chéri, c'est la vieille robe que je portais avant que l'on se marie. Elle est encore belle, n'est-ce pas?

Le piège avait été savamment préparé. Il vit Gérard qui s'était avancé au pied de l'escalier offrir son bras à Caroline en lui servant du « mademoiselle » sur un ton sérieux qui eut paru déplacé à tout autre moment que celui-ci. L'inspecteur se sentait vidé de toutes ses forces. Il but son verre rapidement avant de se resservir. Il les regarda traverser le salon avec une grâce irréelle, un accord parfait qui aurait pu suggérer qu'ils s'étaient pratiqués des dizaines de fois à faire ça. Le colosse réduisant son pas et sa fille accélérant le sien jusqu'à marcher au même rythme. Ce fut sa femme qui l'obligea finalement à se remettre en mouvement en l'entraînant vers la salle à manger.

— Rappelle-toi ce que tu m'as promis, lui dit-elle. Pas de vagues sinon... Notre bon inspecteur est un peu amorti, excusez-le, ça doit être la boisson... à moins que ce ne soit l'âge!

La dernière phrase se termina sur l'éclat de rire de sa femme, tandis que Caroline affichait un sourire et que Gérard regardait ailleurs, ne sachant s'il devait rire ou se porter à la défense de son chef.

L'inspecteur rendu plus docile qu'à l'habitude par l'alcool ne protesta même pas à la dernière boutade. Le taureau était épuisé. Les combattants l'avaient amené où ils avaient voulu, il n'attendait plus que la mortelle estocade. Elle ne fut pas longue à venir. À peine s'était-il installé que sa fille lui porta le coup final.

— Mon père critique toujours ma façon de m'habiller; qu'est-ce que tu en penses Gérard?

Le tout avait été dit sur un ton badin, mais le regard malicieux qu'elle décocha à son père en le disant était bien suffisant. Le sous-entendu était clair : essaie de t'interposer, si tu l'oses. Il n'oserait pas, il le sut immédiatement, et les deux femmes semblaient le savoir, elles aussi. Toute résistance était futile.

Les dix premières minutes du repas furent cependant tendues. Tous les acteurs de la petite mise en scène signée Judith se tenaient sur leurs gardes, s'attendant à tout moment que la bête se réveille, mais l'inspecteur se décida finalement à la faire disparaître des lieux. Il rit intérieurement, se délectant à l'avance de la lente descente aux enfers que n'allait pas manquer de subir Gérard. Une décision avait été prise sans lui, et il ne voyait pas comment l'autre allait pouvoir se dépêtrer de là. L'inspecteur choisit donc la seule chose qu'il pouvait faire dans les circonstances, il détendit l'atmosphère.

D'instinct, il savait choisir les bons mots, la bonne nuance, et l'intonation de voix qui convenait pour parvenir à ses fins. Il faisait tout cela sans réfléchir. Quelques minutes plus tard, la légère tension du début du repas fut oubliée.

— Tu sais Gérard, quand tu m'as dit l'autre jour que ma fille n'était plus une petite fille, eh bien tu avais raison...

Caroline jeta un bref regard interrogateur à sa mère qui lui fit signe d'un petit geste que son père était au courant. Elle retourna vivement la tête vers son père, craignant le pire, alors que lui avait laissé sa phrase en suspens jusqu'à ce qu'il puisse accrocher son regard.

— Je le vois bien aujourd'hui, elle est devenue une magnifique jeune femme.

L'hésitation volontaire de l'inspecteur lui valut un regard de reproche de la part de sa femme, et un grand sourire étonné et ravi de sa fille. Pendant le repas, l'inspecteur observait attentivement Gérard et Caroline, étudiant leurs différentes réactions aux paroles de l'autre. Il était sûr que Caroline était amoureuse de Gérard. En réalité, elle devait l'être depuis longtemps, mais c'est seulement aujourd'hui qu'il prenait le temps de l'observer. Gérard s'était lancé à raconter la fameuse fois où il lui avait sauvé la vie. Il était un peu gêné, mais sa femme avait tant insisté qu'il avait dû céder. Il était un magnifique conteur, capable de donner vie à de menus détails qui rendaient plus vivante la scène qu'il se remémorait. L'inspecteur, qui avait entendu l'histoire à de nombreuses reprises, avait remarqué que certains détails semblaient prendre plus d'importance que d'autres, d'une narration à l'autre. Peut-être que c'est ce qui rendait l'histoire si plaisante à entendre à nouveau. Cependant, toute critique considérée, l'histoire demeurait toujours la même, sans aucune fausseté et sans exagération. Oui, ce jour-là, Gérard lui avait bel et bien sauvé la vie.

L'histoire s'achevait et c'était enfin l'heure de distribuer les cadeaux. Il avait particulièrement hâte, cette année, de lui donner le sien. Cette fois-ci, on ne pourrait pas le traiter de pingre. Non pas qu'il le soit le moins du monde, mais l'orgueil lui avait interdit d'avouer que les années précédentes il avait dû acheter son cadeau à la sauvette, à la dernière minute, faute d'y avoir pensé auparavant. L'inspecteur sortit le paquet cadeau de la poche intérieure de son veston et le lança gracieusement dans les mains de Gérard en disant : « C'est tout ce que j'ai pu trouver en si peu de temps. » L'autre considéra un moment le paquet qui avait à peu près la taille d'un paquet de cigarettes. Ça ne pouvait pas être ça, Gérard ne fumait pas. Incapable de résister plus longtemps, il déchira avec hâte le papier. Il crut un instant que c'était une calculatrice, puis il se rendit compte de son erreur. Ému, il resta un moment sans voix.

— Un micro-ordinateur pouvant servir d'agenda électronique, c'est trop. Ça vaut une petite fortune.

— Si ça te fait plaisir, ça les vaut largement.

— Si ça fait plaisir...

Gérard se lança alors dans une longue tirade de remerciement qu'il fut difficile d'enrayer. Puis ce fut le tour de Judith de lui donner un cadeau, une montre chronographe avec plusieurs alarmes : « Pour ne plus être en retard au boulot », ajouta-t-elle en riant. Gérard rougit un peu, puis éclata de rire franchement. Son rire était bon à entendre, sa force avait quelque chose de communicatif. L'inspecteur ne sut jamais ce qui l'avertit, peut-être ne fut-ce qu'un changement dans le rythme du rire ou dans la posture de Gérard, mais il devina ce qui allait se passer. Gérard allait se mettre à pleurer d'une seconde à l'autre. Gérard était orphelin de père et de mère, et le lien de parenté avec le grand chef n'avait été découvert que tout récemment. Il n'avait donc pas dû être souvent fêté avec autant de chaleur. Il intervint immédiatement, la situation serait gênante pour lui. Il s'approcha rapidement pour lui donner une claque amicale dans le dos.

— Allons mon gars, retiens-toi, je sais que tu meurs d'envie de te jeter à nos pieds pour nous remercier, mais attends au moins que ma fille te donne son cadeau, sinon tu risques de la vexer.

L'expression de Gérard changea, et son attention se concentra sur Caroline. Celle-ci fit apparaître un billet de sous la nappe.

— Ça, c'est un billet première rangée pour aller voir le chanteur Phil Collins. Il y a juste deux hics. Le premier est que c'est pour le spectacle de ce soir, et l'autre que c'est moi qui ai le siège à côté de toi.

L'expression de Gérard se figea de surprise pendant au moins deux secondes, mais il se reprit avec aplomb.

— J'accepte avec plaisir, je serai très fier que tu sois ma compagne pour cette soirée, avec la permission de tes parents, bien sûr!

Caroline rougit à cette déclaration, pendant qu'elle cherchait le regard de son père.

— Dans le fond, il n'y a rien qui puisse me faire plus plaisir. Dépêchez-vous, je ne voudrais pas que vous manquiez quelque chose à cause de nous.

— Vous êtes sûr que cela ne vous dérange pas, patron, ajouta Gérard qui s'était déjà à moitié levé pour contourner la table et tendre son bras à Caroline.

— Mais non, ne t'en fais pas.

— Je vous promets...

— J'ai confiance en toi, allez!

Gérard lui jeta un regard de gratitude qui valait tous les remerciements du monde. Le jeune couple était déjà à la porte d'entrée. Caroline attrapait un chandail presque en courant, et d'un seul coup ils furent partis.

— Ton père avait raison.

— À propos de...

— Les femmes ont le sang chaud dans la famille, mais juste au cas où il se serait trompé, je demande des preuves immédiatement.

Judith vint se lover dans ses bras en lui disant : « Si on faisait une visite intime au comptoir de la cuisine. » Le goût fruité de ses lèvres et son parfum eurent tôt fait de faire perdre la tête à l'inspecteur qui l'entraîna rapidement en se serrant contre elle.

Chapitre 6 — 28 mai

Une semaine complète s'était écoulée depuis la fête de Gérard. Aucun crime n'avait été porté à l'attention de l'inspecteur. Celui-ci avait passé la dernière semaine à faire la navette entre la cour et son bureau. Il n'aimait guère ce genre d'activité depuis la bavure qu'il avait commise dans le domaine. Chaque témoignage lui amenait un niveau de stress qu'il avait parfois de la difficulté à gérer. Dernièrement, il avait eu des problèmes d'insomnie. Aujourd'hui il se sentait cependant en pleine forme. Le whisky avait bien rempli sa mission hier. Il avait dormi comme une bûche. Il y avait une semaine que sa bibliothèque ne s'était pas agrandie. Pas un roman, ni le moindre best-seller. L'inspecteur ne savait pas trop à quoi il devait attribuer cela. Est-ce que la montre chronographe avait tout réglé d'un seul coup ou bien... Gérard était désormais toujours à l'heure au bureau, et même souvent à l'avance. Ce matin, c'était l'inspecteur qui avait décidé de faire la grasse matinée.

Il était dix heures quand l'inspecteur franchit la porte du bureau, soit un bon deux heures plus tard qu'à l'habitude. Il n'eut même pas le temps de faire deux pas à l'intérieur que, déjà, Gérard lui avait fait faire demi-tour et qu'ils se dirigeaient presque à la course vers le stationnement. Démarrage sur les chapeaux de roues, mise en marche de la sirène, la situation d'urgence était évidente.

— J'étais au central avec votre fille quand c'est arrivé. Si on se dépêche nous serons là avant les ambulances.

— Ma fille, les ambulances?

— Je l'avais invitée à visiter la centrale quand l'appel est arrivé. L'agent qui était sur les lieux frôlait la crise de nerfs. Six morts, quatre adultes, deux enfants. Une véritable tuerie.

Gérard manœuvrait la voiture avec adresse et intelligence, évitant les risques inutiles, choisissant les artères les moins achalandées sans jamais hésiter sur la route à suivre. Trois voitures de patrouille signalaient l'endroit avec tous leurs gyrophares allumés. Ils arrivèrent en même temps que la première ambulance.

Un policier à la porte du bloc appartements contrôlait la circulation et vérifiait l'identité des gens. Un autre policier se tenait près de la portière d'une voiture de patrouille en compagnie d'un collègue qui semblait très secoué. Son corps était parcouru par des tremblements nerveux, son visage affichait une blancheur cadavérique. Pendant qu'il faisait signe à Gérard, l'inspecteur partit vers la porte en direction des deux agents qui se trouvaient près de la voiture. Après s'être identifié, l'inspecteur reçut un bref compte rendu et put se diriger au cinquième, là où le drame s'était déroulé. Il monta les cinq étages à la course, puisque l'agent le plus ancien avait cru bon de bloquer l'ascenseur à son niveau pour faciliter le contrôle du va-et-vient sur l'étage. « En voilà un qui connaît son travail », se dit l'inspecteur. Il aurait aussi parié qu'un autre policier faisait le guet devant l'escalier de secours même si celui-ci en était un intérieur. Il ne fut pas déçu. Dès qu'il arriva à l'étage, un autre policier vérifia son identité. Il était placé de façon à voir l'escalier principal et celui de secours. Des ambulanciers passèrent à proximité de l'inspecteur poussant une civière sur laquelle un policier en uniforme reposait. Il était vivant mais semblait mal en point. Ses yeux étaient clos, sa respiration difficile, un pansement avait été appliqué à la hâte sur son abdomen et n'arrivait pas à endiguer tout le sang qui s'écoulait de la blessure. L'un des ambulanciers, qui avait remarqué l'autorité naturelle qui se dégageait de l'inspecteur, lui adressa la parole en s'installant dans l'ascenseur.

— Celui-ci a une chance. Pour tous les autres, c'est trop tard. Ne mettez pas de drap sur la fillette qui a été brûlée, cela risquerait d'endommager encore plus son corps.

La porte de l'ascenseur se refermait déjà alors que l'autre ambulancier utilisait la clef de service d'urgence. L'inspecteur frissonna. La fillette brûlée, pensa-t-il. Un agent aux tempes grisonnantes s'avança vers lui en traversant le corridor, évitant la flaque de sang qui provenait du corps d'un autre policier en uniforme dont on ne voyait que les pieds dépassant de la dernière porte au bout du corridor.

— Je suis l'agent Tardif. Vous êtes...

— Inspecteur Robitaille

— Le spécialiste des cas bizarres?

— Oui, je crois que c'est moi, répondit l'inspecteur d'une voix peu assurée. Il n'avait pas regardé son interlocuteur droit dans les yeux, comme à son habitude; il ne lui avait pas accordé toute son attention pour lui faire sentir à quel point ses propos étaient importants pour lui. Là, il n'arrivait plus à détacher son regard des pieds qui dépassaient du cadre de porte.

— Suivez-moi. Je vais vous faire visiter le gâchis. L'homme sur le seuil de la porte, c'était l'agent Dionne. Ici, c'est son domicile.

L'agent Tardif se pencha et souleva une partie du drap recouvrant le corps.

— Il a été atteint de deux projectiles, un à l'abdomen et l'autre au thorax. Le policier que vous avez probablement vu à l'extérieur a déclaré avoir tiré à trois reprises après que son collègue eut été abattu par l'agent Dionne.

L'inspecteur serra les poings mais l'autre ne remarqua rien. Il n'avait même pas baissé les yeux vers le corps. Durant tout le temps que Tardif lui parlait, il s'était contenté de regarder dans le vide comme s'il savait déjà ce qu'il y avait à voir. L'agent Tardif, ayant pris soin de rabattre doucement le drap sur le cadavre, reprit son discours.

— Il y avait une petite fille qui hurlait à la porte d'en face, mais ça fait cinq minutes qu'on ne l'entend plus. Elle a probablement eu peur à cause des coups de feu. Je n'ai pas osé...

L'inspecteur détourna rapidement la tête vers la porte que lui désignait Tardif et y cogna immédiatement.

— Police, ouvrez, nous voulons vérifier si vous allez bien. Ouvrez immédiatement sinon nous enfoncerons la porte.

Il répéta à plusieurs reprises sa menace avant qu'on ne lui réponde sur un ton hystérique.

— Foutez le camp d'ici, bande d'assassins! Laissez-nous tranquilles!

La voix qui était celle d'une jeune fille d'une dizaine d'années tout au plus s'étrangla dans un sanglot.

— Nous ne te voulons pas de mal, nous voulons t'aider. Ouvre-nous la porte. Ne nous oblige pas à la défoncer.

— Avez-vous une idée, inspecteur?

Comme à son habitude l'inspecteur porta la main à sa tempe.

— Je nage complètement, et je n'aime pas ça du tout.

Gérard arriva à ce moment-là. Après s'être brièvement informé, il s'agenouilla tout près de la porte et se mit à parler d'une voix profonde et calme. Sa voix se fit douce comme la caresse du vent.

— Bonjour, je m'appelle Gérard. Toi c'est comment... Tu ne veux pas me le dire, ça ne fait rien.

— ...Chantale

— De quoi t'as l'air Chantale? De quelle couleur sont tes cheveux?

L'inspecteur Robitaille regardait Gérard avec surprise. À quoi voulait-il en venir? Il se souvint alors d'une phrase qu'il avait lue dans le plan de cours de l'institut de police qu'un de ses amis lui avait soumis pour avoir ses commentaires. « Chaque personne a ses forces et ses faiblesses, lorsqu'on endosse l'uniforme cela reste vrai. Il arrive, un jour ou l'autre, que vous vous retrouviez dans une situation où vous êtes personnellement avantagé ou désavantagé. Prenons, par exemple, une poursuite qui aurait lieu sur des toits d'immeubles. L'un d'entre vous peut être particulièrement mal à l'aise à cet endroit. Moi pour ma part, je ne sais pas comment s'épelle le mot « vertige ». Je suis donc l'homme de la situation, et cela n'a rien à voir avec ma formation de policier. J'utilise une de mes forces. Vous devenez des policiers mais, à l'intérieur, vous restez vous-même. Utilisez toujours ce qui est votre force, chaque fois que vous en avez l'occasion et que ce n'est pas contraire à la loi. Un visage menaçant peut parfois être un avantage, tandis qu'une autre fois un peu de séduction serait plus efficace. » La force de Gérard n'était pas la force brute comme plusieurs se plaisaient à le croire. C'était plutôt le charme qui émanait de toute sa personne.

— Moi je suis un véritable géant, tout en muscles. Sais-tu ce que l'on dit de moi où je travaille ? Non tu ne peux pas le savoir, tu ne m'as pas encore vu . Eh bien les gens disent que depuis que Superman m'a rencontré, il a des complexes et ne veut plus faire de film. Écoute, Chantale, je ne blague pas, je suis tellement costaud que mon corps arrête les balles. Écoute, Chantale, je pourrais arracher la porte juste en poussant dessus, mais je ne veux pas faire de dégât à l'endroit où tu vis. Si tu me disais seulement ce qui s'est passé.

Il y eut un long silence avant que la jeune fille ne réponde, plongeant tout le monde dans la plus grande confusion.

— Les policiers ont tué mon père, maintenant ils veulent entrer pour me tuer.

— Je ne les laisserai pas faire. Personne ne te fera du mal. Je te le jure, je te protégerai, mais pour ça, il faut que tu m'ouvres. Tu n'auras qu'à te cacher dans mes bras. D'accord ?

Il y eut un autre silence, puis finalement le bruit du verrou qui se relâche. Une fillette de neuf ou dix ans apparut à la poignée de porte. Elle observa un moment Gérard puis se jeta dans ses bras en se remettant à pleurer. Son père était étendu par terre. Une large tache de sang colorait sa chemise à la hauteur du cœur. D'un seul regard, ils surent qu'il était déjà trop tard. L'inspecteur vint s'agenouiller à côté de l'homme. Par acquit de conscience, il essaya d'en trouver le pouls. Après une minute, il hocha la tête en direction de Gérard qui resserra son étreinte sur la fillette en lui demandant : « Où est ta maman, Chantale ? »

— Elle est morte l'année dernière, réussit-elle à articuler entre deux sanglots.

L'inspecteur essuya quelques larmes qui vinrent perler au coin de ses yeux. « La vie était parfois cruelle. »

— Elle en a assez supporté pour cette année. Je l'amène chez vous inspecteur.

L'inspecteur acquiesça mentalement sans faire un geste. Gérard partit sans attendre de réponse, enveloppant la petite dans ses bras.

L'agent Tardif s'adressa à l'inspecteur d'une voix neutre.

— Il vaudrait mieux vous blinder, c'est pire de l'autre côté.

L'inspecteur se releva et suivit lentement, comme à contrecœur l'agent Tardif qui entra en enjambant le corps de Dionne. Un peu plus loin il y avait un corps de femme. L'agent Tardif souleva le drap avant que Robitaille ne puisse lui dire de ne pas le faire. Les traits du visage de la femme n'étaient plus qu'un masque de sang et de chair torturée. Elle avait dû recevoir une balle de fort calibre en pleine figure, à bout portant. Elle était sûrement morte sur le coup. Une odeur de chair brûlée leur avait attrapé la gorge dès leurs premiers pas dans l'appartement. L'inspecteur se rappela immédiatement ce qu'on lui avait dit : la fillette brûlée.

À gauche, dans l'entrée de la salle de lavage, un autre corps retenait son regard. Tardif continua sa besogne. Cette fois-ci, l'inspecteur découvrit le visage d'une adolescente de seize ans. Elle avait les cheveux bruns de sa mère. Elle avait été atteinte d'une balle à la base du cou. Elle s'était probablement étouffée avec son propre sang. La même sensation qu'une noyade, mais en plus rapide. Ce n'était pas une manière agréable de mourir.

« Elle n'a même pas eu le temps de connaître les joies de l'amour. »

L'inspecteur détourna la tête de la scène mais pas assez vite. Il remarqua que le devant de la laveuse arborait des taches de sang qui suggéraient quelque chose de désagréable. L'inspecteur frissonna avant même d'en avoir compris la raison. Il tourna la tête vers Tardif l'implorant du regard de le contredire.

— Je crois qu'il l'a abattue sur le tas de linge sale à gauche à l'intérieur de la pièce puis il l'a jetée dans la laveuse avec le reste de la lessive et l'a mise en marche.

Tardif avait dit tout cela rapidement et sans reprendre son souffle comme s'il avait eu honte de ce qu'il disait. Le couvercle de la laveuse était déjà ouvert. « Il faut que tu regardes. Tu dois le faire, même si c'est la dernière chose que tu réussisses à faire aujourd'hui. » L'inspecteur s'avança tout en se donnant des ordres mentalement : « Tu ne peux pas reculer. Tu n'en as pas le droit. Tu... dois... regarder! » Mettant ses deux mains de chaque côté de l'ouverture, il se pencha un peu. Le garçonnet était là, blanc comme un drap. Il s'était complètement vidé de son sang à cause du mouvement. Différentes pièces de linge étaient entortillées autour de lui. Son visage portait des marques de contusion ce qui n'était pas étonnant dans les circonstances. Robitaille se recula prestement. Il sentait qu'il était sur le point de perdre le contrôle de lui-même, et pourtant il devait continuer même si le pire était à venir. Il s'efforça de ne pas trop réfléchir et d'un signe invita l'agent Tardif à lui faire poursuivre sa visite guidée. Celui-ci l'entraîna d'abord vers le salon. Sur le divan de couleur beige, il y avait une grosse tache rouge sur un coussin jaune. Une petite salopette traînait au milieu du plancher.

— La fillette... à peu près deux ans, a été tuée sur le divan. Vraisemblablement elle écoutait la télévision. Il l'a déshabillée, l'a emmenée dans la cuisine. Il l'a... L'agent Tardif fit une pause. Sa voix jusqu'alors très ferme devint hésitante. Il l'a… ensuite placée dans le four... sur la grille du bas… à quatre cents degrés.

L'inspecteur prit une profonde inspiration, puis entra dans la cuisine en retenant son souffle. La porte du four était ouverte sur le petit corps. Le visage avait particulièrement souffert. Les cheveux s'étaient enflammés en raison de la chaleur. La peau s'était fendillée à certains endroits laissant s'échapper les graisses naturelles du corps qui avaient dû s'enflammer à leur tour. Tout le corps semblait être une plaie ouverte sur l'enfer. L'inspecteur ressortit de la cuisine en examinant le plancher. Ce n'est qu'une fois dans le corridor qu'il se remit à respirer normalement. Là, un instant comme désorienté, il chercha quelqu'un du regard, puis se rendant compte de son erreur, il réussit à esquisser un début de sourire. Il avait temporairement oublié que Gérard n'était plus là.

« Je dois réagir. Oublie, concentre-toi, tu es un professionnel. »

— Tardif, je prends charge de cette enquête. De toute façon, on est dans mon district. Je vous nomme responsable officiel des lieux du crime. Je voudrais que vous m'expliquiez comment ça se fait qu'il n'y ait pas de traces de sang sur le plancher entre le salon et la cuisine. C'est sûrement possible en enveloppant le corps avec quelque chose, à moins que l'on ait essuyé les taches sur le sol. Il ne manquerait plus que ça. À tout hasard, cherchez des traces de sang sur un chiffon ou même sur une vadrouille. Vous me suivez, Tardif?

— Oui, très bien inspecteur.

— Ensuite, si le type a transporté des corps ensanglantés, il s'est probablement taché. Quelqu'un a peut-être remarqué quelque chose. Les chances sont minces mais il ne faut rien négliger.

— Un instant, inspecteur, je ne vous suis pas aussi bien que ça. Est-ce que vous suggérez qu'il y a un autre type responsable de cette fusillade que l'agent Dionne?

— Bien sûr que oui! Il y a quelqu'un d'autre de responsable. Enfin, j'en suis presque sûr. Imaginez, Dionne rentre chez lui et décide de tuer tout le monde. Le voisin d'en face se plaint du vacarme. Bang! Dionne le tue aussi. Des agents se présentent. Bang! Dionne tire à nouveau. Vous comptez combien de coups, vous? Cinq coups avant l'arrivée des policiers. Les deux appels reçus au 911 font référence à des hurlements et à un coup de feu. Avez-vous vu le moindre silencieux dans la pièce? Je parierais que vous n'en trouverez nulle part. D'ailleurs, il n'y a pas de silencieux facilement adaptable aux armes de service. Je vais m'avancer encore plus loin, je vous parie ma carrière que l'arme de service de l'agent Dionne n'a pas tiré plus de deux coups. Donc, conclusion, qui a tué la famille Dionne? Vous me suivez maintenant?

— Oui, inspecteur.

La voix et le regard de Tardif traduisait de l'admiration pour Robitaille. Il se dit qu'il n'avait pas volé sa réputation de véritable Colombo de la police.

— Donc, on cherche quelqu'un qui aurait quitté les lieux du crime. Pendant que j'étais dans l'appartement, j'ai entendu des enfants qui jouaient dans la ruelle. Envoyez quelqu'un les questionner. Plus particulièrement un petit rouquin nommé Charles. L'escalier de secours débouche dans la ruelle. Questionnez aussi les voisins pour savoir s'ils ont entendu quelqu'un descendre dans l'escalier de secours. Tardif, nous cherchons des traces de sang ou quelqu'un taché de sang. Gardez bien cela à l'esprit, voulez-vous?

— Oui monsieur. Autre chose?

Robitaille ouvrit la porte de l'escalier de secours qui était située juste à côté de celle de Dionne.

— Toujours pas de lumière là-dedans. Vérifiez avec des torches. En passant, félicitation pour la façon dont vous avez disposé vos hommes. C'était très efficace.

— Merci!

L'inspecteur s'adressa ensuite à une meute de nouveaux arrivants bien disciplinés. Photographes d'office et fouineurs spécialistes de la découverte des détails, ils attendaient tous la permission pour commencer leur travail.

— Messieurs, prioritairement je veux le rapport balistique complet. Portez une attention toute particulière quand vous sortirez le linge de la laveuse. J'ai l'intuition qu'il y a des choses qui ne devraient pas y être. Généralement, on ne lave pas le linge foncé avec le linge pâle ou quelque chose du genre. Pour les autres détails voyez l'agent Tardif derrière moi. Mon adjoint va probablement revenir ici. Transmettez-lui tout ce que vous aurez trouvé. Je rentre à mon bureau. Encore une chose, Tardif, je ne veux pas que la presse s'empare d'aucun détail. « Un communiqué laconique tout au plus. » Si quoi que ce soit transpire d'ici je vous en tiendrai personnellement responsable.

— Oui, monsieur.

L'inspecteur sortit précipitamment de l'immeuble, presque comme un malfaiteur. Une fois à l'extérieur, une bouffée de chaleur l'envahit. Elle n'était due ni à sa sortie précipitée ni à la chaleur de la journée. Il s'immobilisa près d'une camionnette du laboratoire et y prit appui. Un agent remarquant sa posture lui demanda si tout allait bien. L'inspecteur s'empressa d'affirmer que oui, tout en commençant à s'éloigner des lieux en marchant. L'autre l'ayant reconnu, insista en lui proposant de le ramener. Il lui répondit qu'il avait besoin d'air et qu'il préférait rentrer à pied. Il transpirait à grosses gouttes comme après une longue séance d'aïkido. Il enleva sa cravate, puis son veston, espérant ainsi se rafraîchir. Sa chemise collait à sa peau, montrant sa musculature découpée et son arme de service qu'il portait à l'aisselle. Sa peau était brûlante, son sang courait dans ses artères comme sur un circuit de Formule Un. Le poste était environ à une trentaine de minutes de marche ce qui lui ferait sûrement du bien. Cinq minutes plus tard, il décida d'enlever sa chemise et de marcher torse nu. Il rangea son arme de service dans la poche intérieure de son veston et jeta sa chemise avec son veston sur son épaule en le tenant par le revers.

Il connaissait la famille Dionne depuis toujours. Il était là, lorsque Charles avait rencontré Diane. Il avait été le témoin de Charles à son mariage. Il était même le parrain de la petite dernière. Il avait soupé chez eux voilà moins d'un mois. Charles avait toujours aimé les risques et il en avait pris beaucoup au début de sa carrière. Acteur dans l'âme, il avait joué un rôle important dans le démantèlement de nombreux réseaux de trafic de drogue, s'infiltrant jusqu'à un très haut niveau dans le milieu. Depuis les dix dernières années, il s'était peu à peu assagi, ne voulant pas mettre sa famille en péril. Il avait accepté un emploi d'enquêteur au bureau de la brigade des mœurs. En vingt-trois ans de service, cela vous faisait un bon nombre d'ennemis. Une famille magnifique, trois enfants, Julie presque deux ans, Pierre bientôt quatre et Isabelle quatorze ans. Sa femme Catherine était drôle comme pas une, à un point tel qu'il ne pouvait jamais s'empêcher d'éclater de rire à la vue de ses mimiques. Ce n'était pas possible. Il ne les verrait plus jamais.

Maintenant qu'il était seul, il sentait la rage de l'impuissance l'envahir. Il avait su garder le contrôle de son corps durant tout le temps qu'avait duré l'horrible expérience de la visite des lieux, mais cela n'était qu'une façade. Il se rappelait les paroles de son vieux maître d'aïkido. Un vieux Japonais, exactement l'image que l'on se fait de ce genre de personnage. Il lui avait dit que la rivière où se noyaient le plus d'enfants paraissait douce. L'eau y chantait doucement, était bonne à boire, mais que malgré son apparence sécurisante, son fond vaseux la rendait extrêmement dangereuse. Il en était de même du contrôle de tes émotions, cela ne doit pas être juste une apparence, sinon le remède serait pire que le mal. Oui, le vieux maître avait raison. Dans ce cas particulier, il aurait mieux valu qu'il éclate en sanglots, qu'il hurle un bon coup, qu'il ne s'empêche pas de vomir lorsqu'il avait senti la bile s'accumuler en lui. Maintenant, il se sentait vraiment malade et ça risquait de durer pendant quelques jours. Charles s'était légèrement enivré la dernière fois qu'ils s'étaient vus, et il lui avait dit dans un souffle : « Tu es le frère que j'aurais toujours voulu avoir. S'il m'arrivait quelque chose, prends bien soin d'eux pour moi. » Il ne pouvait rien faire pour personne, il ne restait personne. Sa rage monta encore d'un cran.

Les apparences sont souvent trompeuses. Lorsque l'inspecteur arriva au poste, il semblait calme et en parfaite possession de ses moyens, mais pourtant son énergie intérieure bouillonnait toujours en lui. Il ouvrit la porte violemment. Celle-ci tenta bien de se venger au rebond, mais il était déjà loin dans le corridor lorsqu'elle se referma bruyamment. Il fit un bref salut à l'agent du bureau d'information du hall d'entrée, puis monta les escaliers qui menaient au quatrième à la course. Il surgit dans le poste sans avertissement, coupant court à toutes les conversations par sa seule présence. Il traversa la pièce centrale du poste sans dire un mot, passant tout près de sa secrétaire, sans même lui jeter un regard. Ce qui ne l'empêcha pas de crier à tue-tête pour l'appeler quelques secondes plus tard.

— Dominique, je veux avoir le dossier du lieutenant détective Charles Dionne, de la brigade des mœurs, domicilié au cinq cent vingt de la rue Bourbonnière. Vous irez prévenir les archives que je veux que l'on me trouve toutes les affaires criminelles auxquelles l'agent Dionne a été assigné à témoigner. Une dernière chose, Dominique, je les veux maintenant, pas de flânerie. C'est clair?

La voix était cassante et laissait planer suffisamment de menaces voilées pour transformer une tortue en lièvre. La secrétaire, qui avait écrit à peine deux ou trois gribouillages sur son bloc-notes, disparut dès que l'inspecteur eut refermé la bouche, en faisant un petit signe de tête. Durant ses deux ans de service auprès de l'inspecteur, elle l'avait vu deux fois dans cet état et à chaque fois, cela avait abouti à des colères. Le mot colère, d'ailleurs, expliquait mal l'ampleur du phénomène auquel elle avait été confrontée. Il valait beaucoup mieux ne pas être là quand cela allait se déclencher.

Lorsqu'elle revint avec le dossier, elle n'était qu'à moitié rassurée. Elle espérait qu'il s'était un peu calmé, car elle n'avait pas que de bonnes nouvelles. Quelqu'un allait probablement écoper. Elle l'avait averti, mais on n'avait pas voulu écouter. Ce serait tant pis pour lui. Elle n'allait certainement pas porter le chapeau pour un présomptueux comme celui-là.

— Voici le dossier.

Le dossier semblait très mince comparativement à ce que Robitaille avait demandé, cela ne lui échappa pas à en juger par la grimace qu'il fit en le regardant.

— Euh... aux archives, à propos du reste de votre recherche...

— Qu'est-ce qu'il y a à propos de ma recherche?

— Euh... eh bien, le responsable des archives m'a dit que vous deviez lui transmettre un papier justifiant les motifs de la recherche, la priorité qu'il doit lui accorder. Il a ensuite précisé qu'une fois muni de ce papier, il entamerait ensuite les recherches qui pourraient prendre jusqu'à plusieurs jours avant d'être complétées, dépendant du niveau de priorité qui leur serait accordé.

L'inspecteur rugit un « quoi? » qui interrompit la vie du poste pendant quelques longues secondes. Il se leva promptement et son visage se colora de rouge alors qu'il sortait de son bureau au pas de course en maugréant : « Quel niveau de priorité je lui accorderai! »

Dominique se retint pour ne pas rire. Elle la tenait sa vengeance sur ce prétentieux de Francis qui ne cessait de se moquer d'elle sous prétexte que, lui, parlait trois langues et qu'il avait obtenu ce poste en partie grâce à cela. Elle n'avait même pas eu à mentir, juste à répéter scrupuleusement ce qu'il avait dit, et encore qu'elle avait censuré la partie qui disait que l'inspecteur croyait être le seul à avoir besoin de renseignements, mais que ce n'était pas le cas. Ce qui équivalait à vouloir le faire passer pour un con. Elle n'osait même pas penser à ce qui serait arrivé si elle l'avait dit à l'inspecteur. En fait, elle y pensa quand même.

Pendant ce temps-là, Robitaille avait grimpé deux étages d'escalier, traversé le département du central téléphonique puis, prenant un raccourci, il avait coupé à travers le centre de commandement de la lutte des incendies pour finalement aboutir dans le département des archives. Rendu là, il s'arrêta un bref moment sur le seuil de la porte pour observer les lieux. La secrétaire et son bureau, le responsable des archives. « Le responsable des archives. » Le con qui l'avait envoyé promener. Passant à proximité du bureau de la secrétaire, il attrapa une feuille vierge dans un plateau et se dirigea vers le poste de travail du responsable qui se leva sentant venir une tempête. L'inspecteur-chef ne se déplaçait jamais aux archives pour des visites de courtoisie.

L'inspecteur Robitaille plaqua la feuille blanche sur le bureau du responsable. D'un geste brusque, sa main saisit la nuque de l'autre, alors que sa hanche s'avançait pour le déséquilibrer. La main poussa avec force vers l'avant, le visage du responsable vint s'écraser sur la feuille blanche en lançant une giclée de sang.

— Ma demande est top priorité, j'espère que tu l'as bien lu sur le document.

L'inspecteur aida l'autre à se relever en l'assoyant vivement sur sa chaise.

— Ma justification, c'est qu'un lieutenant-détective vient de se faire tuer chez lui avec toute sa famille. Il était un de mes amis personnels et j'ai vu le corps de sa petite fille de deux ans complètement brûlé, l'assassin l'ayant mise au four avant de partir. Ça suffit comme justification?

Le responsable qui se pinçait le nez pour en arrêter le saignement réussit à rétorquer.

— Espèce de malade, tu ne te rends même pas compte que les informations que tu me demandes ne sont qu'en partie informatisées.

Il s'arrêta un moment pour éponger le sang.

— C'est ça ta défense?

— Non. En plus, pour avoir accès à cette partie d'information qui est déjà dans la machine, il faut un code d'accès que mon imbécile de chef à oublier de me communiquer avant de partir pour ses vacances de pêche dans une réserve faunique où je ne peux même pas espérer réussir à le joindre pour les deux prochaines semaines.

Le ton se voulait accusateur envers le fautif, mais restait carrément craintif. L'inspecteur approcha son visage de l'autre presque jusqu'à le toucher.

— Ça, c'était ta dernière chance.

L'autre paniquait complètement, assis sur sa chaise, coincé entre deux bureaux, sa tête frôlait le mur derrière lui. Le visage de l'inspecteur se chargea d'un sourire mauvais. L'autre crut pendant un moment qu'il allait le frapper à nouveau et se mit à trembler. L'inspecteur se retourna d'un coup, saisit l'écran de l'ordinateur et le jeta violemment par terre entraînant dans sa chute la tour et le clavier. Il y eut un petit couinement électrique, puis de la fumée se mit à sortir de l'appareil en même temps qu'une odeur de brûlé envahissait les lieux.

— L'odeur de la chair brûlée c'est bien pire que cela, et celle d'une petite fille tout particulièrement. Maintenant, il n'y a plus aucune partie informatisée. J'espère que je me suis bien fait comprendre. Je veux les renseignements et je les veux maintenant! Débrouille-toi.

La dernière phrase de menace avait été articulée lentement pour bien en augmenter le poids. L'inspecteur ressortit lentement sous les yeux de plusieurs personnes qui s'étaient approchées pour assister à l'événement. Il baissa la tête pour éviter leur regard et repartit en prenant le chemin normal. Il passa devant l'ascenseur et reprit l'escalier selon son habitude.

Il descendait doucement se forçant à prendre conscience de chaque marche. Il réalisa subitement tout ce qui venait de se passer. Il avait eu une absence. Pas longtemps, juste trois ou quatre minutes. « Mon Dieu. » Même dans sa jeunesse, ça ne durait jamais aussi longtemps. À cette époque, chaque fois qu'il se mettait en colère, il fallait qu'il brise quelque chose. Comme sa famille était d'un milieu aisé cela ne causait pas trop de problèmes. Sa mère était trop tolérante face à son enfant unique, trop. Il piquait une colère, il brisait la première chose qui lui passait sous la main dans la maison. La bonne ramassait, maman remplaçait, l'incident était clos.

Son père, lui, n'était jamais là. Propriétaire d'une grosse firme d'architectes, il avait des clients dans le monde entier et était toujours en voyage. Il ne connaissait pas les crises de son fils, mais un jour il l'apprit. Il devait avoir huit ou neuf ans, il venait de décider qu'il aimerait avoir un cheval. Il avait donc fait sa demande à son père en pensant que celui-ci voudrait le gâter pour se faire pardonner ses nombreuses absences. Il fut d'abord surpris, puis en colère de la réponse de son père qui lui avait dit qu'il n'était pas encore assez mature pour un cheval. Il avait immédiatement attrapé un cendrier et l'avait lancé à travers l'une des fenêtres de la pièce. Son père qui était debout s'était contenté de s'asseoir sans dire un mot. Encore plus en colère par ce qu'il avait considéré à l'époque comme un manque de réaction, il avait fait la même chose avec un trophée dans la fenêtre suivante. Son père avait alors placé ses mains bien à plat sur le rebord de son bureau et avait accroché son regard au sien. Il l'avait cloué sur place juste en le regardant. Il s'était même mis à pleurer. Son père lui avait alors déclaré : « Tu te rends bien compte que tu dois être puni. » Le garçonnet avait acquiescé. Son père l'avait alors fait monter dans sa chambre où il lui avait fait préparer une valise dans laquelle il prit soin de glisser une photo de famille. La punition était tombée, dure implacable, impossible à envisager. Sa mère avait pleuré, supplié. Cela n'avait rien changé.

Deux heures plus tard, ils étaient dans un avion en direction du Japon. Confié à un vieux Japonais, il y resta dix ans durant lesquels ses parents ne venaient le voir qu'une fois par année. Il apprit le japonais, l'aïkido, le respect et le contrôle de soi, enfin, c'est ce qu'il avait toujours cru jusqu'à aujourd'hui. Le réveil était brutal… Les apparences sont souvent trompeuses, le vieux maître avait bien raison. Lorsqu'il eut dix-neuf ans, son vieux maître lui avait donné le choix, en lui demandant s'il se croyait suffisamment maître de lui pour retourner chez lui et faire une bonne vie. Il avait choisi de revenir. Le vieux maître avait redit son adage : les apparences sont souvent trompeuses. Il avait encore eu raison.

L'inspecteur avait descendu tout l'escalier et s'était rendu machinalement devant une porte de métal sur laquelle était inscrit : « Maintenance. » Son instinct lui disait d'ouvrir la porte, ce qu'il fit.

Une bonne odeur de thé envahit tout d'abord ses narines. Le plancher était constitué d'un dallage de bois. Sur la droite, il y avait un paravent dont les vitraux dessinaient un magnifique dragon aux couleurs éclatantes. Plus loin dans la pièce, un jeu de go trônait sur un petit tabouret et derrière le jeu, un vieux Japonais lui faisait signe d'enlever ses chaussures et de venir le rejoindre. L'inspecteur s'exécuta et referma la porte sur ce mystère. L'autre approuva d'un léger geste de la tête.

Gérard, pendant ce temps-là, n'avait pas chômé. Il avait confié Chantale à Caroline et à sa mère en leur expliquant le peu de choses qu'il savait; il leur fit promettre de se relayer auprès d'elle pour ne jamais la quitter des yeux. Qui pouvait se vanter de prévoir ce qui allait se passer dans la tête de Chantale dans les jours à venir? Ce n'était certes pas le temps des devinettes. Il n'avait pas voulu trop la questionner pour le moment, mais elle lui avait cependant réaffirmé que son père avait ouvert la porte et crié à propos du bruit et qu'elle avait vu Dionne tirer sur son père. Paniquée, elle avait eut le réflexe de refermer la porte. Gérard était ensuite retourné sur les lieux du crime.

Là-bas, il avait appris plusieurs choses qui l'estomaquèrent. L'inspecteur, d'après l'agent Tardif, n'était pas resté plus de cinq minutes sur place, ce qui n'était guère dans ses habitudes lui qui préférait généralement s'imprégner des lieux afin de mieux comprendre ce qui était arrivé. Malgré le peu de temps passé, cela ne l'avait pas empêché d'être éblouissant de logique comme toujours. On avait retrouvé un uniforme de mécanicien parmi les serviettes de bain qui étaient dans la laveuse. Cela n'allait guère ensemble, ce qui suggérait que le tueur l'avait peut-être ajouté. De plus, comme la salopette montrait une grosse tache vermeille, on pouvait supposer que l'assassin portait ce costume quand il avait transporté le corps de la fillette. L'arme du crime avait été également retrouvée dans la laveuse. On avait aussi cherché à savoir si l'assassin avait essuyé le sang sur le plancher de la cuisine, on en avait été pour nos frais. Il avait utilisé une vadrouille mouillée avec laquelle il avait pris le temps de faire disparaître toute trace de gâchis avant de la ranger sur son support dans le placard. On avait retrouvé une trace de chaussure sport de grande pointure dans la boue, juste à l'extérieur de la sortie de l'escalier de secours. Dans la boue, au milieu de l'empreinte, une goutte de sang prouvait que la trace n'était pas celle d'un innocent badaud. Au moins l'un des assassins était sorti par là si on se fiait à la théorie du patron.

Gérard était resté sur les lieux jusqu'à deux heures de l'après-midi espérant que l'on trouverait autre chose d'intéressant à livrer en pâture à l'inspecteur.

Lorsqu'il arriva au poste, rien ne l'avait préparé à l'atmosphère qui y régnait. Il eut à peine le temps d'entrer dans la grande salle que l'un des inspecteurs seniors s'avançait au devant de lui pour le questionner tandis que les autres suspendaient leurs différentes activités dans le but visible d'écouter.

— Est-ce que tu as vu le patron dernièrement?

— Non, pourquoi? répondit Gérard qui n'avait pas manqué de remarquer le ton anxieux de la question.

— Est-ce que je peux te parler franchement? Il y a beaucoup de types qui pensent que t'es juste là pour rapporter ce que tout le monde dit quand il n'est pas là, mais moi ce n'est pas mon opinion.

— Merci, mais parle! Qu'est-ce qui se passe?

— Bon, tu sais que, quand un policier se fait descendre, la nouvelle circule très vite, et on se sent tous touchés.

— Ouais, où tu veux en venir?

— Quand le patron est arrivé avec une drôle de mine, on a tous associé ça avec la mort de Dionne. À dire vrai, le patron, il avait l'air enragé. Personne ne pouvait lui en vouloir, ils étaient drôlement copains lui et Dionne.

— Quoi! Ils étaient bons amis?

L'estomac de Gérard protesta violemment. On lui avait montré une photo du corps de la fillette dans le fourneau. Ce n'était pas joli à voir. Quand, pour vous, c'était une étrangère, c'était déjà très difficile, mais en tant que policier, tu devais apprendre assez vite à te blinder contre ce genre de chose, mais si c'était quelqu'un que vous connaissiez alors là il n'y avait rien à faire, ça devenait un cauchemar insupportable. Cela expliquait le fait que l'inspecteur n'était pas resté plus longtemps. Ça l'avait affecté, mais il avait essayé de le cacher.

— Oui, d'excellents amis. Ils s'invitaient pour célébrer les anniversaires, des trucs du genre. Alors quand l'inspecteur s'est mis à hurler à Dominique qu'il voulait le dossier de Dionne et différentes autres informations, on n'a pas été surpris. Dominique lui a ramené tout ce qu'elle a pu en moins de deux, mais il y a un gars aux archives qui a déconné. Quand on l'a vu sortir de son bureau, on a tous su qu'il allait se passer quelque chose. J'aurais dû m'interposer. On aurait tous dû intervenir, mais au lieu de ça on s'est contentés de rentrer la tête dans les épaules. J'ai eu peur. Tu sais... quand il a cette lueur au fond des yeux, on dirait qu'il va vous tuer. C'est le genre de regard qui te force à tirer sur un suspect désarmé tellement il te fait peur. Résultat, il a attrapé le type des archives par le cou et lui a bousillé le nez sur son bureau. Le gars a tellement eu peur qu'il en a fait dans son pantalon. Le patron a ensuite cassé du matériel qui était sur le bureau du pauvre bougre. Depuis ce temps-là, personne ne l'a revu. Ça s'est passé vers les dix heures. Le pire c'est que le con d'en bas, il a le nez cassé, et maintenant il s'est mis dans la tête de faire un procès à Robitaille.

— Bande de crisses de lâches! Vous le saviez, pis vous êtes restés là sans rien faire!

La voix de Gérard gronda comme le bruit du tonnerre, mais elle n'inspira pas la peur. La plupart détournèrent la tête, honteux.

— S'il lui arrive quelque chose, vous serez tous responsables.

— Personne ne sera responsable de rien!

L'inspecteur déboucha de l'escalier. Il avait entendu une bonne partie de la conversation. Il était très fier de son adjoint et surpris que ses hommes aient pu se faire du souci à son sujet. Il était calme et détendu, comme il ne l'avait pas été depuis très longtemps. C'est d'une voix douce qu'il leur parla.

— Gérard et Étienne dans mon bureau, s'il vous plaît.

Ils le suivirent sans dire un mot. Après les avoir fait entrer, il referma la porte qui généralement grinçait, sans même qu'elle ne proteste.

— Je tiens d'abord à vous dire merci pour tout.

Gérard inquiet, croyant que l'inspecteur allait annoncer sa démission tenta de l'interrompre, mais l'inspecteur lui fit signe de se taire.

— Pour ce qui est du gars des archives, laissez-le me faire un procès si ça lui chante. Il est parfaitement dans son droit et je suis prêt à assumer les conséquences de mes actes car je sais que j'aurai beaucoup d'appuis pour traverser cette épreuve si cela devait me contraindre à quitter mon poste.

L'inspecteur appuya sur son interphone pour s'adresser à sa secrétaire Dominique.

— Veuillez aérer la salle de conférence s'il vous plaît et avertir que je veux m'adresser à tous ceux qui ne sont pas essentiels à leur poste. Ce sera un peu juste, mais on se serrera. La réunion aura lieu dans quarante-cinq minutes, merci. Gérard, du nouveau là-bas?

— Oui. L'équipe de recherche a...

À ces mots, l'inspecteur eut un vaste sourire qui stoppa Gérard dans sa phrase. L'inspecteur dut lui faire un petit geste l'invitant à poursuivre.

— L'équipe de recherche a trouvé dans la laveuse une arme d'un modèle qui est sur la liste du vol de l'armurerie, mais on doit vérifier les numéros de série avant d'affirmer quoi que ce soit. Nous aurons la confirmation demain. On a également trouvé un costume du style de ceux que portent les mécaniciens pour éviter de salir leurs propres vêtements. Il l'avait mis au lavage, vous aviez vu juste chef.

L'inspecteur sourit.

— Et la vadrouille?

— Là-dessus aussi vous aviez fait mouche. Il a essuyé les taches de sang sur le plancher de la cuisine avant de la remettre à sa place dans le placard. Nous avons aussi trouvé une empreinte de chaussure juste à l'extérieur de la sortie de secours. Il y avait une trace de sang sur l'un des motifs, on a fait un moulage. À vue de nez, il chausse du douze.

— Excellent. Et à propos de la fillette.

— Chantale? Elle est chez vous, je crois que ça va aller.

— Bon, Étienne, je vais avoir besoin de ton aide et de tout le support que tu peux me donner. Tu connais tout le monde, tu étais là avant moi, tu reçois les nouveaux, tu t'occupes d'eux. Tu formes les équipes de travail. Tout le monde aime Étienne Paquet et lui fait confiance. Je veux briser les barrières que j'ai moi-même dressées entre eux et moi depuis que je suis arrivé ici. Ça fait cinq ans je crois.

Etienne acquiesça.

— Je veux juste que l'on me donne une chance. Tu peux faire installer tout le monde. Nous arrivons dans dix minutes. Merci à l'avance pour ton aide.

Sur cette dernière phrase, l'inspecteur se leva et tendit la main vers Étienne. Celui-ci la lui serra vigoureusement en lui affirmant qu'il ferait de son mieux, puis il sortit. Gérard attendit que l'inspecteur se rasseye avant de parler.

— Je suis désolé pour votre ami Dionne et pour sa famille. Cela a dû être très dur pour vous. Pourquoi ne pas avoir tout simplement laisser l'affaire à quelqu'un d'autre?

— C'est une épreuve qui m'était nécessaire. Ça m'a ouvert les yeux sur beaucoup de choses. C'était bien ton numéro de charme avec la petite. Je comprends beaucoup mieux pourquoi tu as tant de succès auprès des femmes.

Gérard s'agita, mal à l'aise dans sa chaise.

— C'est terminé tout ça.

— Ma fille?

— Oui. Eh bien, je ne sais pas trop encore. Je ne suis pas sûr de bien comprendre ce qui se passe. Il y a quand même une bonne différence d'âge.

— C'est une question ou une affirmation?

— Non, non, je suis conscient de la situation. Elle est jeune, mais... elle semble si sûre de ce qu'elle veut que parfois...

— Elle tient ça de sa mère, moi non plus je n'ai pas pu résister longtemps malgré la différence d'âge. Il y a exactement neuf ans d'écart entre ma femme et moi. Si cela peut te mettre plus à l'aise, quand je l'ai connue elle avait à peine quinze ans et, à seize, je la mariais.

Gérard était fasciné par les révélations de l'inspecteur. C'était la première fois qu'il lui parlait de quelque chose d'aussi intime. Il se sentit plus près de lui, comme il ne l'avait jamais été. Il se surprit à imaginer ce que serait la vie s'il devenait le gendre de l'inspecteur. L'idée lui parut tout à coup beaucoup moins impensable, presque séduisante.

— Tu peux venir la voir quand tu veux. Et si...

Le reste de sa phrase resta en suspens un moment, comme si l'inspecteur la trouvait vraiment trop difficile à exprimer, mais dans sa tête l'image d'un vieux Japonais qui lui souriait lui donna la force de continuer.

— Si... vous en arrivez à vouloir coucher ensemble, tu pourras rester à la maison. Je n'en ferai pas un drame. Je pense que si cela doit arriver, il vaut mieux que vous vous sentiez tous les deux parfaitement à l'aise. Je vais lui en parler à la première occasion.

Gérard était complètement abasourdi. Il cherchait à savoir ce qu'il convenait de faire ou de dire. Devait-il dire merci? Devait-il protester que cela ne lui serait jamais venu à l'esprit? Devait-il essayer de clarifier la situation alors que lui-même ne savait même pas où il allait aboutir? L'inspecteur décida pour lui.

— Viens, ils doivent nous attendre à côté.

La discussion était terminée, ils sortirent.

Chapitre 7

Depuis une demi-heure, la majorité des effectifs du poste s'était entassée tant bien que mal dans la salle de conférence. Les derniers arrivants s'étant contentés de rester à l'extérieur dans l'embrasure de la porte. L'inspecteur Robitaille sirotait un café à petites gorgées tout en observant l'assemblée qui le lui rendait bien. Il pouvait lire différentes expressions sur les visages. Quelques-uns semblaient contrariés, d'autres étaient inquiets, mais la plupart étaient curieux. Il se dit intérieurement qu'il y en avait sûrement qui croyaient qu'il allait annoncer sa démission. C'était une pratique courante, maintenant, que d'informer ses propres hommes avant tout le monde. Cela officialisait la chose d'une manière difficile à contourner pour l'administration. Il devait même y en avoir qui souhaitaient son départ. Au moins un. Il le cherchait du regard. Était-il venu ? L'occasion était belle pour l'accuser publiquement. Il n'eut pas longtemps à le chercher. L'autre portait un pansement sur le nez. Il s'était installé au fond, tout près de la porte. L'estomac de l'inspecteur commençait à sérieusement protester du mauvais traitement qu'on lui avait infligé : il n'avait rien mangé depuis sept heures du matin et il était presque seize heures. Il demanda à Gérard d'aller lui chercher en vitesse deux petits gâteaux. Lorsqu'il les eut en main, ils disparurent en deux grandes bouchées. Après s'être consciencieusement essuyé la bouche, il consulta du regard l'inspecteur Étienne qui lui répondit d'un petit geste de la main. Il pouvait y aller.

Il se leva, quitta l'arrière du bureau en roulant sa chaise devant lui. Il la poussa dans la salle afin que quelqu'un puisse l'utiliser. Observant un moment la scène, l'inspecteur repoussa son bureau contre le tableau et invita d'un geste les gens du fond de la salle à venir s'y installer. Gérard et Étienne voyant l'hésitation du reste de l'auditoire vinrent s'asseoir côte à côte sur le bureau cédant ainsi leurs sièges à deux autres personnes. Finalement, tout le monde réussit à s'installer à l'intérieur.

L'inspecteur défit d'abord sa cravate avec ostentation et la fit disparaître roulée en boule dans sa poche. Il enleva ensuite son veston qu'il accrocha sur le lutrin du conférencier. Pour finir de se mettre complètement à l'aise, il releva les manches de sa chemise jusqu'aux coudes. De grosses taches de transpiration étaient visibles sous ses aisselles, ce qui n'était pas étonnant car, malgré le bruit du climatiseur, l'atmosphère était suffocante. Le silence devint un peu plus lourd.

— Bonjour à vous tous. Je me rends bien compte que vous avez un avantage énorme sur moi. Vous me connaissez, on vous a raconté des histoires à mon sujet. Certaines sont vraies, d'autres non. Mais pour moi, il y a ici beaucoup d'inconnus. Certes vos visages me sont familiers, mais j'ignore non seulement votre nom mais, pire encore, je ne sais rien de vous. C'est un tort auquel j'aimerais remédier immédiatement, mais ce serait un peu trop long et il fait tellement chaud ici que ce serait criminel de vous retenir une minute de plus que nécessaire.

La légère blague avait décroché quelques sourires sans plus.

— Je vous promets cependant que dans un avenir prochain je vais corriger cette situation. Maintenant le cœur du sujet. Je suis sûr que vous êtes au courant que ce matin l'un de nos camarades ainsi que sa famille ont été tués.

L'inspecteur fit une légère pause, cherchant visiblement ses mots.

— Cela ne vous intéressera probablement pas, mais sachez que c'était un de mes amis, que j'étais au baptême de sa petite dernière à titre de parrain et que, ce matin, j'ai vu le corps brûlé de cette petite fille qui reposait dans un fourneau. Ç'a été...

Des larmes se mirent à couler des yeux de l'inspecteur. Subitement l'auditoire se rendit compte de l'ampleur du drame qu'il venait d'encaisser. La qualité du silence augmenta d'un cran par respect pour sa peine. Gérard se rendait bien compte maintenant que l'inspecteur venait d'être marqué à tout jamais. Il n'avait qu'une envie : le prendre dans ses bras. Mais un instinct plus fort que sa raison l'en empêcha. L'inspecteur reprit bravement à travers ses larmes.

— Ç'a été très dur. Sur le moment, j'ai pris sur moi en croyant agir en professionnel, mais c'est resté tout en dedans...

Un sanglot l'obligea à faire une brève pause.

— Je rageais. Je suis sûr que tout le monde est aussi au courant de la suite de l'histoire. Je voulais les documents tout de suite, c'était la seule chose que je pouvais faire afin de me convaincre que je ne restais pas les bras croisés. Alors, quand on m'a dit que je ne les aurais pas... j'ai perdu les pédales.

À ce moment, l'inspecteur s'arrêta longuement, prit le temps de se moucher et d'essuyer les larmes qui perlaient sur ses joues avant de reprendre. Il ne remarqua cependant pas que plusieurs personnes avaient, elles aussi, les yeux pleins d'eau.

— Je tiens à m'excuser publiquement auprès de monsieur Maltais, et je le prie de ne pas me faire un procès. En échange de quoi, s'il me le demande, je remettrai ma démission.

L'inspecteur savait que c'était un coup de poker très risqué, mais il n'avait pas le choix. Si l'autre lui faisait un procès, sa carrière serait compromise de toute façon, alors autant jouer le tout pour tout. D'un bloc, l'assistance se retourna vers le principal intéressé. Celui-ci se mit à rougir sous la pression. Il ne se rappelait pas avoir jamais eu à prendre une décision aussi grave pour quelqu'un d'autre. Il pouvait briser l'inspecteur d'une seule phrase. Quelle que soit l'option qu'il choisirait, cela sonnerait comme une condamnation. Il se leva en se tâtant le nez. Il sourit en prenant sa décision :

— Mon nez ne vaut pas la peine que vous démissionniez. Restez avec nous, chef!

Spontanément, on se mit à applaudir. L'inspecteur traversa leur rang pour aller serrer la main de son ancienne victime. La poignée de main fut chaleureuse et tout le monde dans la salle sentit qu'un profond respect venait de s'installer entre les deux hommes.

À peine quelques secondes plus tard, un policier entra et vint parler à l'oreille de l'inspecteur. Le visage de celui-ci se figea dans une expression douloureuse, et c'est d'un pas pesant qu'il retourna à l'avant.

— On vient de m'apprendre que le policier qui avait été blessé ce matin vient de décéder.

Quelques-uns serrèrent les poings, d'autres baissèrent un moment la tête, mais tous partagèrent pendant un instant le même sentiment de tristesse.

— Oui, en réalité, on est une grande famille. On a nos disputes, nos clans, nos chouchous et ceux que l'on aime moins. Mais nous sommes néanmoins une famille. Maintenant que je l'ai dit, je voudrais instaurer un nouveau règlement. Rien de bien difficile, rassurez-vous. Désormais, chaque fois que vous me parlerez et que ce ne sera pas en présence d'une personne d'un autre poste, je veux que vous m'appeliez Tony. Mon nom c'est Anthony, mais je préfère Tony.

Son auditoire le regardait incrédule.

— Désormais ma porte sera toujours ouverte, plus de conciliabules secrets, nous allons former la meilleure équipe de policiers possible. Nous serons unis. La prochaine fois que vous blaguerez sur mon compte, invitez-moi à rire avec vous.

Le ton était enjoué et sincère. Plusieurs policiers qui étaient reconnus comme les boute-en-train du poste éclatèrent de rire tous en même temps. L'inspecteur se dit qu'il était sur la bonne voie.

— Comme une grande famille, nous laverons notre linge sale entre nous. Je ferai au moins une réunion par semaine. Chacun, à cette occasion, aura le droit de poser ses questions et d'obtenir des réponses. Comme j'ai confiance aux membres de ma famille, tous les dossiers des affaires en cours d'enquête seront accessibles à tous. Bien sûr, vous serez tous tenus responsables en cas de fuite. Cette pratique ne sera pas officielle, car elle n'obtiendra certainement pas l'approbation du bureau central. Nous garderons cela pour nous.

La dernière déclaration de l'inspecteur, pardon, de « Tony », provoqua des murmures de conspiration et de sous-entendus. Ce serait du joli si le bureau central apprenait cela, eux qui étaient des maniaques de la restriction de la diffusion de l'information.

— J'en profite pour inviter à un barbecue tous ceux qui seront en congé de fin de semaine. Cela se passera chez moi. Si la température ne nous est pas clémente, je le reporterai à la fin de semaine suivante jusqu'à ce que j'y arrive. J'afficherai l'adresse sur le babillard. Je vous demanderais de confirmer votre présence au plus tard vendredi midi. Je vous invite à apporter vos boissons et vos chaises de parterre. Quelques barbecues supplémentaires seraient également les bienvenus. S'il y en a parmi vous qui ont le cœur à me renvoyer l'invitation, je me ferai un plaisir d'accepter. Une dernière chose, comptez quatre personnes si vous me lancez une invitation; Gérard et ma fille sont devenus inséparables depuis quelque temps. Qui sait?

Gérard rougit comme une tomate et plusieurs éclats de rire ne vinrent pas améliorer son état.

— La conférence est terminée pour aujourd'hui. À la semaine prochaine ou à samedi pour les chanceux.

L'atmosphère n'avait jamais été aussi bonne, même en tenant compte des circonstances. Plusieurs vinrent serrer la main de l'inspecteur en se forçant à dire : « Beau discours Tony. » Ce n'est qu'une heure plus tard que l'inspecteur quitta finalement la pièce pour aller manger. Il remarqua au passage une grosse feuille sur le babillard. Sur celle-ci, visiblement écrit à la course, on lisait : « Le grognon de Robitaille est parti, vive Tony! » Il éclata de rire en jetant un regard circulaire dans la salle, plusieurs personnes lui rendirent son sourire.

Tony revint au bureau deux heures plus tard. Il avait mangé à son restaurant préféré, avait appelé sa femme pour lui expliquer les derniers événements, lui avait demandé des nouvelles de Chantale. Il avait même pris soin de lui dire qu'il rentrerait tard. Au dernier moment, juste avant de raccrocher, il lui avait dit à quel point il l'aimait. En arrivant devant la façade de l'édifice de police, il constata avec surprise que l'étage des archives était illuminé, alors qu'à cette heure tout le monde aurait dû être rentré chez soi. Sa surprise monta d'un niveau quand une fois rendu sur le seuil de la porte du département, il vit qu'une bonne dizaine de personnes s'affairaient sous la direction de Maltais qui vint l'accueillir.

— Salut… Tony. J'ai vaguement entendu parler qu'il te fallait ces documents pour maintenant. Moi et plusieurs volontaires, on fait le maximum. Ce ne sera pas complet avant demain soir, mais tu vas en récupérer assez pour commencer à t'occuper.

Cette blague démontrait déjà toute la différence qu'avait fait la réunion de cet après-midi. Les rires détendus qui fusèrent à cette remarque, et cela en sa présence, le lui confirmèrent. Tony dut serrer les dents pour ne pas se mettre à pleurer. Il avait été tellement dur avec tout le monde. Il se promit intérieurement que cela n'arriverait plus.

Gérard qui était assis à une grande table de travail avec une fort jolie fille invita d'un geste Tony à se joindre à eux. Celui-ci fronça les sourcils presque malgré lui à la vue de son adjoint avec cette beauté. Il vint les rejoindre en se demandant s'il n'avait pas poussé le bouchon un peu trop loin en parlant de sa fille et de Gérard aussi ouvertement devant tout le monde. Peut-être était-ce une manière pour Gérard de lui démontrer qu'il était toujours célibataire et qu'il n'avait rien perdu de son charme naturel.

— Viens t'asseoir... Tony. Je voudrais te présenter Myriam, elle travaille au labo. Elle a plusieurs choses très intéressantes à te raconter.

La jeune fille fit un sourire enjôleur à Tony qui sentit son cœur marquer le coup. Elle était vraiment magnifique, même son cœur de père lui affirmait que sa Caroline n'était pas de taille à affronter une telle adversaire.

— Voilà, tout ce que je vais vous dire n'est pas officiel et n'engage en rien la réputation du labo ou de son personnel. Les premiers rapports ne seront pas remis avant demain soir dans le meilleur des cas. Mais j'ai convaincu mon chef que nous pouvions nous permettre de vous transmettre verbalement les rapports préliminaires de nos tests.

L'inspecteur sourit en pensant au pauvre chef de laboratoire en train d'essayer de dire non à cette créature de rêve. Cela ne devait pas être commode. Elle lui rendit son sourire et l'inspecteur sentit une pointe de désir monter en lui.

— Dans cette tuerie, trois armes différentes ont été utilisées. Le voisin d'à côté, monsieur Savard, a été tué par l'arme de service de l'agent Dionne. Il est mort sur le coup, atteint en plein cœur. Dionne a aussi abattu l'agent Simard, avant d'être à son tour tué par deux balles tirées par l'agent Dupuis. Jusque là, pas de surprise, cela correspond au témoignage de l'agent Dupuis. La famille de l'agent Dionne a été abattue par le trente-huit spécial que l'on a retrouvé dans la laveuse. Il était muni d'un silencieux. L'arme est sans aucun doute l'une de celles qui ont été volées à l'armurerie.

Tony n'arrivait pas à le croire, Dionne avait tiré sur le père de Chantale. De toute façon, la question n'était plus là, ce qu'il fallait trouver c'est pourquoi il avait fait ça.

— À propos du costume de mécanicien ramassé dans la laveuse, après examen, le sang qu'on y a trouvé imprégné correspondait effectivement au sang de la fillette. Le costume aurait été trop petit au point de vue taille, et trop grand au point de vue de la longueur pour l'agent Dionne.

— Cela ne prouve rien, il aurait tout aussi bien pu l'utiliser comme chiffon : proposa Gérard.

— Oui, mais comment ça se fait qu'il aurait eu ce vêtement-là chez lui s'il ne lui faisait même pas? objecta Tony.

— Il l'a peut-être ramassé quelque part, comme ça, juste au cas où il en aurait besoin plus tard.

— Je vous arrête les gars. Notre expert des tissus nous a affirmé que ce costume ne pouvait pas avoir été acheté depuis plus de deux mois. En plus, il m'a précisé qu'il n'y a qu'un seul distributeur au Canada et qu'il est à Vancouver. Fouillez-moi si je sais comment il a pu savoir tout ça en si peu de temps.

— C'est une alternative qui ne me semblerait pas du tout déplaisante.

— Quoi?

— De vous fouiller, répondit Tony en éclatant de rire.

Les deux autres éclatèrent de rire aussi.

— Le moulage de l'empreinte de chaussure que l'on a retrouvée près de la sortie de l'escalier comportait une tache de sang qui provenait effectivement de l'appartement. La chaussure était sûrement de marque Nike, dans un modèle très dispendieux, et la pointure est du douze. Maintenant je vous laisse discuter de tout cela entre vous.

Sans attendre de réponse, elle s'extirpa du siège dans un mouvement langoureux et s'éloigna vers les étages où les autres effectuaient leurs recherches. Tony la regarda s'éloigner. « Chic fille, n'est-ce pas? » lui demanda Gérard sourire aux lèvres.

— Oui, chic fille comme tu dis.

— Tony, je veux d'abord te demander de considérer que mon affaire et la tienne sont trop liées pour ne pas les enquêter ensemble. Il est fort improbable que notre receleur ait vendu les armes à des personnes qui ont toutes décidé de commettre des meurtres avec si peu d'intervalles entre eux, et tous dans le style qui nous occupe.

— Parfaitement d'accord.

L'un des policiers vint ajouter silencieusement une pile de dossiers au bout de la table. Le mouvement n'ayant pas échappé à Tony, il se tourna vers l'individu.

— Excusez-moi, je ne sais pas votre nom.

— Pierre Villeneuve. Je travaille à la centrale téléphonique. Nous allons nous voir en fin de semaine.

— Tu seras le bienvenu Pierre, et merci pour ton aide.

L'homme repartit en souriant, visiblement satisfait.

Moitié incrédule, moitié enthousiaste, Tony murmura à Gérard : « Nous travaillons vraiment avec des gens extraordinaires. »

— La plupart des gens sont extraordinaires, il suffit juste de leur donner la chance de nous le montrer.

Tony étudia la phrase un instant. Gérard venait encore de monter dans son estime. Il semblait connaître naturellement des vérités fondamentales que lui-même avait dû apprendre avec un maître à penser.

— Bon, nous allons d'abord par acquit de conscience faire le tour de toutes les arrestations dans lesquelles mon ami a été impliqué. Nous allons nous faire trois piles. L'une où le criminel condamné aurait été susceptible de vouloir se venger. La pile du milieu, les peut-être, et une pile de rejets. Ensuite, nous éliminerons tous ceux qui sont encore en prison. Tous ceux qui resteront, même ceux de la pile du peut-être, devront nous fournir leur emploi du temps. Je n'ai pas l'impression que cela va nous donner quelque chose de concret, mais c'est pas parce que le cas a l'air étrange qu'il faut laisser tomber les méthodes de base d'une enquête.

Gérard acquiesça d'un signe de tête.

— Après, nous essaierons de trouver un lien entre les trois meurtres. Quoique, à première vue, je ne vois vraiment pas dans quelle direction chercher.

— Peut-être que c'est juste un endroit qu'ils ont tous fréquenté, un bar, un vidéo... Qui sait, le maniaque choisit peut-être ses victimes à cet endroit.

« Je nous souhaite bonne chasse », ajouta Gérard en ouvrant le premier document de la pile.

Minuit sonna avant que Tony ne mette un terme à la séance. Personne de l'équipe ne s'était encore désisté. Il les remercia un par un, insistant un peu plus longuement quand ce fut le tour de Maltais. L'inspecteur repartit chez lui avec une montagne de documents, à croire qu'il ne dormirait pas de la nuit. Pourtant, il n'y avait pas à en douter, il serait là demain, fidèle au poste.

Chapitre 8

L'édifice jouissait d'un emplacement exceptionnel, situé sur une colline à la lisière de la ville de Laval. Ses lignes futuristes, ses façades aux surfaces miroirs couleur bronze chatouillaient le regard, l'obligeant à s'y attarder.

Un vaste jardin anglais marquait les limites de la propriété et ajoutait à son charme avec ses fontaines et son labyrinthe de haies. Rien ne gâchait la beauté du lieu, le stationnement ayant été enfoui sous le bâtiment.

Le concept de l'endroit était audacieux. L'édifice abritait à la fois des bureaux de firmes prestigieuses et des condos de luxe réservés aux cadres de la haute direction de ces sociétés. Les appartements y étaient démesurés et le prix des loyers astronomique.

Le propriétaire de l'immeuble s'était octroyé les deux derniers étages, le douzième et le treizième pour être plus précis. Il était de ceux qui aiment dominer la situation et défier les conventions.

Son salon de style futuriste où le chrome et les surfaces transparentes l'emportent sur les autres matériaux, aboutissait à une immense terrasse privée qui surplombait le voisinage. Sur celle-ci, une fontaine vous médusait de sa présence. Placée à l'extrémité droite de la terrasse, elle agaçait votre esprit par sa conception. À son sommet, un homme plié en deux vomissait un jet d'eau à intervalles réguliers sur le dos d'un sphinx dont la tête fixait le ciel avec un regard qui semblait interrogateur. À partir de là, le jet se séparait en deux et coulait le long des flancs du sphinx pour s'engouffrer dans le corps d'un phénix qui, après avoir digéré le jet, laissait s'écouler de sa bouche une giclée de liquide rouge qui tombait dans le bassin à ses pieds. La fontaine était une œuvre d'art au point de vue de sa conception. Une petite pompe injectait du colorant dans l'eau à partir du corps du phénix, et un filtre spécial nettoyait l'eau au sommet pour lui rendre sa couleur naturelle.

Juste en bas de la terrasse, il y avait la chambre du maître. Celle-ci contrastait complètement avec le modernisme du reste des lieux. Plantée dans un décor arabe, tapisseries, multitude de coussins qui formaient à eux seuls un tapis aux couleurs chatoyantes, un lit à baldaquin achevait de vous couper le souffle tant par sa prestance que par sa taille démesurée. Quatre personnes pouvaient y dormir sans se gêner.

À la gauche de la chambre du maître, un petit corridor conduisait d'abord jusqu'à une porte munie d'une serrure à numéro, puis poursuivait son chemin jusqu'à une salle d'entraînement à aire ouverte. Le code de la porte contenait douze chiffres et deux lettres, si cela n'eût pas suffi à convaincre que cette pièce protégeait un quelconque secret, on pourrait ajouter que la pièce était construite comme un véritable coffre-fort avec des murs en acier recouverts de faux murs extérieurs afin d'éviter d'en révéler la vraie nature.

La pièce ne comportait aucune fenêtre et ne devait son alimentation en air frais qu'à un climatiseur branché sur sa propre génératrice qui, elle-même, tout comme le système d'éclairage, jouissait d'un système de secours en cas de panne électrique. Un bureau en verre, un ordinateur, une bibliothèque et un classeur, somme toute rien de bien extraordinaire. Une peinture médiévale cachait cependant l'emplacement d'un monte-plats. Celui-ci était en réalité une sortie d'urgence pour le propriétaire. Elle n'apparaissait sur aucun plan, et était fort pratique pour accéder discrètement à son véhicule sans avoir à passer par l'ascenseur de l'immeuble où tant de gens pouvaient vous remarquer. L'ordinateur aurait cependant pu nous révéler des choses intéressantes à condition de savoir où chercher. Certaines coupures de presse avaient été numérisées et archivées. Elles concernaient toutes un certain Marc-Aurèle Deschesne. « Un adolescent de douze ans entreprend ses études en psychologie des comportements. L'institut Mensa, consacré à la recherche et à l'épanouissement des génies, refuse catégoriquement tout commentaire sur la rumeur à l'effet que le quotient intellectuel du jeune Marc-Aurèle Deschesne aurait dépassé la barre du deux cent quarante-cinq lors des tests effectués. Ce résultat le situerait, selon la plus modeste des estimations, dans la tranche des Einstein et autres grands penseurs de l'humanité. L'homme le plus intelligent du monde habiterait au Québec et il aurait seize ans... »

Comble de paranoïa, des diplômes en psychologie et en architecture portant le nom de Marc-Aurèle Deschesne reposaient en toute sécurité dans le premier tiroir du classeur, celui-ci étant piégé avec un puissant acide qui aurait tôt fait de détruire tout document si quelqu'un l'avait ouvert de façon incorrecte. Le deuxième tiroir n'était pas moins intéressant même si son ouverture n'était protégée par rien d'autre qu'une simple serrure normale; il contenait différentes armes et une paire de « Nike ».

Dans la salle d'entraînement, le propriétaire des lieux venait de s'immobiliser à deux fois la distance réglementaire du jeu de fléchettes. Pendant une dizaine de secondes, il prit le temps de bien sentir la différence de poids entre sa main qui tenait la fléchette et celle qui était vide. Une fois l'opération terminée, il se mit en position de tir et son corps se figea pendant que son esprit se mettait en mouvement. Ses yeux plongèrent vers le centre de la cible, jusqu'à ne fixer qu'un point de la taille du bout de la fléchette. Une fois l'évaluation faite, son esprit exigeait que ses yeux fassent de rapides allers-retours entre le point de départ de la fléchette et son point d'arrivée, puis inventaient un corridor imaginaire entre les deux. Il ordonnait alors à son bras d'effectuer le mouvement et de déposer la fléchette dans le tube qui l'amènerait jusqu'à la cible choisie. Il répéta le processus à cinq reprises en augmentant la difficulté à chaque occasion. Le résultat était clair, cinq fléchettes s'étaient blotties les unes contre les autres au centre de la cible.

Satisfait, il s'éloigna lentement et s'installa devant un miroir pour commencer ses exercices d'échauffement. Il s'observa un moment. Il n'avait pas tout à fait le visage de l'emploi. Il se sourit, cela adoucit ses traits, mais pas suffisamment pour les rendre sympathiques. Il n'avait guère le visage compréhensif que l'on s'attend à trouver chez son psychologue. L'opération de chirurgie esthétique l'avait aidé à jouer son rôle de tueur. Comme si un visage plus dur rendait certains actes plus facilement acceptables. Il prit note mentalement de cette réflexion. Il devrait développer l'idée dans son prochain bouquin. Ce serait le dixième? Non, le douzième. Il oubliait toujours les deux livres de maximes qu'il avait publiés à contrecœur. Cela ne l'avait pourtant pas empêché d'empocher l'argent. Désormais il n'en avait plus besoin. Quelques placements ingénieux en bourse, deux ou trois brevets d'inventions, la pérennité d'un traitement contre l'agoraphobie qui était à l'essai en Suisse, les revenus de l'immeuble, tout cela l'avait rendu multimillionnaire.

Il avait évité la renommée d'un cheveu. Il caressa distraitement son crâne rasé en se remémorant l'événement. Il écrivait bien sûr sous un nom d'emprunt, il était encore très jeune, vingt ans. Déjà neuf ans de cela. À cette époque, il aimait bien sortir dans les bars, séduire, posséder, et jeter après usage. Pas question de s'attacher, s'était-il fixé comme règle. L'histoire était banale somme toute, juste un concours de circonstances. Il l'avait séduite et amenée chez lui. Déjà, à cette époque, ses livres faisaient scandales et se vendaient comme des pains chauds. « Amour, le mensonge du monde féminin. » Les gens du milieu de la psychologie le traitaient d'irresponsable, les mouvements de femmes de sale macho et les médias offraient des sommes faramineuses pour lui parler, alors que son éditeur lui-même ignorait qui il était vraiment. Cette nuit-là, il avait baisé comme une bête et, pour la première fois de ses escapades érotiques, sa compagne s'était réveillée avant lui. À cette époque, il avait encore besoin de dormir. Comble de malheur, elle était tombée sur le manuscrit de son prochain livre, pire encore il avait fallu que la fille soit une étudiante en psychologie. Bien sûr, elle savait s que plusieurs personnes voulaient parler à ce fameux « Mike Peterson » alias Marc-Aurèle Deschesne. Elle avait donc pris quelques photos de ses notes manuscrites et une de lui. C'est le flash qui l'avait réveillé. Il avait réagi avec un peu de retard, ce qui avait permis à la fille de s'échapper. À partir de là, tout se passa très vite, il fonça à l'aéroport et quitta le pays.

Plus tard, il décida que Marc-Aurèle Deschesne devait disparaître pour quelque temps. Il subit une chirurgie esthétique qui modifia considérablement son apparence, le faisait paraître plus vieux, moins séduisant. Il paya pour s'octroyer une nouvelle identité, et devint le docteur Gilles Claveau, psychologue. Il revint au pays, se créa une nouvelle clientèle parmi la faune du monde des affaires. C'est à ce moment-là que, grâce à certains contacts, il commença à explorer le monde du crime et devint ce qu'il était aujourd'hui : un tueur à louer. Cela lui permettait d'explorer les recoins les plus sombres de l'âme humaine, et comme il se le répétait constamment, si lui ne le faisait pas alors qui oserait le faire?

Marc-Aurèle Deschesne, alias le docteur Gilles Claveau, allait bientôt terminer le prochain livre de Mike Peterson. Le subterfuge du nom de plume ne signifiait plus grand-chose depuis que la jeune femme avait publié son article; quoique la majorité des gens ait cru sa version que Mike Peterson n'était nul autre que Marc-Aurèle. Il n'y avait pas de preuve formelle à ce sujet et, si cela devenait vraiment nécessaire, il pouvait encore nier. Cependant, le fait de vivre dans l'ombre ne lui plaisait plus autant qu'au début. Il sentait que bientôt il serait temps de redevenir Marc-Aurèle et que celui-ci officialiserait probablement le fait qu'il soit l'auteur de tous ces titres qui avaient provoqué tant de remous. Il avait envie de retrouver le feu des projecteurs, l'attention générale.

Sa montre-bracelet se mit à vibrer. Gilles la consulta brièvement. Elle allait bientôt arriver. Viviane était une jeune fille qu'il avait connue d'abord comme patiente. Son père, un riche marchand, l'avait amenée en consultation pour des problèmes de comportement scolaire. Il l'avait effectivement aidée à s'épanouir. Officiellement, sa thérapie n'était pas terminée. De cette façon, son père continuait à le payer et ils pouvaient se voir sur une base régulière. Il l'avait psychanalysée en profondeur, puis doucement il l'avait manipulée. Désormais elle était une maîtresse docile.

Il se dirigea vers l'interphone à proximité des portes de l'ascenseur qui débouchait directement sur le penthouse. Le gardien de sécurité du hall d'entrée allait sûrement bientôt lui demander si elle pouvait monter. Elle aurait, bien sûr, pu se faufiler sans qu'il ne s'en aperçoive et emprunter l'ascenseur pour le penthouse. Il lui avait donné une clef. Mais elle ne le ferait plus, depuis la fois où elle l'avait surpris pendant qu'il sodomisait la femme de chambre, une jeune Espagnole dans la vingtaine. Elle avait essayé de lui faire une crise, mais il l'avait immédiatement démontée en lui promettant que cela ne se reproduirait plus. Il avait fait semblant d'être sincère. Elle avait fait semblant d'y croire et l'incident avait été clos. Depuis ce temps-là, elle n'était jamais montée sans prévenir. À l'interphone, le gardien demanda si la patiente mademoiselle Gagnon pouvait venir le voir. Il répondit qu'elle était attendue.

Quelques instants plus tard, il enclencha la caméra de surveillance de l'ascenseur du penthouse. Elle était là, cinq pieds six pouces, seize ans à peine, de longs cheveux bruns. Aujourd'hui, elle portait une robe soleil qui lui collait au corps comme une seconde peau. Il la vit enlever sa petite culotte qu'elle fourra dans son sac à main. Il allait la gronder comme tout bon papa qui s'apercevrait d'une telle chose. C'était un scénario qu'elle appréciait tout particulièrement. Il referma le moniteur juste avant que l'ascenseur n'ouvre ses portes.

— Où était ma petite fille? Tu es en retard?

Viviane consulta un instant sa montre avec un air contrarié.

— Non! Non! Je suis à l'heure, on avait dit seize heures pile et il est…

Gilles l'interrompit brusquement d'une voix tranchante.

— Arrête de prendre ton père pour un con!

Viviane eut une petite moue de compréhension et reprit sur un ton arrogant :

— J'étais avec des amis. Qu'est-ce que cela peut bien te faire?

— Pas avec des gars, j'espère! Pas habillée comme ça, au moins! Il va vraiment falloir que je te gronde ma petite, on dirait que tu ne te rends compte de rien. Viens, on va se parler dans le salon.

Un moment rassurée, la jeune fille le suivit. Là, le supposé père faisait mine de caler deux verres de boisson d'une bouteille qui était à moitié vide, Gilles lui ne buvait jamais d'alcool. Viviane lui jeta un regard accusateur.

— Tu es encore ivre!

— Je te défends de me parler comme ça, je suis ton père.

De plus en plus en colère, il l'attrapa par le bras et l'extirpa du sofa où elle s'était installée. L'obligeant à le suivre, il s'assit dans son gros fauteuil et la renversa sur ses genoux pour lui donner la fessée qu'elle méritait selon lui. Relevant sa robe, il découvrit qu'elle ne portait pas de culotte. Là, le père se mit à lui donner la fessée en lui disant : « Je vais t'apprendre, tu veux te conduire en petite pute et bien je vais te montrer. » Il se releva, la mettant debout en même temps. D'un geste brusque, et sans avertissement, il déchira complètement sa robe. La jeune femme se mit à hurler : « Lâche-moi, ma robe, merde! » Ne tenant aucun compte de ses protestations, il la jeta sur le divan, moitié la giflant, moitié la poussant. En quelques instants à peine, il se défit de sa robe de chambre et s'enfonça d'un seul mouvement en elle. Son corps tout entier se cambra pendant qu'elle criait de douleur. Elle voulut protester mais le son fut étouffé alors qu'il l'attrapait à la gorge.

— Tu veux jouer à la petite pute. Tu es une petite salope d'allumeuse exactement comme ta mère l'était, mais maintenant tu vas m'obéir.

Il se retira doucement d'elle pour s'enfoncer tout aussi violemment, une première fois, puis une autre, et une autre et encore une autre. Son corps la trahit malgré sa volonté de résister. Chacun des va-et-vient devenait de plus en plus facile et elle dut serrer les dents pour ne pas hurler de plaisir. Profitant du fait qu'il se retirait complètement d'elle pour s'y enfoncer à nouveau, elle réussit à moitié à se retourner par une violente secousse. Il la saisit par les cheveux, les lui tirant par en arrière et lui intima l'ordre de relever les fesses. Il eut tôt fait de reprendre ses activités, mais cette fois-ci le mouvement se voulait plus lent, plus mesuré. Elle se mit à gémir en protestant.

— Non, je t'en prie arrête, papa! Non, ne fais pas ça.

— Tu aimes ça, non? Inutile de nier. Je sais que tu aimes ça! Regarde-toi!

Il accélérait graduellement le mouvement. Une de ses mains s'était libérée et lui caressait un sein. De temps en temps, il en pinçait le mamelon qui se dressait dans l'attente d'autres attentions plus soutenues. Elle se mit à crier de plaisir. Il choisit de la torturer encore un peu, il ralentit. Là, elle se mit à essayer d'augmenter elle-même la vitesse du mouvement. Voyant que, de la façon dont il la tenait, elle n'y parvenait pas, ce fut finalement elle qui se mit à le supplier.

— Finis-moi. Prends-moi. S'il te plaît, je serai une bonne fille, bien obéissante!

À cette dernière déclaration, il se remit à l'œuvre à plein régime. Ses efforts furent très vite récompensés. Elle se mit à hurler de plaisir et rapidement son corps fut secoué par une série de violents spasmes et il s'affaissa dans un dernier soubresaut. Elle ne s'était même pas rendu compte qu'ils avaient joui en même temps. Quelques secondes plus tard, elle tourna la tête vers lui pour l'embrasser. Il remarqua que de grosses larmes avaient coulé sur ses joues. Il s'en sentit bouleversé sans être capable d'en interpréter la portée. Ce n'est que beaucoup plus tard qu'il se souviendrait de cet instant comme du début de quelque chose.

Il l'emporta dans ses bras jusque sur le lit. Ils refirent l'amour plus langoureusement cette fois-ci. Après, elle lui parla de l'école et lui dit qu'elle pouvait rester toute la nuit. Elle avait arrangé le coup avec une de ses amies. Il ne pensait pas qu'elle pouvait lui mentir sur un sujet aussi important. Il la laissa s'endormir. Une fois sûr qu'elle dormait, il se dirigea vers la terrasse.

Il aimait s'installer devant la fontaine pour méditer. Il faisait ainsi trois séances de méditation par période de vingt-quatre heures. Petit à petit, il avait complètement cessé d'avoir besoin de dormir. Il se sentait très rarement aussi fatigué qu'au temps où il dormait ses huit heures quotidiennes. Il s'assoyait d'abord sur le sol devant la fontaine. Au début, il gardait les yeux ouverts. Il fixait alors l'homme en haut de la fontaine puis, normalement, il observait la façon que l'eau se séparait sur le dos du sphinx. Il contemplait longuement le jet d'eau rouge qui jaillissait de la bouche du phénix avant de fermer les yeux. Depuis quelques semaines, sa routine avait changé. Il n'arrivait pas à détacher les yeux de la représentation de l'homme. Parfois il s'imaginait que c'était un vieil homme. À d'autres occasions, surtout lors de sa méditation nocturne, il avait l'impression que celui-ci voulait lui parler. Le phénomène n'était pas toujours présent et le fascinait beaucoup. Son esprit cartésien chassait l'idée puisqu'aucun élément ne pouvait laisser penser que c'était autre chose qu'une simple aberration de l'esprit, mais l'inexplicable sensation finissait toujours par revenir.

Après sa méditation, il s'entraîna pendant une heure et demie, avant de s'installer à son bureau. Il ouvrit son ordinateur. Son fournisseur d'Internet était situé au Japon. Les factures étaient payées là-bas par un de ses amis qui se chargeait également de faire disparaître tout ce qui pourrait le rattacher à ses communications.

Il vérifia son courrier électronique. Il y avait un nouveau message de son employeur. Il le lut en ligne. De cette façon son ordinateur ne garderait aucune trace de celui-ci. Son commanditaire devait être un fou. Il n'arrivait pas à comprendre pourquoi il commandait ce genre de crime. Peut-être voulait-il créer un climat de panique? Mais encore là, pourquoi? Gilles n'arrêtait pas de retourner la question dans tous les sens sans y trouver la moindre logique. À qui cela pouvait-il profiter? Toute l'opération devenait véritablement dispendieuse. Il fallait que ce soit vraiment quelque chose d'énorme pour pouvoir justifier une telle dépense d'argent. À cent mille dollars par cadavre, il lui en coûterait plus ou moins un million de dollars juste pour l'opération qui s'annonçait. Bien sûr, l'employeur ne paierait que la moitié de la somme d'avance mais, même en considérant qu'il pourrait éventuellement ne pas payer la différence, cela faisait beaucoup.

Gilles avait des sentiments partagés face à l'homme qui lui donnait des ordres. Il l'avait contacté de façon anonyme par l'Internet à un moment où Gilles commençait à se dire qu'il voulait prendre sa retraite comme tueur à gages. Il avait exploré les possibilités de ce métier et maintenant il était prêt à pondre un autre bouquin qui ferait sûrement l'effet d'une bombe. Il

imaginait comme titre : *La morale : limite ou simple frontière?*
Il avait néanmoins accepté un nouveau contrat même si le commanditaire avait spécifié qu'il aurait plusieurs cibles. À prime abord, l'idée que son client avait envisagé de lui commander plusieurs meurtres avait piqué sa curiosité. Maintenant, s'il continuait, c'était dans le seul but de voir où tout cela pourrait le mener. Il espérait comprendre pourquoi agissait ainsi celui qui l'avait engagé. Mieux encore, il avait chargé un expert de retrouver la provenance des messages qui lui étaient expédiés. Cela s'était avéré beaucoup plus dispendieux qu'il ne l'aurait cru à première vue. La dernière facture s'élevait à deux cent trente-cinq mille dollars. Il était persuadé que la somme avait été bien dépensée, car son ami connaissait son type de travail, donc il n'aurait jamais osé se payer sa tête par crainte de représailles. Il espérait disposer bientôt de l'identité du mystérieux commanditaire. Il s'arrangerait bien pour qu'il lui donne les véritables motifs de ses agissements, cela qu'il le veuille ou non! Il voulait une réponse, si cela devait coûter quelques meurtres de plus il n'allait pas s'arrêter pour si peu.

Quelqu'un frappait à la porte de son bureau. La petite s'était sûrement réveillée. Il se déconnecta de l'Internet, puis mit en fonction un petit programme de surveillance. Celui-ci ouvrit une fenêtre dans laquelle il pouvait voir, par l'entremise d'une caméra cachée, le devant de la porte de son bureau. Il l'aperçut en robe de chambre. Il referma la machine et sortit la rejoindre. La petite avait encore des leçons à recevoir. Une bonne fellation ne serait pas de refus.

Chapitre 9

La première émission spéciale fut diffusée à seize heures quinze minutes. Toutes les chaînes de télévision emboîtèrent le pas dès qu'elles furent au courant des événements. Les Québécois apprirent subitement que l'horreur venait de prendre une nouvelle forme. Les journalistes qui n'avaient pas eu accès au site s'étaient massés devant l'immeuble d'habitation. Inlassablement, ils reprenaient les ondes en redisant pratiquement la même chose à toutes les quinze minutes. Chacun des présentateurs y allait prudemment d'hypothèses diverses, dans le but de garder leurs auditeurs à l'écoute en utilisant tous les trucs du métier qu'il connaissait. Mais, à peu de chose près, ils disaient tous sensiblement la même chose, une réalité qu'eux-mêmes avaient du mal à croire.

« Bonsoir mesdames et messieurs. Pour ceux qui viennent de se joindre à nous en ce lundi 4 juin; nous sommes en direct devant le 238 de la rue Cuvillier. » La voix du reporter marqua une pause, comme s'il cherchait ses mots. « Un drame, plutôt un cauchemar vient de nous être révélé. » Il se racla la gorge et, pendant un instant, même son caméraman se demanda s'il allait être capable de poursuivre tant son visage était chargé d'émotion. « Dix-huit personnes ont été sauvagement assassinées. Voilà le bilan de la tuerie rue Cuvillier. L'identité des victimes n'a pas encore été dévoilée. Les différents corps ont été retrouvés dans leur logement respectif. Ils furent tous abattus par un pistolet de calibre trente-huit, muni vraisemblablement d'un silencieux; ce qui explique que le meurtrier ait pu continuer son horrible carnage, d'appartement en appartement sans que personne ne se rende compte de rien. L'arme du crime a été retrouvée au pied de l'un des escaliers de secours ainsi que la chaussure droite d'une paire d'espadrilles que la police recherchait en rapport avec un autre événement qui s'était déroulé dans ce même immeuble, et qui avait entraîné la mort de huit personnes. En effet, voilà moins d'une semaine, tous les membres de la famille d'un officier de police, qui avait lui-même tué un autre agent ainsi qu'un voisin, avaient succombé à leurs blessures dans des conditions mystérieuses. Selon une première hypothèse, le tueur fou se serait tout simplement présenté sous le couvert d'une fausse identité aux différents appartements, et aurait été introduit à l'intérieur par les victimes elles-mêmes. Les autorités se sont refusées à tout autre commentaire, mais une conférence de presse a été confirmée pour demain. »

La conférence du lendemain avait été houleuse. Les journalistes exigeaient des explications au nom d'une population qui voulait comprendre. Comment, et surtout pourquoi, un tueur se promenait dans la ville en tuant des citoyens ordinaires et cela dans leur propre appartement! Le grand directeur de la police, l'oncle de Gérard, avait passé un mauvais quart d'heure. Il avait d'abord confirmé l'histoire de la chaussure sport, qui établissait un lien réel avec les précédents événements s'étant produits dans le même immeuble. Cette confirmation faisait partie des traditions entre policiers et journalistes. Si on vous demande d'attendre jusqu'à une prochaine conférence de presse, c'est une promesse implicite que l'on vous donnerait du matériel valable pour votre prochain papier. La confirmation au sujet de la chaussure sport, c'était l'information que l'on avait décidé de sacrifier à la presse. C'est par la suite que les choses se mirent à dérailler. Le journaliste, Maxime Bouchard, un homme qui comptait vingt-cinq ans d'expérience dans le domaine et qui était connu pour avoir autant de contacts dans la police que dans le monde du crime organisé, avait commencé à faire des affirmations qu'il n'aurait pas dû pouvoir faire. N'était-il pas vrai qu'il existait un lien tangible entre les deux tueries de la rue Cuvillier, la femme au bain comme l'avait surnommée la presse à scandales et un certain vol dans un magasin d'armes qui s'était soldé par le meurtre de son propriétaire? Là, le conférencier commit la pire erreur de sa vie. Il se servit d'une phrase toute faite que plusieurs conférenciers avaient utilisée dans les mêmes circonstances partout dans le monde pour clore le clapet d'un journaliste un peu trop audacieux. « Si monsieur le journaliste se croit plus malin que la police… » Le journaliste reprit sans lui laisser le temps de compléter. « N'est-il pas vrai que les armes ayant été utilisées lors des différents crimes proviennent toutes du même vol dans le magasin d'armes? » Le conférencier eut le réflexe de faire taire le journaliste en se mettant à parler en même temps que lui, mais l'autre avait une voix haut perchée difficile à ignorer. Le journaliste avait poussé l'audace en continuant alors que le conférencier, le visage pétrifié par la surprise, en avait le souffle coupé.

« Nous pourrions donc ainsi imputer au moins vingt et une victimes à ce tueur en série. En réalité on est en face d'un maître tueur. » L'annonce tant redoutée avait été lancée. Celle de tueur en série. Pire, on avait même donné un surnom à celui-ci, le maître tueur. Désormais la population avait un nom fictif auquel attribuer toutes ses craintes. Quant à eux, les déséquilibrés de tout acabit avaient leur nouveau héros, un nouveau modèle du genre. Le conférencier avait hurlé un « sans commentaire! » et était sorti sous la mitraille des flashs.

Le lendemain, contre toute attente, les choses avaient continué d'empirer. À seize heures trente précises, un appel téléphonique anonyme avait signalé la présence d'un corps dans une benne à ordures située derrière un entrepôt. Le cadavre fut rapidement identifié comme étant celui de Raymond Courtemanche. On en était à trente-deux victimes.

Les pistes s'étaient presque toutes refermées sur elles-mêmes. Alors qu'il vidait l'appartement du défunt, un cousin très proche de Raymond avait noté la disparition d'une salopette de garagiste qu'il venant de s'acheter par l'Internet à un prix exorbitant. Il se souvint que l'inspecteur chargé de l'enquête, un véritable géant, avait insisté pour qu'il l'appelle s'il constatait la disparition de la moindre chose. On lui montra la salopette trouvée chez les Dionne. Il la reconnut formellement, c'était celle de Raymond. On cessa les recherches de ce côté.

La chaussure Nike qui avait été retrouvée contenait une grosse boule de papier dans son bout, ce qui laissait supposer que l'assassin pouvait très bien ne pas chausser du douze. Pire encore, le fait que la chaussure ait été abandonnée sur place pouvait tout aussi bien signifier que l'assassin l'avait utilisée comme leurre, et ne l'avait peut-être jamais portée. On avait également abandonné les recherches de ce côté.

L'affaire avait encore rebondi le jeudi 7 juin quand tous les médias de la ville avaient reçu une cassette vidéo munie d'une note explicative : « Cassette vidéo qui a disparu lors du vol des armes que le maître tueur utilise. » Malgré le doute et les problèmes que cela pouvait leur attirer, la plupart des chefs d'antenne des chaînes de nouvelles décidèrent d'en diffuser le contenu avant de la remettre à la police.

Deux jours plus tard, on atteignit un sommet de panique que jamais encore le Québec n'avait connu, exception faite de *La crise d'octobre* où la loi martiale avait été mise en vigueur pendant quelques jours. Une bombe avait explosé dans un restaurant la Cage aux sports. C'était un soir de finale de la Coupe Stanley et l'équipe locale n'était plus qu'à une partie de remporter la coupe. Des centaines de partisans s'y étaient entassés afin de profiter des écrans géants et de l'ambiance spéciale dans une telle circonstance. Le maître tueur s'était surpassé. Utilisant des bonbonnes de gaz munies de minuteries, il avait saturé l'air ambiant d'un gaz très particulier en le plaçant dans la ventilation. Ce gaz, comme la plupart des gaz était inodore et incolore. Il trafiqua ensuite le panneau d'alarme d'incendie de façon à ce que celui-ci tombe en mode actif à l'heure voulue. Dans le cas présent, le tout se jouerait à vingt heures vingt minutes précisément. Ce changement de mode, en apparence anodin, créait une situation particulière : les détecteurs de fumée devenaient plus sensibles à la fumée des fumeurs et l'alarme, une fois déclenchée, provoquerait une véritable inondation dans le restaurant. Exactement ce que le maître tueur recherchait.

Dans un premier temps, le gaz s'installa confortablement dans le lieu, puis un voyant, que le personnel du restaurant n'avait nullement le temps de remarquer, passa au vert. La fumée vint chatouiller de plus en plus les détecteurs, puis les gicleurs se mirent à l'œuvre. Lorsqu'une molécule de gaz entrait en contact avec une molécule d'eau cela déclenchait une réaction chimique qui créait une mini-explosion. Le bâtiment fut littéralement soulevé de terre avant de s'éparpiller dans toutes les directions. Le bruit de la détonation s'entendit sur la majeure partie de l'île de Montréal, et des vitres éclatèrent dans un rayon de un kilomètre du lieu de l'explosion.

Le téléphone du service d'urgence 911 fut instantanément débordé. Des gens de partout appelaient au secours. Les vitres de leurs résidences avaient littéralement éclaté en mille morceaux à la suite de l'explosion. Plusieurs d'entre eux étaient gravement touchés. Certains parlaient de nombreux débris non identifiables. Un médecin qui demeurait plus près du restaurant exigeait qu'on lui envoie plusieurs ambulances en disant que le sol était jonché de corps et de restes humains. Les pompiers qui se dirigeaient vers le lieu de la déflagration commencèrent à voir l'étendue des dégâts à plusieurs centaines de mètres avant leur arrivée. L'équipe du camion-pompe dix-huit était composée de vétérans, ils croisèrent les premiers débris humains sans s'arrêter. Ils étaient conscients que pour ceux-là il n'y avait déjà plus rien à faire. Le conducteur serra les dents, des larmes lui coulaient des yeux et rien à faire pour les arrêter. Il venait de voir une tête empalée dans le panneau indicateur d'un nom de rue. Le capitaine à ses côtés lui dit : « Accroche-toi, il faut qu'on y aille. » Une fois sur place, il n'y avait pas grand-chose à voir. Le bâtiment n'existait plus. Il restait quelques débris fumants. Ils s'approchèrent sans espoir de pouvoir faire quoi que ce soit pour quiconque. Une rafale de vent changeant subitement de direction les prit par surprise. Trois pompiers s'écroulèrent au sol avant qu'ils ne puissent réaliser ce qui se passait. Trois autres eurent le temps de mettre leurs masques avant de devenir les prochaines victimes. Ils s'écroulèrent à leur tour. Le capitaine sauva le reste de son équipe en hurlant d'évacuer. Le vent changea à nouveau de direction et ils eurent le temps de retraiter. Six de ses hommes furent comptés parmi les victimes de la tragédie.

Ce n'est que plusieurs jours plus tard que l'on présenta un premier bilan officiel : « Sur le lieu de l'explosion, dans la Cage aux sports, il y avait trois cent vingt-six personnes. Une seule avait survécu. Elle était présentement entre la vie et la mort aux soins intensifs. À l'extérieur du restaurant, il y avait eu quinze décès, et cent trente personnes blessées à différents degrés. » En moins d'une heure, tout le Québec bascula dans l'horreur. La télévision du monde entier fixa son attention sur le drame.

Une horde d'experts nommés pour enquêter durant les premiers quatre jours se perdirent en conjectures, n'arrivant pas à déterminer la nature de l'explosif. D'ores et déjà, la cause accidentelle avait été écartée quand le maître tueur se manifesta par le biais d'une feuille déposée dans le courrier aux bons soins du maire. Dans le message, il expliquait qu'il avait utilisé un gaz pour créer l'explosion. Pour prouver son identité, il leur avait dit : « Demandez à la centrale de la compagnie qui a installé le panneau d'incendie à quelle heure s'est produit le changement de mode sur le panneau. Moi, je l'avais fixé à vingt heures vingt minutes. »

Le maire transmit le message au chef de la police qui lui n'en parla qu'aux enquêteurs en leur précisant, bien sûr, de garder le secret. Encore une fois, le maître tueur ne leur laissa pas de répit. Il avait fait parvenir la même déclaration à plusieurs journalistes qui, pour une fois, ne jouèrent pas son jeu. Les copies du message furent toutes redonnées secrètement à la police, à l'initiative d'un certain Maxime Bouchard qui avait utilisé son influence pour les récupérer. Il vint lui-même les remettre au chef de police tout en s'excusant pour la dernière fois. Il lui expliqua qu'une lettre anonyme lui avait fourni les informations qu'il avait utilisées lors de la fameuse conférence. Il lui déclara alors : « Je crois que nous sommes en guerre contre un dangereux malade et je veux qu'il soit clair de quel côté je penche. Par le fait même, je vous promets que s'il tente encore d'utiliser la presse, personne ne va l'aider à nouveau. Si quelqu'un le fait, je vous garantis que sa carrière est foutue. » Les deux hommes s'étaient serré la main en se séparant.

Cependant l'influence de Bouchard ne s'étendait pas jusqu'aux États-Unis, et un journaliste de là-bas eut lui aussi sa copie du message. Résultat : le lendemain, le message s'étalait en première page du New York Times. Il fut impossible de nier la véracité du message.

Les spécialistes en sinistres finirent par conclure que la thèse d'un gaz tenait la route sans pour autant être capables de l'identifier avec exactitude. Un événement de cette ampleur ne pouvait rester secret longtemps. Le fait de divulguer que le maître tueur était très probablement le responsable de l'événement provoqua de très nombreuses réactions.

Le premier ministre du Canada fit une brève apparition télévisée où il exprima sa peine, et déclara que le gouvernement prenait immédiatement des mesures extraordinaires pour attraper le ou les responsables de cette atrocité.

Le premier ministre québécois, pour sa part, se rendit sur les lieux pour déposer une gerbe de fleurs symboliques et déclara que l'état prendrait à sa charge l'organisation des funérailles nationales pour les disparus.

Les messages de condoléances parvinrent de plusieurs pays et le président des État-Unis eut une conversation privée avec son homologue pour lui offrir l'aide des experts du F.B.I. s'il le souhaitait.

La police fut inondée d'appels de revendications de l'attentat. Plusieurs groupes de terroristes extrémistes internationaux prétendirent en être les responsables, mais ces appels furent tous jugés plus ou moins crédibles. Le service du 911 vécut, dans les jours suivants, une augmentation de trente pour cent du nombre d'appels normalement reçus. Les policiers étaient appelés de plus en plus souvent pour faire des vérifications de routine; ce qui entraîna de nombreuses heures supplémentaires de travail avec la nervosité et le surmenage que cela comporte. Les bavures policières ne furent pas longues à venir : emploi excessif de la force lors d'une arrestation, non-respect des procédures établies, et, enfin, mort par balle d'un homme de race noire qui n'était même pas armé.

Certains journalistes ne se privèrent pas pour dénoncer l'incompétence policière en prenant les dernières bavures en exemples. Seul Maxime Bouchard prit la défense des policiers en criant haut et fort que les policiers n'étaient que des hommes et qu'eux aussi pouvaient commettre des erreurs. Il rabroua fortement ceux qui s'en prenaient aux policiers. La vague de reproches diminua rapidement mais le mal était fait. Jamais la réputation de la police n'avait été aussi mauvaise depuis les douze dernières années.

Le chef de toutes les polices, l'oncle de Gérard, démissionna sous les pressions politiques qu'il subissait. Il était la cible désignée pour porter le blâme des derniers événements, même s'il n'y était pour rien. Dans les drames de cette ampleur, il fallait toujours un responsable extérieur; cela permettait de gagner du temps en attendant de trouver le vrai coupable.

Une cellule de crise fut formée. Son noyau de commandement se composa de Tony, représentant de la police provinciale, de deux inspecteurs de la G.R.C., et de deux membres des Services de renseignements canadiens. On délesta également de leurs enquêtes une dizaine d'autres inspecteurs de police qui ne recevraient leurs ordres que de la cellule de crise, et n'auraient à rendre de compte à personne d'autre. De plus, une escouade d'intervention tactique se tiendrait constamment à la disposition exclusive de la cellule de crise. Celle-ci avait établi ses pénates dans un édifice adjacent au poste de Tony, pour des raisons pratiques. Les membres du noyau de commandement furent tous dotés d'un exceptionnel pouvoir discrétionnaire pour l'occasion : mandat de perquisition en blanc, pouvoir de faire de l'écoute électronique sans en référer à qui que ce soit, arrestation sans mandat et mise en accusation sommaire. Tout ce pouvoir était dangereux, mais il était plus virtuel que réel. Ils avaient l'autorisation de faire des choses illégales et personne ne leur ferait aucun reproche, à condition qu'il ne fasse pas d'erreur. Chacune des personnes assises autour de la grande table que l'on avait aménagée pour l'occasion en était parfaitement consciente.

Ce vendredi marquait la fin de la première semaine d'existence du groupe. Lorsque Tony entra dans la salle de réunion, on pouvait nettement voir sur son visage qu'il était préoccupé. Il avait d'abord été enthousiasmé par la valeur des gens que l'on avait réunis. Tous ensemble, ils allaient rapidement lui mettre le grappin dessus au maître tueur. Puis, il se rendit compte qu'il ne fallait pas rêver. Malgré l'extrême compétence de ceux qui étaient là autour de la table, l'heure de l'arrestation restait lointaine et nébuleuse. Il se choisit un siège et observa les autres membres qui prenaient eux aussi lentement place.

Il y avait Hervé, membre de la G.R.C., un homme dans la cinquantaine plutôt rondouillard qui n'avait pas dû quitter son bureau depuis des années, mais il fallait lui concéder des capacités hors du commun. Celui-ci n'avait pas son pareil pour tirer des informations d'un ordinateur. Non seulement avait-il des contacts qui lui permettaient d'avoir accès aux banques de données du F.B.I. et de la C.I.A., mais en plus il y fouillait plus rapidement que n'importe qui.

Son confrère, Jeff, était la caricature exacte que l'on se fait d'un membre de la G.R.C. : trente-cinq ans, cheveux bruns coupés courts, petite moustache, complet trois pièces, le regard dur, préférant s'exprimer en anglais, quoique parfaitement bilingue. Sur le terrain, on ne voyait pas comment un malfaiteur ne le repérerait pas à plus d'un kilomètre. Il s'était pourtant présenté comme un expert en filature et en écoute électronique. Comme on n'était pas là pour faire de l'épate, force était d'admettre que c'était sûrement la vérité.

Du côté des services de renseignement canadiens, ce qui étonnait d'abord, c'était la jeunesse de leur représentant. Julien était un barbu, début de la trentaine, l'esprit incisif. Il était diplômé en psychologie criminelle, option « Profiling ». Tony avait d'abord détesté son côté froid et sarcastique. Il avait déclaré que l'on était en guerre contre un homme fascinant, probablement un génie, et que la première question à se poser, si on voulait l'attraper, n'était pas qui il était mais plutôt où il voulait en venir et que, dans les circonstances, il ne disposait pas d'assez d'éléments pour émettre un jugement précis. Il avait même précisé qu'au prochain crime, il serait probablement en meilleure position pour les aider. Tony avait d'abord trouvé cela révoltant qu'un membre de son groupe considère que leur adversaire était fascinant, mais petit à petit, il finit par convenir que l'autre avait en partie raison et qu'il ne fallait pas effectivement croire que le tueur n'était qu'un autre déséquilibré souhaitant devenir célèbre pour le nombre de crimes qu'il allait réaliser avant son arrestation.

Le dernier membre du groupe était le plus jeune. On lui aurait donné à peine vingt ans. Ronny s'était présenté comme un « opérationnel ». Devant la mine perplexe de Tony, il avait déclaré : « Je suis classé top secret. » Constatant qu'il n'obtenait pas la réaction escomptée, il ajouta d'une voix amusée : « Si James Bond avait existé, je serais celui qui l'approcherait le plus. » Il était rapide. Ses mouvements étaient félins et ses yeux riaient constamment alors que son visage n'exprimait rien de particulier. Il portait un t-shirt et des jeans si ajustés que ce n'est qu'avec peine qu'il arrivait à en extirper les clefs de sa Jaguar.

La réunion commença à l'heure prévue. Gérard s'installa. Officiellement parlant, il ne faisait pas partie de la cellule de crise, mais l'inspecteur avait insisté pour qu'il soit présent puisqu'il avait participé à l'enquête depuis le début. Personne du groupe ne s'objecta et il prit naturellement sa place aux côtés de Tony.

Hervé prit la parole en premier. « Faisons un bref résumé. J'ai vérifié pour l'histoire du gaz. Ce gaz expérimental a été inventé depuis moins d'un an, il a été fabriqué par l'armée dans un laboratoire qui, officiellement, n'existe pas. Chaque molécule de gaz qui entre en contact avec une molécule d'eau crée une mini-explosion. J'ai fourni les renseignements de base au sujet du gaz aux enquêteurs. Je n'avais pas l'autorisation, mais je leur ai dit d'être discrets sur la provenance des infos. Ils m'ont expliqué comment ça s'est passé. La fumée a été détectée par les capteurs qui eux avaient été activés par le changement de mode dans le panneau à incendie. Le système a donc cru que la fumée provenait d'un début d'incendie et non de la fumée des nombreux fumeurs puisque, selon lui, l'établissement était fermé. Il a donc actionné tous les gicleurs. Après, on sait ce qui s'est passé. Néanmoins, j'ai suivi la piste jusqu'au laboratoire. Après avoir joué des coudes, j'ai mis la main sur la liste de tous ceux qui y travaillent. Là, j'ai fouillé leurs relevés bancaires. Bingo! Deux noms se sont démarqués du reste. Ils ont reçu tous les deux une somme de quatre cent mille dollars et ça, le même jour. Les versements provenaient d'un compte bancaire des îles Caïmans. Nos deux bonhommes sont dans la police militaire. Ils sont chargés de protéger un certain entrepôt où le gaz était dissimulé. Lors de leur dernière permission, ils sont allés en visite aux États-Unis. Ils n'ont, bien sûr, pas jugé bon de revenir. Nous avons communiqué avec les autorités compétentes locales. Vingt-quatre heures plus tard, j'ai eu une mauvaise surprise. Ils se sont fait trancher la tête à Los Angeles. D'après les rapports d'experts, l'arme responsable de ce type de blessure serait une arme orientale, plus précisément un katana, l'épée du samouraï. »

Les mains de Tony se crispèrent sur le bureau. Depuis combien de temps n'avait-il pas vérifié la présence de son katana dans le coffre de sa chambre?

Ronny, comme à son habitude, s'exclama de manière exubérante.

— Youppi! Notre tueur fou est un ninja, et en plus il se paye des vacances aux États-Unis pendant que nous on le cherche ici. Remarquez que cela n'a rien d'étonnant avec tout le fric qu'il a dû toucher pour ses derniers contrats.

Tous se regardèrent surpris. Comme toujours lorsqu'il parlait, Ronny avait le don de dire des choses insensées que nul autre n'aurait osé exprimer, mais qui, une fois dites à voix haute, semblaient prendre un tout autre sens. Ronny voyant la réaction qu'il avait provoquée se rassit prudemment.

— Est-ce cette hypothèse peut nous mener quelque part?

Tous hochèrent la tête en signe de négation. Julien ajouta cependant :

— Cela n'augure rien de bon, si notre tueur est un professionnel qui ne se contente que de suivre les instructions de quelqu'un d'autre. Imaginons que nous l'arrêtions. Imaginons que le type ignore qui le paye. Alors, nous sommes dans une impasse. Cela n'empêcherait pas son éventuel employeur d'en engager un autre et de continuer.

L'idée était lourde de conséquence. Tony ne l'aimait pas du tout. Il se rappelait en avoir parlé avec Gérard au début de l'enquête, puis il avait simplement écarté cette option qui lui avait semblé trop improbable. Depuis le début de cette histoire, il s'attendait à ce que quelque chose de monstrueux fasse surface et, au moment où il croyait avoir envisagé le pire, une nouvelle hypothèse surgissait de nulle part pour rendre le cas encore plus effrayant.

Hervé reprit la parole.

— J'ai fait surveiller les aéroports, au cas où notre homme voudrait revenir avec son katana. En attendant, je vais essayer de me dresser une liste de personnes qui seraient susceptibles de posséder ce type d'arme. Cela ne doit pas être si courant tout de même?

Tony répondit presque à regret à la question d'Hervé.

— Moi, j'en ai un. Je dois personnellement connaître une bonne dizaine de gars qui en ont au moins un. Plusieurs maîtres en arts martiaux en possèdent un. Selon mon avis le plus optimiste, une centaine de noms, au minimum. Cela sans compter que, si notre individu est parmi eux, il n'a qu'à nous dire qu'il lui a été volé. Il peut même pousser l'audace jusqu'à remplir une déclaration de vol avant la date qui nous intéresse. Maintenant, allez donc prouver que c'était lui qui tenait la lame lors des meurtres.

Hervé reprit.

— Donc nous cherchons un gars expert en arts martiaux! Pourquoi pas un ancien militaire? Dis-moi Tony, ton katana, tu l'as toujours?

— Oui, jusqu'à preuve du contraire.

— Tu n'en es pas sûr?

— Eh bien!… Non! Je te promets de vérifier à mon retour ce soir.

— Oui, simple curiosité, tu pourrais me l'apporter, histoire que j'en voie un de près.

Tony n'aimait pas du tout la tournure que prenait la conversation. L'autre le regardait subitement comme s'il était un suspect potentiel. Mais tout à coup, ce qui l'inquiétait plus que tout, c'est qu'il y avait très longtemps qu'il n'avait pas touché à son katana. Il se sentait envahi par un étrange pressentiment. Il s'apprêtait à inviter Hervé à venir voir son katana immédiatement quand Ronny choisit ce moment pour reprendre la parole.

— Si vous voulez trouver le type qui a descendu tous les gens d'ici, cherchez plutôt quelqu'un qui soit un expert du maniement des armes à feu. Je ne suis pas un expert du katana, mais j'ai d'excellentes notions d'arts martiaux. Supposons que je sois le tueur et que je sois un expert en arts martiaux. Je ne crains rien du commun des mortels en combat à mains nues. Pensez-vous que je prendrais la chance d'utiliser une arme pour mes contrats? Une arme, on doit s'en débarrasser vite et bien, il ne faut pas que quelqu'un vous voie avec. De plus, c'est bien connu aujourd'hui que les experts peuvent très facilement retrouver des traces de poudre sur tes mains ou sur tes vêtements, si tu viens de tirer avec une arme. Sans parler du fait que si je me fais attraper à proximité des lieux du crime pour un contrôle et que j'ai toujours l'arme sur moi, là je suis vraiment cuit. Alors pensez-vous vraiment qu'un expert en arts martiaux s'amuserait à tuer des gens avec des armes pour se compliquer la tâche? D'un autre côté, pour décapiter un mec avec un katana ça prend quelqu'un qui s'y connaît. Tony me corrigera si je me trompe. Donc nous cherchons deux types. Un expert en katana et un gars qui sait bien tirer avec une arme à feu.

Tony acquiesça à la fin de sa déclaration.

— Il a raison, messieurs. Seul un expert peut trancher la tête d'un individu d'un seul coup. Je n'ai pas lu le rapport mais je suppose que c'est de cela qu'on parle… J'imagine…

Tony termina sa phrase au ralenti. Hervé lui sourit en observant sa réaction.

— Ne soyez pas paranoïaque, je n'ai jamais eu le moindre soupçon sur vous. Qu'allez-vous imaginer?

Tony éclata de rire quand même soulagé, pendant que les autres membres du groupe le regardaient avec incrédulité.

Comment avait-il pu s'imaginer qu'il était soupçonné! Gérard se racla la gorge pour attirer l'attention. Il ne se sentait pas très à l'aise dans ce genre de réunion et hésitait généralement à s'y exprimer, chose que bien sûr Tony lui avait reprochée avec véhémence en lui disant : « Tu as des idées autant que moi, la seule chose qui te manque pour devenir un enquêteur, c'est le courage de te tromper, et cela ne t'arrivera jamais si tu te tais à chaque fois que tu as une idée. »

— Donc, nous sommes tous d'accord, nous cherchons deux gars. L'un d'entre eux aurait quitté le Québec dernièrement pour aller faire taire les deux militaires et l'autre...

Julien qui n'avait pas dit un mot depuis le début de la réunion se leva brusquement. Coupant la parole à Gérard, il se mit à parler très vite comme s'il avait peur d'oublier le fil de son raisonnement.

— Je le tiens, enfin presque. Dans les services de renseignement ou d'espionnage, il existe un terme qui qualifie cette situation. On dit : « Il n'a pas fait taire la carpe pour rien. »

Tous le regardaient sans comprendre.

— Je m'explique. Ces types n'ont pas été tués pour rien, ils connaissaient le type qui leur avait passé la commande pour le gaz.

— Oui, mais vous semblez nier une évidence fondamentale, mon cher ami. Vos beaux témoins de choix, ils sont morts, déclara Jeff sur un ton qui se voulait sardonique.

— Laissez-moi poursuivre mon raisonnement jusqu'au bout. Lorsqu'on est militaire, on n'est généralement pas très libre de ses mouvements. Cela a tendance à vous placer dans une situation de communauté. Vos amis sont presque tous des militaires. Votre femme ou votre petite amie est la sœur de l'un vos compagnons d'armes. Ce qui me fait suggérer que nos gaillards ont rencontré leur employeur dans le cadre de leur travail. Nous pouvons, dès le départ, écarter un militaire. Question de disponibilité, il ne pourrait jamais avoir autant de liberté que ça. Donc, si leur employeur n'est pas un militaire, nous pouvons déduire que celui-ci est probablement un spécialiste qui donne de la formation aux militaires. Disons aussi qu'ils l'ont rencontré durant la dernière année puisque ce gaz qu'ils lui ont vendu n'existait pas avant.

Son auditoire était suspendu à ses lèvres. Il fit une pause, le regard rayonnant de celui qui a triomphé après un long combat.

— Nos deux lascars, ils travaillaient pour la police militaire, non? Et qu'est-ce qu'on leur demande de savoir en tout premier lieu?

Gérard s'exclama : « De savoir se battre! »

— Quel genre d'expert peut leur enseigner cela! Un expert en arts martiaux peut-être! Avec nos relations, on devrait réussir à avoir son nom avant la fin de l'après-midi, dans le pire des cas nous aurons une liste de deux ou trois noms, tout au plus.

Jeff se levait déjà, en se dirigeant presque à la course vers la sortie, mais Ronny fut encore beaucoup plus rapide, même s'il avait le double du parcours de Jeff pour parvenir à la porte. Il lui bloqua subitement le passage.

— Un instant. Je peux vous épargner bien des démarches. Je le connais. Vous devez me jurer que tout cela ne sera pas divulgué au grand public, à moins qu'il ne soit vraiment coupable de quelque chose de grave. Dans un tel cas, vous serez libre de faire comme bon vous semble.

Il les regarda un à un faire un signe d'assentiment avant de poursuivre.

— Il s'appelle Marc Lanthier. C'est un expert d'aïkido. Il travaille pour nous. Nous le prêtons parfois à l'armée pour des stages de perfectionnement en combat qui sont principalement donnés aux soldats dans la police militaire. Je sais que la dernière fois, c'est lui qui y est allé. Dans la vie civile, il a une école sur la rue Saint-Denis.

Ils sortirent presque en courant, leur départ précipité réjouit le reste des membres du poste. C'était bien connu quand les gros pontes partaient en courant de cette manière, il y avait certainement du nouveau, et c'était sûrement important.

La meute de journalistes, qui hantait vingt-quatre heures sur vingt-quatre l'entrée principale de leur bureau, ne manqua pas de les harceler à leur sortie. Devant leur mutisme, les journalistes se lancèrent à la poursuite de leurs deux véhicules.

Quelques minutes plus tard, Jeff qui parlait déjà sur son cellulaire donna un « go » pour l'opération embouteillage. À la prochaine lumière, les journalistes ne réussirent pas à poursuivre leur route. Deux autobus bloquèrent les trois voies de large à la suite d'une fausse manœuvre d'un camion qui, lui, était conduit par un expert. Tout le groupe de la cellule de crise continua sa route en rigolant. Il n'y avait pas que les bandits dans les films qui savaient créer un embouteillage volontaire.

Ils arrivèrent en trombe au dojo de Marc Lanthier. Ronny, qui n'était pas un personnage susceptible d'être reconnu, alla s'informer, mais il n'était pas là. Ils montèrent ensuite à son appartement, N'obtenant pas de réponse, Gérard se chargea de désintégrer la porte sous les yeux ébahis de Ronny. Ils fouillèrent les lieux sans rien y découvrir d'important. Ils ne remplacèrent pas la porte, préférant ramasser une série de disques compacts de musique. Les jeunes voleurs auraient pris le plus facile, ignorant l'ordinateur. Ils espéraient que leur ruse ferait temporairement l'affaire. Ils déguerpirent avant de se faire remarquer. Des équipes de surveillance allaient prendre la relève.

Chapitre 10

Trois docteurs spécialisés dans l'étude des cas de coma profond discutaient dans l'une des pièces du service des soins intensifs. Depuis quelques mois, ils étaient confrontés à un phénomène inexplicable.

L'individu qui requérait ainsi leur attention était dans le coma depuis bientôt vingt ans. Plusieurs les auraient accusés à tort d'acharnement thérapeutique, mais voilà, le patient n'était plus placé sous respirateur artificiel et aucune machine ne le maintenait plus en vie. Ce patient refusait tout simplement de mourir. Il avait subi voilà vingt ans un accident plutôt inusité. Un camion à ordures avait reculé sur lui dans des circonstances mystérieuses, en le coinçant contre un mur. L'homme avait été retrouvé là vraisemblablement plusieurs heures après l'accident. Sa survie tenait du véritable miracle. En principe, il aurait dû mourir au moment même où on enlevait la pression sur son abdomen. Cela ne se produisit pas. Son sang avait coagulé d'une façon inexplicable autour de ses organes vitaux produisant ainsi une véritable carapace qui permit, semble-t-il, de maintenir ses fonctions vitales. Sa colonne vertébrale fut presque complètement sectionnée sur le coup, le laissant tétraplégique à tout jamais. Ses côtes avaient été broyées de façon affreuse, mais le cœur, qui avait été ainsi comprimé par celles-ci avait vaillamment continué à battre. La tête avait été projetée avec violence contre un mur de béton et une hémorragie cérébrale avait causé des dommages que l'on considérait comme irréversibles. Le patient, si jamais il sortait du coma, n'avait que très peu de chances d'un jour pouvoir poser un geste volontaire.

Mais depuis trois mois, la situation avait changé. Un homme s'était présenté à l'hôpital en racontant qu'il rêvait tous les soirs d'un patient assez âgé et frêle comme un roseau. Il demanda à le voir. On vérifia son identité, juste pour le cas où un jour le patient décéderait dans des conditions étranges, puis on accorda la permission à monsieur Lanthier d'aller au chevet du patient. Il revint régulièrement prétextant que ces visites lui apportaient une tranquillité d'esprit qu'il n'avait jamais connue auparavant. Pourquoi lui aurait-on posé d'autres questions? Il était un homme charmant qui ne manquait jamais d'apporter un petit cadeau aux membres du personnel qui s'occupaient de son ami, comme il aimait l'appeler.

Les docteurs ne virent jamais autre chose qu'une simple coïncidence entre le fait que l'état du patient se mit à changer et les visites de monsieur Lanthier. On nota d'abord que le cerveau du patient que l'on considérait désormais comme complètement mort émettait périodiquement et brièvement des ondes bizarres. Celles-ci ne ressemblaient en rien à ce que les spécialistes étaient habitués d'enregistrer.

On vérifia l'équipement, croyant à un mauvais fonctionnement, mais tout était en ordre. Afin d'établir la vérité, on effectua des tests sur le patient. C'est à partir de ce moment que les choses commencèrent à devenir intéressantes. Le scanner révéla que les ondes étaient émises par l'une des plus anciennes parties du cerveau. Un endroit dont on ne connaissait pas grand-chose. Certains spécialistes parlaient de cerveau primitif, d'autres qualifiaient cette partie de lieu des instincts primaires, mais personne n'avait jamais pu complètement prouver sa théorie.

Ces émissions d'ondes survenaient deux fois par jour, et duraient en moyenne une quinzaine de minutes. À partir du début de mai, celles-ci se transformèrent peu à peu. Leur amplitude et leur complexité augmentèrent. Les médecins intrigués par le phénomène mitraillèrent leur patient d'une autre série de tests. Les résultats ne laissaient aucun doute, l'incroyable se déroulait sous leurs yeux. Le cerveau du patient était devenu le centre d'une activité anormale qu'il était impossible d'expliquer. Des cellules s'y multipliaient à un rythme effarant, s'agglomérant en organisme indépendant dont on ignorait jusqu'à ce jour l'existence et dont la fonction échappa à toutes suppositions jusqu'au début de juin.

Le 5 juin marqua un changement important dans l'état du patient. Les médecins qui observaient le phénomène avec attention décidèrent d'attendre la suite des événements avant de divulguer l'information à qui que ce soit. Ils étaient tous conscients de l'impulsion à leur carrière que pourrait donner un communiqué médical sur un phénomène aussi unique. Il suffisait d'être rigoureux et de disposer d'un dossier bien étoffé. Avec ça, c'était la gloire assurée.

L'activité cérébrale augmenta encore. Les transformations cellulaires qui se produisaient s'effectuaient maintenant à un tel rythme qu'il fût bientôt impossible de les étudier autrement que sur scanneur et ralenti vidéo. Toute cette activité trouva subitement son sens lorsqu'en observant un rassemblement opaque de cellules, celles-ci se solidifièrent pour devenir une parfaite synapse cervicale. Le cerveau se reconstituait ainsi synapse après synapse. En moins de deux jours, la quantité de synapses et de dendrites avait triplé. En clair, cela signifiait que théoriquement ce cerveau jouissait d'une plus grande vivacité d'esprit, d'une meilleure mémoire et d'une plus grande imagination. En bref, la possibilité d'une intelligence supérieure à la moyenne.

C'est dans l'après-midi du 8 juin que le malade décida de sortir du coma sans prévenir personne. Il le fit durant une visite de monsieur Lanthier. Il ouvrit les yeux un bref moment et lui sourit avant de s'endormir à nouveau d'un profond sommeil, très près d'un coma.

Les médecins, à nouveau sidérés, refirent une autre batterie de tests. Sur les rayons x, ils découvrirent une tache sombre à la hauteur approximative de la rupture de la colonne du patient. Ils identifièrent la tache comme étant un épanchement sanguin, sans pour autant en découvrir la provenance ou la raison. Dans toutes autres circonstances, ils auraient effectué une ponction pour retirer le sang de cet endroit mais compte tenu des circonstances, ils décidèrent de ne pas intervenir.

Le 15 juin, les émissions exceptionnelles du cerveau du patient prirent fin aussi subitement qu'elles avaient commencé. La structure de celui-ci avait repris une allure à peu près normale, et les ondes cérébrales se contentaient de tracer le schéma d'un encéphalogramme standard.

Chapitre 11

Aujourd'hui, Maria était contente, c'était son anniversaire. En plus, ce 24 juin tombait un vendredi. Elle allait pouvoir faire la bringue avec son nouvel ami. Elle n'allait pas le laisser filer celui-là. Ce n'est pas facile quand vous êtes infirmière. Vous effectuez des rotations d'horaires, de jour, de soir, de nuit. On exige de vous que vous fassiez de longues heures de temps supplémentaire. Quand finalement vous rentrez chez vous, la seule pensée de ressortir pour trouver un ami suffisait à vous donner un mal de tête carabiné! Et une femme qui a mal à la tête peut dire au revoir à toutes ses chances de se trouver un homme. Tout cela mis ensemble ne facilitait guère une relation amoureuse. Mais, heureusement, son nouvel ami était quelqu'un d'exceptionnel. Elle l'avait rencontré ici, à l'hôpital, plus précisément à cause du vieux monsieur. Elle jeta un regard au moniteur qui était branché en permanence sur le patient.

Le patient devait avoir dans la soixantaine avancée, il avait les cheveux grisonnants et les yeux gris bleu. Elle avait pu les voir lors de la dernière visite de Marc. Son patient se réveillait toujours en présence de Marc. Il ouvrait toujours les yeux, comme pour le saluer. Un regard d'une extraordinaire intensité dans lequel on devinait une vive intelligence, et qui semblait vous remercier d'être là. Après avoir vu ce regard une fois, elle s'était sentie honteuse de se lamenter sur son sort. Elle décida de vivre simplement en prenant tout ce que l'existence voudrait bien lui donner de bon. Elle aspirait à se trouver un compagnon de vie mais ce n'était pas facile. Elle était réaliste, cinq pieds six pouces, un peu ronde, une poitrine beaucoup moins ferme qu'elle ne l'aurait souhaité, un corps tout ce qu'il y a de plus moyen, rien qui pouvait retenir longtemps l'attention d'un mâle. Quand

Marc l'avait embrassée au pied du lit du vieil homme, elle avait d'abord résisté par réflexe, puis vaincue, elle s'était laissée aller. Il y avait longtemps qu'un homme ne l'avait pas touchée. Lorsqu'il avait voulu lui faire l'amour sur place, elle avait protesté vivement, mais il la convainquit en lui disant que ce n'était pas le genre de proposition qu'elle recevrait deux fois dans une vie. Tout à coup, elle avait été prête à tout sacrifier et à compromettre le reste de sa vie pour un instant de plaisir.

Elle avait joui avec une passion dont elle ne se serait jamais crue capable. Par la suite, elle était devenue officiellement sa maîtresse et ne l'avait jamais regretté depuis.

Délaissant la lecture d'une revue insipide, elle quitta la petite cabine dans laquelle étaient installés tous les moniteurs qui enregistraient le moindre changement dans l'état du vieux monsieur pour s'approcher de lui. Elle avait pris l'habitude de venir lui parler, juste avant l'arrivée de Marc. Celui-ci le lui avait demandé. Elle avait d'abord trouvé cela un peu ridicule, puis avait finalement accepté pour lui faire plaisir.

Elle prit doucement la main du vieil homme et la plaça entre les deux siennes. Sa peau était très douce, presque lisse à l'intérieur de sa paume. Elle aimait aussi son visage. Même dans son état, il semblait exprimer une telle sérénité, une telle sagesse... elle n'en avait jamais encore rencontré jusqu'à présent. Sauf celle qu'elle retrouvait sur le visage de Marc, mais à dose nettement moins importante. Peut-être était ce dû à l'âge?

Elle se mit à lui parler de Marc, combien elle l'aimait, des projets qu'elle avait pour eux. Elle le remercia de les avoir fait se rencontrer, puis lui dit qu'aujourd'hui c'était sa fête et que Marc allait sûrement lui faire un cadeau, et qu'ils allaient...

L'homme ouvrit les yeux et la regarda. Elle s'interrompit, surprise. Elle fouilla le regard du vieil homme pour voir si c'était un simple réflexe ou s'il avait vraiment conscience de sa présence. Croyant que oui, elle lui sourit. Il lui fit cadeau d'un sourire à peine esquissé, ce qui la bouleversa. Elle se mit à pleurer sans savoir pourquoi. C'est ainsi que Marc les trouva.

— Pourquoi pleures-tu, chérie?

— Il m'a donné un sourire, et je ne sais pas ce que ça m'a fait…

— Il doit beaucoup t'aimer!

— Tu crois?

La main du malade serra doucement celle de Maria qui bafouilla paniquée : « Il m'a serré la main, c'est impossible. Il est censé être complètement paralysé. »

— Promets-moi de ne pas leur dire!

— Je ferai comme tu voudras, mais de toute façon, ils vont très vite s'en apercevoir.

— Nous verrons. Ce soir, nous allons voir le défilé de la Saint-Jean, le feu d'artifice, et plus tard nous nous installerons confortablement dans ton petit nid d'amour. Maintenant, si tu pouvais nous laisser seuls une minute. Tu n'as qu'à retourner dans la cabine, je te rejoins bientôt.

Il attendit qu'elle se soit réinstallée là-bas avant de se pencher au-dessus du lit du malade. Il se plaça de telle façon qu'elle ne puisse plus voir le visage du gentil grand-père comme elle l'appelait parfois. Il l'appela doucement.

— Père, je suis là, où en es-tu?

Le vieux monsieur murmura une réponse à peine audible.

Chapitre 12

Gérard avait résisté deux semaines à la tentation de la revoir. Mais aujourd'hui, elle l'avait appelé. Il avait dit oui, presque sans réfléchir, oubliant toutes les promesses qu'il s'était faites à lui-même. Il était là, dans le parc, à l'attendre. Nonchalamment installé sur un banc, en débardeur et espadrilles, il se savait à son avantage. Il avait déjà remarqué une jeune femme à vélo qui était passée deux fois devant lui en lui jetant des regards intéressés. Il avait fait mine de rien mais elle ne semblait pas vouloir se décourager.

La voyant revenir à nouveau, il se décida à faire la seule chose qu'il croyait susceptible de la décourager. Il jeta un coup d'œil dans sa direction pour s'assurer qu'elle regardait son manège, puis il consulta ostensiblement sa montre, laissant supposer par son expression que l'heure de son rendez-vous approchait, il se redressa puis se mit à tourner la tête dans tous les sens à la recherche de celle qu'il attendait.

Sa manœuvre fut loin de remporter le succès escompté. La jeune femme arrêta son vélo devant lui en lui adressant la parole d'une voix sensuelle.

— C'est moi que tu cherches?

— Non, non! Vous devez faire erreur, je ne crois pas que l'on se connaisse.

Le tout avait été dit sur un ton qui dénotait une certaine nervosité. Il ne voulait pas que Caroline le voie en grande conversation avec cette fille. Celle-ci ne se laissa pas démonter et poursuivit en lui tendant la main.

— Moi, c'est Patricia. Et toi?

Par réflexe, il prit mollement sa main en lui répondant, pendant que du pied, elle installait son vélo sur son support.

— Écoute Patricia, j'attends quelqu'un.

Elle se rapprocha de lui, sans tenir compte de ce qu'il venait de dire. Pire encore, elle déposa ses mains sur ses épaules et les laissa courir sur ses avant-bras tout en y jaugeant le volume de ses muscles.

— Tu es beaucoup trop bien pour qu'une fille se permette de te faire attendre. Qui c'est, la fille? Miss Monde ou la fille du patron?

Interloqué, il regarda avec panique autour de lui.

— C'est ça, hein! J'ai deviné juste. Tu as peur de décevoir ton patron alors tu as accepté de sortir sa petite gourde. Allez viens, nous pourrions aller chez moi et vérifier si le corps d'enfer que tu as peut remplir ses promesses.

Il l'écarta doucement, mais avec fermeté alors qu'elle tentait de se coller contre lui.

— Vous n'y êtes pas du tout.

Le visage de Gérard prit subitement un air joyeux, il ajouta.

— Je devrais vous remercier. Vous venez de me faire découvrir quelque chose de très important.

— Et c'est quoi? lui demanda-t-elle sur un ton qui se voulait mi-ironique, mi-curieux.

— Je ne veux plus d'une aventure dans ton genre.

La jeune fille éclata de rire, ce qui la rendit encore plus jolie, mais Gérard ne sembla pas le remarquer.

— Ce n'est pas moi que tu devrais remercier mais plutôt Caroline.

Gérard regarda dans la direction que lui indiquait Patricia. Il vit Caroline qui sortait de sa cachette, derrière un regroupement d'arbustes, à moins d'une vingtaine de pieds de lui. Il était évident qu'elle avait tout entendu. Elle s'avança en baissant la tête d'un air qui se voulait coupable.

— Méchante gamine!

La main de Gérard releva doucement le menton de Caroline : « Je t'aime. »

Le ton affirmatif de la déclaration fit éclater de bonheur le visage de Caroline. Gérard sentit un frisson d'émotion le parcourir lorsqu'il posa ses mains sur les hanches de sa dulcinée. Il la souleva doucement pour l'embrasser. Pendant un long moment, se délectant l'un de l'autre, ils se forgèrent leur propre éternité, le temps s'arrêta. Lorsqu'il se séparèrent enfin, Patricia était partie depuis longtemps.

— Allons prévenir papa! Ça va lui faire plaisir, il est très préoccupé ces temps-ci.

Presque euphorique, il se laissa entraîner.

Chapitre 13

Quelqu'un venait de gaffer, mais cela ne servait à rien de se plaindre. Tony savait bien qu'il devait assumer. Il avait immédiatement appelé Ronny. L'erreur était de taille. Deux inspecteurs, fatigués de la surveillance des trois dernières nuits de l'appartement de Lanthier, s'étaient fait repérer, et ils avaient décidé, pour éviter de perdre leur suspect, de l'arrêter lorsqu'il rentrerait chez lui en ce lundi matin. Il avait pourtant donné des ordres très clairs! Nous allons nous contenter de le surveiller. Voilà à peine un mois, il aurait piqué une mégacrise de colère, mais depuis ses retrouvailles avec Maître Shi Zilin, il était plus en contrôle de lui-même. Il savait très bien que crier ou blâmer ces deux policiers ne changerait rien à la situation. Maintenant, c'était trop tard. Il avait un suspect en état d'arrestation mais pas la moindre piste pour l'inquiéter. Malgré ce fait, Tony n'arrivait pas à se convaincre que c'était une complète erreur. Il tenait probablement le responsable de l'hécatombe de la Cage aux sports et peut-être qu'avec beaucoup de chance, ils réussiraient à le faire craquer et qu'il avouerait tout le reste. Il fallait que cela arrive car, désormais, ils étaient tous embarqués dans une sale affaire. Si ce type ressortait, il n'aurait qu'à ameuter la presse. Personne ne le croirait, encore que ce n'était pas certain. Mais une chose était sûre, cela créerait des remous et des têtes allaient encore tomber. La sienne peut-être. La perspective de perdre son boulot ne l'inquiétait pas outre mesure. Avec les millions que son père lui avait laissés en héritage, il pouvait se faire une vie de pacha, à lui et à tous les siens, mais leur suspect, coupable ou non, deviendrait rapidement intouchable. Ça, il ne pouvait le permettre!

Tony engagea la voiture dans la rampe d'accès du stationnement souterrain de l'hôtel Hilton. Il s'arrêta à la barrière du gardien et déclina son identité. Ce n'est qu'à ce moment-là qu'il se rendit compte de la présence de Gérard à ses côtés. Celui-ci avait dormi à la maison hier. Tony l'avait lui-même réveillé dans la chambre de sa fille ce matin. Ils avaient pris leur déjeuner à la course. Il lui avait fait un bref topo de la situation, puis il l'avait ignoré jusqu'à maintenant.

— Je m'excuse, je ne voudrais pas que tu crois que...

— De quoi vous excusez-vous?

— Je n'ai pas changé d'avis à propos de ce qui s'est passé entre toi et Caroline. Je...

Gérard l'interrompit d'un geste.

— Vous êtes préoccupé. Concentrez-vous sur les choses importantes; nous aurons tout le temps de nous expliquer plus tard. Pour l'instant, nous bloquons l'entrée.

Tony sourit en traversant la barrière du stationnement. Il avança doucement, cherchant le comité d'accueil du regard. Celui-ci ne tarda pas à se manifester en la personne de Ronny qui leur fit signe de se garer.

— Bonjour messieurs. Je n'aurais jamais cru devoir vous recevoir ici mais, avec les événements présents, nous n'avons pas le choix. Ne parlons pas ici. Suivez-moi simplement.

Inspectant les environs, il se mit en marche vers une porte métallique portant l'inscription « personnel seulement ». Arrivé à quelques pieds de celle-ci, on entendit le puissant déclic d'une gâche électrique. La porte s'entrouvrit et Ronny les invita d'un geste à entrer. Une fois à l'intérieur, la porte se referma toute seule et un bruit de verrouillage se fit entendre. La pièce mesurait dix pieds carrés. Sur l'un des murs qui était en acier poli, il y avait un bloc de plexiglas blanchâtre surmonté d'une plaque métallique dans laquelle un dispositif à glissière se déplaça, à la hauteur des yeux de Ronny, quand il prononça son nom à voix haute. Il s'installa soigneusement face à la plaque, en plaçant ses yeux à la hauteur d'un appareil qui ressemblait à une machine d'oculiste. Une seconde plus tard la plaque émit un flash semblable à celui d'un appareil-photo. Quelques secondes plus tard, la pièce qui s'avérait être un ascenseur se mit à descendre.

Gérard demanda presque timidement : « Est-ce que l'on peut parler maintenant? » Ronny lui répondit d'un signe de tête.

— Sommes-nous dans votre quartier général?

— Non! Nous appelons cet endroit, la souricière. C'est une espèce de lieu d'entraînement qui sert également comme lieu de détention.

Tony reprit à son tour.

— Qu'est-ce qui se serait passé si vous aviez été un imposteur?

— Avec le style de rayon x que j'ai passé, il désigna le bloc de plexiglas, l'ordinateur s'en serait rendu compte. Un bain d'acide nous aurait désintégrés. Chair, os, vêtements, plus rien, excepté l'acier. Aucune preuve de notre existence en ce lieu. Finito!

— C'est déjà arrivé?

— Nous y sommes.

L'ascenseur s'immobilisa et la porte s'ouvrit. Tony et Gérard se regardèrent d'un air entendu, l'absence de réponse était claire. Ronny les précéda dans un long corridor désert. Ils croisèrent de nombreuses portes sur leur route, derrière lesquelles des bruits divers laissaient deviner la présence d'autres gens en ce lieu. Finalement, Ronny leur ouvrit la porte d'une salle de conférence où les autres membres du groupe les y attendaient.

On se salua brièvement. Tony décida de changer l'atmosphère qui était très tendue en déclarant que Gérard était officiellement devenu son futur gendre. Les autres s'empressèrent de le féliciter chaleureusement, même un peu plus que l'on aurait pu s'y attendre de professionnels comme eux. Ils avaient tous inconsciemment envie de retarder le moment où il faudrait faire face à la vraie situation. Puis les effusions finirent par ne plus être aussi sincères et s'arrêtèrent d'un seul coup. Les regards convergèrent rapidement vers Tony, l'obligeant ainsi à prendre la parole en posant une question à la ronde sans s'adresser à personne en particulier.

— Que lui a-t-on dit?

C'est Julien qui se chargea de répondre.

— Je reconnais là votre professionnalisme, Tony. Tout de suite la question primordiale. Dans ce cas particulier, nous devons lui mentir le moins possible, mais nous devons contrôler chaque brin d'information que nous laissons filtrer. Pour le moment, nous lui avons dit que nous connaissions son implication dans la mort des deux militaires et sa participation au complot qui a provoqué le drame de la Cage aux sports. Nous lui avons également expliqué la nature de cet endroit. Comme ça, il sait que nous pouvons le garder ici presque indéfiniment sans que nous ayons de compte à rendre à personne.

Gérard regarda Tony avec incrédulité. Celui-ci répondit à voix haute en le regardant :

— Sois sûr que ça je ne le permettrai pas.

Ronny reprit sur un ton complaisant.

— Nous pourrions le faire. Ce lieu a déjà servi d'oubliettes à certaines personnes et le peut encore.

Julien s'empressa de poursuivre car il était clair que, sur ce dernier point, Ronny et Tony étaient diamétralement opposés. Ce n'était pas le moment qu'une dissension naisse au sein du groupe.

— Présentement, il doit essayer de deviner ce que l'on connaît exactement. Là se résume notre seul avantage, il ne sait pas que nous n'avons pas le moindre petit bout de preuve contre lui dû à l'incompétence de deux inspecteurs.

Tony se retint sans mal de réagir, le reproche était plus amer qu'agressif. Il reprit la parole sur le ton de celui qui voit peut-être la lumière au bout du tunnel.

— Puisque nous sommes dans une base secrète, échappant plus ou moins aux lois normales, nous pourrions peut-être employer un détecteur de mensonge ou un sérum de vérité, non?

Julien s'agita, visiblement mal à l'aise, puis il quêta du regard un appui du côté de Ronny. Celui-ci soutint leurs regards sans paraître embarrassé. Il prit une longue respiration avant de répondre à la muette supplication de Julien.

— Je croyais que nous pourrions éviter d'en arriver là, mais puisque mon confrère me le souligne de façon aussi flagrante... Et je dois bien admettre que je me rends compte, moi aussi, que nous ne pouvons plus rien garder pour nous. Si cela venait à se savoir, je perdrais automatiquement mon statut d'agent, sinon plus. Marc Lanthier n'est pas qu'un formateur qui travaille simplement pour nous. Il est lui-même un agent spécial, au même titre que moi. Ce qui signifie que... en principe, nous ne tirerons rien de lui, que ce soit avec un détecteur de mensonges, ou avec un sérum de vérité.

— Merde! s'exclamèrent les deux agents de la G.R.C.

Tony regarda Ronny avec une expression qui mettait en doute sa dernière affirmation.

— J'ai été testé cinq heures sous le sérum de vérité. Je n'ai même pas dit mon vrai nom. C'est assez efficace pour vous?

— Il y a quand même un avantage à lui faire passer le test du sérum de vérité!

Gérard, voyant qu'il avait réussi à attirer leur attention, poursuivit :

— Si j'ai bien compris le principe, pour ne pas avouer n'importe quoi, le type est obligé de ne pas répondre. Ce qui revient à peu près au même dans notre cas, s'il ne répond pas nous saurons qu'il est impliqué. Un innocent qui n'aurait rien à cacher répondrait, non?

Ronny fit la grimace.

— Oui et non. Si j'étais à sa place, je ne répondrais à aucune question, car moi et lui savons qu'une fois que tu as commencé à parler sous le sérum de vérité, il est presque impossible de s'arrêter par la suite. Donc, même s'il ne répond pas, cela ne prouvera rien du tout. Nous pourrions nous convaincre qu'il est effectivement mêlé à l'affaire, mais à quel titre? Intermédiaire, patron? A-t-il tué les deux militaires? Savait-il à quoi serviraient les bonbonnes de gaz? Était-ce dans le cadre d'une mission?

Les deux hommes de la G.R.C. pâlirent encore un peu plus. Tony sursauta en comprenant l'implication de ce que l'autre venait de dire. Il répliqua tout de suite :

— Comment ça, en mission?

Ronny parut mal à l'aise pour la première fois.

— Eh bien! Oui, cela aurait pu être dans le cadre d'une mission... peut-être une mission pour tester le service de sécurité des laboratoires de l'armée : il a réussi, il a percé le système, mais quelque chose a foiré, les bonbonnes se sont effectivement retrouvées entre de mauvaises mains avec le résultat que l'on connaît. Dans ce cas-là, on lui aurait donné l'ordre de se taire s'il était pris, pour couvrir notre service. Une gaffe de ce genre ne pardonne pas, même dans les Services de renseignements canadiens. Il devient alors l'agneau sacrifié. Qui serait au courant d'une telle mission et comment vérifier cela ? Le chef du service secret et le Premier ministre du Canada ! Tous les ordres ont dû être transmis verbalement, et aucun document ne doit exister sur l'événement. Vous comprenez ? Personne ne donnera jamais la confirmation que c'était une mission, même si c'était le cas.

Julien reprit la parole.

— Nous allons quand même faire toutes les tentatives possibles pour obtenir des réponses à nos questions, y compris le sérum de vérité. Nous allons clairement mentionner à notre direction que nous avons de fortes raisons de croire qu'il a été impliqué dans l'affaire, mais que nous ne possédons aucune preuve matérielle, seulement des preuves circonstancielles qui en font notre suspect numéro un. Le fait qu'il a été en contact avec les deux soldats. Le fait qu'il soit allé aux États-Unis dans la même période de temps où nos deux lascars se sont faits descendre. Et que, de plus, il avait amené avec lui son katana, arme avec laquelle nous présumons que les deux têtes ont été tranchées. Cela les forcera probablement à le retirer indéfiniment du service actif, de lui imposer le Canada à demeure, et de le couper de toutes les filières de sorties du pays. Nous le laisserons retourner à la vie normale, mais il sera surveillé. Il le sera étroitement au début. Puis nous feindrons de laisser tomber, cela prendra peut-être six mois, peut-être un an avant qu'il se sente en sécurité. Durant cette période, nous construirons notre propre réseau de taupes. Il ne pourra plus jamais rien faire sans qu'on le sache.

— Nous allons briser sa carrière, non ?

Tony avait presque crié en se rendant compte de ce que les autres proposaient. « Il y a des choses qui sont parfois nécessaires », avait répondu Ronny d'un ton laconique.

Cette conversation dura encore une heure. Tout le monde y exprima tour à tour son opinion. Finalement, on décida de s'en tenir à la proposition des Services de renseignements canadiens, avec les avantages et désavantages qu'elle comportait. Pendant les cinq jours que durèrent l'emprisonnement, ils demeurèrent à l'intérieur de la base. Ils constituèrent des équipes de deux afin de se relayer. Ils choisirent de mélanger leurs différents services pour obtenir un maximum de flexibilité. Jeff fit équipe avec Tony, Julien avec Hervé, et Ronny avec Gérard. Ils le soumirent à des interrogatoires serrés, à des privations de sommeil, à des réveils au milieu de la nuit, menaces, pressions de toutes sortes. Rien n'y fit. Monsieur Lanthier nia être mêlé à l'affaire.

Lorsque leur séjour fut terminé à la base, Tony et Gérard rentrèrent ensemble. Gérard semblait pensif, et Tony crut qu'il se sentait mal à l'aise de revenir coucher à la maison, sans lui en avoir parlé. Il décida cependant que le fait d'aborder la question ne ferait qu'accentuer le trouble de Gérard et respecta le silence de son compagnon. Il eût été très étonné s'il avait pu lire dans les pensées de son futur gendre.

Gérard était fortement troublé. Il n'était pas très fier de ce qu'il avait fait voilà à peine quelques heures. Il n'aurait jamais dû accepter cela. Il s'était fait manœuvrer comme un vulgaire collégien. Un collégien orgueilleux qui ne veut pas que l'on mette en doute sa virilité, sa capacité à se montrer dur. Ronny l'avait embobiné avec quelques phrases débiles. Si c'était à refaire, il savait que maintenant il aurait refusé. Mais ce n'était pas maintenant qui comptait mais plutôt ce qui s'était passé voilà à peine deux heures. Cela lui rappelait Abdul Farakel, un très mauvais souvenir. Ils s'étaient rencontrés à l'académie de police. C'était un Arabe, un gars qui passait son temps à ennuyer tout le monde en disant que, dans son pays il avait fait la guerre, que là-bas, c'était lui la loi, et qu'il était capable de terrasser n'importe qui dans le temps de le dire. Il y avait eu un soir où Gérard avait bu un peu trop. Les gars de la promotion l'avaient poussé en l'insultant, en le traitant de trouillard. Il avait bien failli tuer l'Arabe. Cette fois-là au moins, il avait des raisons pour excuser son geste, il était bien plus jeune à cette époque, et puis l'autre pouvait quand même essayer de se défendre, tandis que là… Il s'en voulait. Tony n'aurait sûrement pas approuvé. Lui, il n'aurait pas accepté. Il ne se serait pas laissé pousser à faire ça. D'ailleurs les autres ne lui avaient pas parlé de ce qu'il allait faire à Lanthier.

Ils lui avaient juste dit qu'ils s'arrangeraient pour que son histoire soit le moins crédible possible au cas où il déciderait d'ameuter la presse. Ils s'étaient arrangés pour que Tony ne le voie pas avant son départ.

Ronny lui avait demandé de tabasser Marc Lanthier, de l'arranger, comme il avait dit. « Tu te rends compte de l'humiliation pour un professeur d'aïkido qui se présente devant ses élèves avec une volée dans la face. » Il avait d'abord refusé, puis l'autre avait employé toutes sortes d'arguments stupides, et il s'était laissé convaincre. Il n'était pas révolté par le fait que quelqu'un tabasse le type, mais il était dégoûté d'être celui qui l'avait fait. Il l'avait drôlement amoché, et dans le feu de l'action, il se rappelait même y avoir pris un certain plaisir. Impensable! Avoir pris du plaisir à taper sur un type qui était attaché. Si Ronny n'avait pas été là, je l'aurais probablement tué dans l'excitation du…

Gérard sentit la bile s'agiter dans son foie. Il intima l'ordre à Tony d'arrêter la voiture. Il eut juste le temps d'en sortir avant de se mettre à vomir. Tony le questionna afin de savoir la raison de ce malaise, mais honteux, Gérard refusa de se confier. Il se dit en lui-même : « Qu'est-ce qu'il va penser de moi quand il le saura? Je suis peut-être un batteur de femmes qui s'ignore… Un jour, je lui dirai, un jour, mais pas aujourd'hui. »

Chapitre 14

Marc Lanthier sortit du stationnement souterrain de l'hôtel Hilton vers huit heures du soir, soit seulement quelques heures après Tony et Gérard. Sa démarche n'avait rien de celle du fauve qu'il était normalement. Elle s'adaptait parfaitement avec le nouveau visage à faire peur dont lui avait fait cadeau Gérard.

L'un de ses yeux était complètement fermé tandis que l'autre ne demeurait qu'à moitié ouvert. Il avait perdu quatre dents à l'avant. Ses lèvres, en plus d'être fendues, avaient doublé de volume. Tout le côté gauche de son visage portait une grosse ecchymose qui le rendait presque méconnaissable. Sa mâchoire le faisait énormément souffrir, ce qui lui laisait croire qu'elle était fracturée.

Une fois à l'extérieur du stationnement, il s'arrêta sur le trottoir, indécis quant à la direction à prendre. Il avait du mal à enchaîner deux pensées cohérentes. Voilà à peine cinq heures, il avait pris la pire raclée de sa vie. Peu de temps après, à bout de résistance, il avait perdu conscience.

Lorsqu'il s'était réveillé, on agitait des sels sous son nez. Une fois qu'il eût repris ses sens, quoique incapable de bien saisir la situation, on le força ensuite à ingurgiter une demi-bouteille de whisky. Ensuite, il avait probablement perdu conscience à nouveau. À son réveil, il ne se souvenait de rien. Il était étendu sur un matelas de sacs de vidanges au fond d'une ruelle.

Quasi immobile, presque dans un état second, il resta là pendant plusieurs minutes, avant de se mettre en marche. Il rejoignit le trottoir d'une démarche zigzaguante. Les passants qui le croisaient, dévisageaient le pauvre vagabond qu'il était devenu, tantôt avec sollicitude, tantôt avec dégoût, parfois avec un soupçon de peur.

Ses vêtements étaient déchirés en plusieurs endroits, ils étaient sales et ils avaient également été imbibés d'alcool pour rendre le portrait plus authentique.

L'air frais commença lentement à agir. Au bout d'une heure, il remarqua que ses déambulations l'avaient amené à longer un parc. Il y vit un banc sur lequel il se laissa tomber. Le choc le rappela à la réalité. Son corps se mit trembler, sa respiration devint saccadée et, durant un moment, il dut lutter pour ne pas reperdre conscience. Il découvrit un nouveau foyer de douleurs au niveau de ses côtes. Il les tâta avec précaution, et grâce à son expérience des arts martiaux, il diagnostiqua deux côtes cassées. Il revit dans un flash le visage de l'homme qui l'avait ainsi transformé en épave. Il se souvint aussitôt de son nom : Gérard! « Il allait payer, lui et les autres », se dit-il. Se détournant de ses pensées de vengeance, il essaya de faire le point.

Il fouilla dans ses poches. Il avait un billet de dix dollars et quelques pièces de vingt-cinq cents. Il pouvait essayer de prendre un taxi jusque chez lui. Sentant la pagaille dans ses cheveux, il y passa une main et les découvrit pleins d'une graisse gluante qui laissa une grosse tache noire dans sa paume. Prenant finalement conscience de son apparence, il se rendit à la conclusion que pas un chauffeur de taxi ne l'emmènerait nulle part dans cet état.

Il se rappelait un petit discours que lui avait fait Ronny avant d'encourager le géant à le massacrer. Il lui avait dit : « Je commets peut-être une erreur, mais je parierais ma chemise, que pour une raison ou une autre, tu es coupable. Si c'est le cas je te donne une dernière chance. Dis-le-moi, après il sera trop tard. » Si l'autre avait su à quel point il avait été près de craquer, il aurait continué à le menacer. Il aurait fait pression sur lui encore quelques jours. Toutes les barrières avaient tenu, mais elles avaient été poussées jusqu'à leur point de rupture. Comme une simple phrase pouvait parfois avoir un gros impact dans ces moments-là! Ronny avait dit : « Après il sera trop tard. » Marc avait bien failli abandonner, mais l'autre l'avait sauvé sans le savoir. Au lieu de laisser durer le silence, il avait repris un peu trop tôt : « Tant pis… Je vais te rendre la vie impossible, vraiment infernale, je vais te détruire complètement jusqu'à ce que tu ne sois plus qu'une loque. » Ils avaient été amis, mais maintenant il le tuerait à la première occasion. Non mieux! Il le laisserait vivant… et…

L'horrible situation qu'il venait d'imaginer pour son ancien ami le remplit d'allégresse et, malgré la douleur, il grimaça un sourire. Il dut admettre cependant que l'autre avait bien commencé son entreprise de démolition.

Pendant une autre heure, il resta sur le banc à essayer de rassembler ses idées avant de prendre une décision concrète. Il n'allait pas rentrer chez lui. Un pressentiment lui disait qu'il y trouverait une mauvaise surprise. Il devait donc trouver un autre endroit pour dormir.

Concentré comme il l'était, il ne remarqua pas l'homme avant que celui-ci ne s'asseye à côté de lui. Il portait un complet trois pièces visiblement fait sur mesure, compte tenu de la largeur de ses épaules. Il devait avoir la trentaine. Son visage, quoique aimable, laissait planer une invisible menace. Lorsqu'il s'adressa à Marc, sa voix fut douce et le ton très poli.

— Écoute Marc, moi et mon collègue, on aimerait bien savoir si tu vas te décider à rentrer chez toi. Vois-tu, ça n'a rien de bien passionnant de rester là à te surveiller sur ton banc. Pourquoi ne rentres-tu pas chez toi? Je ne suis pas censé t'aider, mais si tu veux, je peux te ramener chez toi. De cette manière, nous pourrions tous aller nous coucher. Il y a une autre équipe qui doit prendre la relève quand tu seras chez toi. Tu comprends? C'est une proposition honnête, non? Nous sommes entre professionnels, de toute façon, qu'est ce que tu espères réussir à faire dans cet état-là?

Marc fut sidéré, la proposition semblait tentante, presque acceptable. Pendant une fraction de seconde, il eut envie de s'abandonner à leur petit jeu. De faire exactement ce qu'ils voulaient qu'il fasse, juste pour voir ce qui allait se passer, mais il se rappela à temps qu'il avait affaire à des professionnels comme l'avait si bien dit le type. Jamais un professionnel faisant partie d'une équipe de surveillance ne se serait brûlé de la sorte, juste pour le plaisir. Il avait reçu des ordres, et il était clair que l'on voulait qu'il rentre chez lui. La seule chose qu'il ne savait pas, c'était pourquoi? Cela confirmait au moins sa décision, il ne devait pas rentrer chez lui. L'autre n'était pas là pour le tuer, s'il avait voulu le faire, il l'aurait fait à l'intérieur. Il n'avait donc rien à redouter de ce gars-là. Ce qui était tant mieux, car il devinait aisément que, pour le moment, il n'était pas en mesure de se défendre contre un tel adversaire.

— Vas te faire foutre, débile.

L'autre ne sembla pas surpris de la réaction de Marc, et c'est sur un ton calme qu'il répondit :

— Ronny m'avait prévenu que tu dirais quelque chose du genre, tant pis…

Le colosse attrapa la main de Marc dans un mouvement éclair, et il lui brisa trois doigts sans que celui-ci n'ait eut le temps de comprendre pourquoi il avait si mal à la main. Il était déjà à quelques pas et s'éloignait rapidement quand il se retourna à moitié pour ajouter :

— Ça n'a rien de personnel mon gars. Je te laisse le salut de Gérard et Ronny.

Il avait mal. Il sentait la douleur s'insinuer dans chacune de ses pensées. Il devait trouver rapidement la solution, car plus le temps passait, plus la douleur allait augmenter. Il se souvint d'une jeune secrétaire qui suivait son cours d'aïkido. Elle lui avait fait des avances qu'il avait repoussées gentiment. Il avait toujours eu comme point d'honneur d'être loyal en amour. D'ailleurs son père considérait que l'amour était l'un des meilleurs sentiments au monde, mais que, généralement, les gens le confondaient avec des tas d'autres choses, ce qui le rendait plutôt rare à trouver. Bien sûr, tout serait plus simple s'il appelait Maria à son secours, mais il l'aimait et ne voulait pas l'impliquer. Puis elle travaillait à l'hôpital, ce qui risquait de rendre possible que l'on fasse un lien entre lui et son père. Cela, il ne pouvait se le permettre, à aucun prix. Il savait que la secrétaire demeurait à pas plus de dix minutes du parc où il était, car une fois il l'avait reconduite en voiture. Il se mit en marche vers son but sans plus réfléchir. Le temps jouait maintenant contre lui.

Il eut beaucoup de chance, elle répondit à la première sonnerie de la porte d'entrée. D'abord décontenancée par son apparence, elle ne le reconnut pas immédiatement et faillit lui refermer la porte au nez pour aller prévenir la police. C'est lorsqu'il l'appela par son nom qu'elle comprit que c'était lui. Elle l'installa rapidement dans son lit. Utilisant les dernières ressources qu'il lui restait, Marc réussit à la convaincre de n'appeler ni la police ni une ambulance. Il prétexta que cela nuirait énormément à son école si quelqu'un le voyait dans cet état. Il se rappela que l'argument n'était pas de lui. Ronny le lui avait fourni sans penser qu'il pourrait à son tour s'en servir. Quelques secondes plus tard, il s'abandonna à la douceur de l'oubli. Sa dernière pensée fut qu'il avait protégé son père et Maria avant de sombrer dans un sommeil profond proche du coma.

Chapitre 15

Pendant près d'une semaine, Marc n'émergea que quelques heures par jour de son profond sommeil. Il eut cependant la présence d'esprit d'appeler Maria le premier jour. Il la rassura d'abord sur ses sentiments envers elle, puis il utilisa une version modifiée de la vérité. Il lui avait déjà dit qu'il travaillait pour les Services de renseignements canadiens. Il lui avait même montré ses papiers d'identité officiels. Il lui raconta donc qu'il était engagé dans une mission. Il se permit de lui dire que les choses n'avaient pas tourné comme elles le devaient. Il avait été battu, mais il n'allait pas trop mal. Il s'était réfugié dans une planque de l'agence en attendant d'être suffisamment bien pour faire son rapport. Elle ne devait pas chercher à le joindre, pour des questions de sécurité. Cependant, il voulait qu'elle fasse un message au vieux : tout se passait bien, mais les choses allaient probablement prendre du retard. Il raccrocha en lui disant que bientôt ils pourraient s'offrir les vacances de rêve dont ils avaient parlé.

Au cinquième jour de sa convalescence dans l'appartement de Julie, son état commença à s'améliorer. Il se sentit assez bien pour rester debout toute la journée.

Ce n'est que neuf jours plus tard qu'il décida de retourner chez lui. Quoique ses yeux portaient encore la marque de la raclée qu'il avait reçue, ils étaient néanmoins ouverts. Son visage n'était plus enflé, et les bleus se résorbaient rapidement. Peut-être même un peu trop vite. Il espérait que cela ne se remarquerait pas. Il serra le poing gauche de toutes ses forces. Ses doigts qui avaient été brisés ne protestèrent pas. Il ne sentit aucune douleur. Il les avait finalement remis en place correctement après quelques essais. Pour ses côtes, ce serait plus long, mais il n'y pouvait rien. Il portait un bandage très serré autour du torse, ce qui modifiait très peu sa posture naturelle, et passait inaperçu.

Plusieurs facteurs influençaient sa décision de retourner chez lui maintenant, outre son état de santé qui s'améliorait à vue d'œil. Julie elle-même s'en étonnait. Il avait réussi à la repousser jusqu'ici en prétextant son état, mais bientôt cela ne s'avérerait plus possible. Julie était une jolie femme sexy et moderne. Il lui avait pourtant expliqué qu'il avait désormais quelqu'un dans sa vie, mais cela ne l'avait pas empêchée de créer toutes sortes de situations pour le pousser à lui faire l'amour. Il se rendait à l'évidence : il n'était pas insensible à ses charmes. Il devait donc partir avant de commettre l'inévitable. De toute façon, il y avait encore plus grave. Les téléphones de harcèlement avaient commencé voilà trois jours. D'abord durant les moments où Julie était à son travail, puis hier très tard alors qu'elle venait juste d'arriver. La sonnerie persistait jusqu'à ce qu'on réponde, et la personne au bout du fil se contentait de ricaner. Julie croyait que c'était un petit cinglé qui s'amusait avec le téléphone pour passer le temps, mais, pour lui, le message était très clair. Ses tortionnaires lui indiquaient, à leur manière, qu'il devait quitter les lieux s'il ne voulait pas que la jeune femme soit mêlée à un jeu qu'elle ne comprenait pas.

La journée de son départ, il quitta avant le retour de Julie. Il lui laissa une note pour la remercier et la supplia de l'oublier, de ne pas chercher à reprendre contact avec lui. Il prit un taxi et rentra enfin chez lui.

Lorsqu'il descendit du taxi devant son école, il nota la présence d'une équipe de surveillance. Ce qui n'était guère difficile, car le gorille qui lui avait brisé les doigts dans le parc s'était placé en évidence, astiquant sa voiture avec un chamois. Lorsque celui-ci vit que Marc l'avait reconnu, il lui adressa un petit salut avant de tranquillement se rasseoir dans la voiture sans le quitter des yeux. Marc ne put s'empêcher de répondre à ce défi par un geste de provocation. Il leva la main gauche au-dessus de sa tête, puis il ferma le poing avec ostentation. Devant la mine ahurie de son auditoire, il sourit avec satisfaction. Pour compléter le tableau, il traversa la rue en joggant, avant d'entrer dans son dojo.

Dès qu'il fut à l'intérieur, hors de la vue de ses gardiens, il s'appuya contre le mur le temps que la douleur redevienne supportable. Il voulait qu'ils restent sur leurs gardes. Des hommes prudents sont toujours plus faciles à prendre de vitesse.

Après s'être informé auprès de son assistant qui le remplaçait pour donner les cours, il hésita, puis décida finalement qu'il devait le prévenir d'ennuis possibles à venir. Il ne lui raconta pas la vérité, mais lui en dit suffisamment pour parer au plus urgent. Il monta ensuite à son appartement, muni d'un tournevis-étoile. Si les policiers avaient fouillé son appartement, ils avaient sûrement placé un cadenas avec des scellés, mais ceux-ci, à moins que la police ne se soit modernisée dernièrement, étaient toujours installés avec des vis étoile. Il ne s'était pas trompé. Il y avait l'éternelle note qui disait d'appeler la police à ce numéro, et les vis étoile. Il entra sans problème.

Une fois à l'intérieur, il dut affronter une catastrophe qui n'avait rien de naturel. Il s'était préparé à quelque chose du genre, mais il ne croyait pas que cela irait aussi loin. Tous les meubles avaient été jetés par terre. La majeure partie de la vaisselle reposait, écrasée sous le réfrigérateur. Il progressa un peu plus loin dans le champ de bataille.

Dans sa chambre, on avait jeté des sacs entiers de poubelle que l'on avait dû ramasser dans le voisinage. Une montagne de détritus reposait au beau milieu de son lit. Dans celle-ci, on avait planté une pancarte artisanale sur laquelle était écrit : « Les salauds doivent dormir dans la saloperie. » Continuant sa visite, il découvrit qu'on avait brûlé la plupart de ses vêtements dans la baignoire. Il prit tout à coup peur, lui avait-on volé son katana? Il fonça dans la pièce qui lui servait de bureau personnel. Son katana était là, brisé en deux. On l'avait déposé sur le clavier de l'ordinateur. Sur l'écran de celui-ci, il lut : « Ça n'a rien de personnel. » Placées bien en ordre, ses disquettes avaient été mises sur une chaise. Coupées en deux, elles avaient été rendues inutilisables et toute l'information qu'elles contenaient était perdue. Ils avaient sûrement fait des doubles de chacune d'entre elles, espérant y découvrir une information qui leur aurait échappé à la première lecture.

Il se sentit découragé, mais prit le temps d'évaluer la situation. Pendant quelques minutes encore, il s'accorda le luxe de se vautrer dans son malheur. Puis, il se reprit en main. Il commença par des exercices de contrôle de sa respiration. Il fit ensuite le vide de ses émotions, il savait qu'elles ne seraient pas bonnes conseillères dans les circonstances. Une fois calmé, il se permit enfin de réfléchir à la situation. Il décida d'abord de se donner trois semaines pour remettre de l'ordre dans sa vie. D'ici là, la surveillance allait probablement se relâcher, peut-être avec de la chance allaient-ils abandonner. Il n'y croyait guère. Quoi qu'il en soit, il savait que la mission qui lui avait été confiée par son père adoptif devrait attendre jusque-là. Le vieux n'apprécierait sûrement pas, mais il n'avait pas le choix, il devait être en parfaite forme pour performer. Ce n'était pas toujours facile d'éliminer quelqu'un, encore moins si celui-ci était un tueur. Le plus efficace, s'il fallait en croire la police. « Il faut que je le tue. Bientôt, le plus tôt possible! »

Chapitre 16

Les choses étaient allées à un train d'enfer. Les deux dernières semaines s'étaient écoulées si vite pour Gérard qu'il arrivait à peine à réaliser ce qui se passait. Il essaya de récapituler les événements tout en sachant que ce n'était ni l'heure ni le moment pour ça.

Comment toute cette histoire avait-elle commencé? Il pensa à leur rencontre dans le parc, au stratagème qu'elle avait employé pour le secouer. Non, ce n'était pas là que ça s'était produit. Il revit son souper d'anniversaire. Oui, ce fatidique souper d'anniversaire. La robe de soirée, les billets pour le concert rock, toute une mise en scène dans le but de le piéger. Il n'avait pas été dupe, mais... Non, ça ne pouvait pas être ça. Cela avait dû commencer plus subtilement. Il cherchait plus loin dans sa mémoire. Faisant un gros effort, il essaya de se souvenir de la première fois qu'il l'avait vue. Elle ne devait pas avoir plus de... Voyons, voilà trois ans. Il fut secoué. Elle ne devait pas avoir plus de treize ou quatorze ans! Sa mémoire finit par lui transmettre l'image d'une gamine à peine pubère dans un survêtement de sport, trempé de sueur. Il savait que ce n'était pas à ça qu'elle ressemblait lorsqu'il l'avait vue pour la première fois, mais c'était l'image qui s'imposait à lui. Comment cette gamine de treize ans avait-elle pu le séduire? Il se rappela la scène en souriant. Il avait entendu quelqu'un dévaler les marches d'un escalier, puis la porte s'était ouverte brusquement. Elle était là. Elle le regardait complètement abasourdie, comme si son chanteur de rock préféré venait d'apparaître à la porte. Elle portait une salopette jeans, n'était pas maquillée et ses cheveux étaient attachés en queue de cheval. Une seconde elle était là, puis l'instant d'après, elle disparaissait. Il avait cependant eu le temps de voir qu'elle avait rougi. Déjà, elle remontait l'escalier en hurlant avec des larmes dans la voix : « Pourquoi personne ne m'a avertie que quelqu'un venait souper? » Elle n'était pas venue prendre le repas en bas avec eux. Finalement, il était lui-même allé le lui porter dans sa chambre.

Elle n'avait pas perdu son temps. Il l'avait trouvée littéralement transformée. Ses yeux étaient soulignés par du mascara et du fard à paupières, ses cheveux, quant à eux, flottaient librement sur ses épaules. Un rouge à lèvres légèrement rosé était apparu sur sa bouche. Elle portait maintenant une blouse avec un petit décolleté modeste. Une jupe à mi-cuisse révélait ses jambes fines et bien dessinées. Ils étaient restés là à s'observer quelques secondes. Il se rappelait qu'il n'avait rien trouvé à dire pendant un moment. Le malaise avait peut-être duré deux secondes, tout au plus, puis il s'était senti entrer dans l'univers de cette chambre d'adolescente. Les posters, les nombreux ours en peluche qu'elle n'avait pas pensé cacher et auxquels elle avait fait des gros yeux tout le temps qu'il était resté dans sa chambre. Lui, il avait semblé ne pas les voir pour être gentil. Quand il y pensait maintenant, il avait l'impression que ces deux secondes de malaise avaient été très significatives, mais à cette époque comment aurait-il pu imaginer?

Quelque chose dans l'ambiance le prévint que l'heure de revenir au présent avait sonné. Des policiers en uniforme d'apparat formaient une double haie d'honneur jusqu'à la limousine. Le cœur de Gérard se mit à bondir. La portière s'ouvrit et Tony s'extirpa de la voiture dans un magnifique smoking. On vit aussitôt apparaître une main gantée de blanc et un bout de voile. Gérard se mit à trembler. Il se sentait mort de peur, tout en se trouvant ridicule. Elle apparut comme une princesse sous les applaudissements d'une foule nombreuse.

La cérémonie serait tout, sauf simple. La mère de Caroline y avait veillé. Lui qui aurait préféré quelque chose d'intime, il l'avait pourtant laissée faire. Allez donc vous opposer à une mère qui marie son unique fille!

Tout se passa bien, mais Gérard resta nerveux jusqu'à la fin de la cérémonie. Le plancher lui semblait trop bien ciré, trop glissant. Le prêtre paraissait étirer chaque mot jusqu'à la limite du supportable. Il ne se rappelait pas avoir jamais assisté à quelque chose d'aussi long. Chaque fois qu'il devait poser un geste, il croyait frôler la catastrophe. Finalement, il y eut les éternelles séances de photos, et il put enfin aller se changer. Il était trempé comme un marathonien. Il dut prendre une douche avant de retourner au souper. Caroline en profita pour retoucher son maquillage. Juste avant de repartir, Gérard admira sa femme un instant. Celui-ci la retint une minute, le temps de l'embrasser avec passion. Elle lui susurra à l'oreille : « Nous avons toute la vie devant nous pour ça. Ne les faisons pas attendre. Détends-toi un peu chéri. Tu es parfait. »

Le reste de la soirée fut agréable, et Gérard réussit enfin à se détendre. Il redevint le sympathique gaillard qu'il était. Il alla remercier personnellement chacun des invités en procédant avec ordre et méthode dans le but de n'oublier personne. Mais, il y avait tant de monde, qui aurait pu lui reprocher de ne pas avoir serré la main à un vieil homme? Pourtant, à son retour, plusieurs de ses collègues de travail le questionnèrent sur ce vieil Oriental avec lequel Tony avait passé un bon moment à discuter. Cela le laissa très perplexe. Comment avait-il pu manquer un Oriental, même parmi la foule?

Caroline, de son côté, avait également remarqué quelque chose qui avait échappé à Gérard. Chantale, la petite fille qui était devenue orpheline durant l'enquête de son père, semblait triste. Elle avait continué à habiter avec eux depuis que Gérard l'avait ramenée à la maison de son père. Caroline s'était beaucoup occupée d'elle depuis ce temps-là. Elles étaient devenues amies. Caroline la considérait comme la petite sœur qu'elle n'avait jamais eue. Durant les préparatifs du mariage, Chantale était heureuse comme un pinson mais, maintenant, elle devait réaliser que Caroline ne serait plus là comme avant. De plus, Caroline avait entendu la conversation que sa mère avait eue avec la travailleuse sociale. Celle-ci avait clairement établi que Chantale devrait quitter la famille Robitaille dans les plus brefs délais car elle allait s'attacher et plus on attendrait pour la placer dans un foyer d'adoption plus la séparation serait douloureuse pour elle.

Caroline se dit que cela ne devait pas arriver. Elle allait parler à Gérard. Bientôt, mais pas maintenant tout de même!

Mais lorsqu'ils quittèrent la salle, ce soir-là, ils étaient loin de ce genre de préoccupation. Ils avaient un horaire serré à respecter. Leur première nuit de noces était à l'image de l'originalité de leur couple. C'était le cadeau personnel de Tony. Ils la passèrent à bord d'un avion Challenger que Tony avait loué pour l'occasion. Celui-ci faisait route vers Hawaï où ils y passèrent deux semaines.

Le lundi suivant le mariage de sa fille, Tony était de retour au travail. Dernièrement, la cellule de crise n'avait plus eu de réunion. Lanthier était sous haute surveillance. Le maître tueur ne s'était pas manifesté depuis un bon moment. Il avait été convenu que s'il se passait la moindre chose, Tony serait le premier informé. Il avait donc décidé de retourner à son ancien bureau.

Avec son retour, la routine du poste semblait revenir peu à peu à la normale. Cependant, Tony avait changé. Tous les matins, il disparaissait entre dix et onze heures. Il prétextait des séances d'aïkido, mais lorsqu'on essayait de le rejoindre à la salle d'entraînement, il restait introuvable. Ce matin-là n'échappa pas à la règle. À neuf heures cinquante-six, Tony sortit de son bureau pour emprunter l'escalier de service comme il le faisait toujours depuis son retour. Celui-ci était généralement désert. Si cela n'était pas le cas, Tony faisait mine de monter un étage, puis revenait en douce poursuivre son trajet vers le sous-sol. Une fois rendu, il poussait une porte, toujours la même, la porte qui l'amenait auprès de son archipel privé de sagesse.

Aujourd'hui, l'endroit sentait bon le jasmin. Il aurait paru sombre à quiconque n'était pas habitué à cette ambiance particulière. Pour Tony, cette pièce avait la couleur exacte qui correspondait à la sérénité de celui qui l'habitait.

Au centre, à peine à quelques pieds de l'entrée, puisque la pièce était, somme toute, minuscule, de part et d'autre d'une petite table basse, deux coussins de velours bleus vous invitaient. Chacun d'entre eux était présentement recouvert d'un kimono qui défiait par sa blancheur les neiges éternelles et contribuait dans une large part à la luminosité de l'endroit. Le lieu était d'un grand dépouillement. La monotonie des murs de métal aux couleurs sans éclat était cachée d'un côté par un magnifique paravent à motif de dragon.

Au fond de la pièce, votre regard était attiré par un grand coffre en osier. Celui-ci, comme le savait Tony, contenait les armes ancestrales du maître. La plupart de celles-ci étaient des antiquités qui eussent valu une fortune sur le marché. Le Daï Katana du maître, grand sabre de cérémonie avait près de quatre siècles d'histoire, et on lui avait proposé deux millions pour l'acquérir, mais l'offre avait été en pure perte, l'acquéreur, comme le possesseur, en avaient été bien conscients. Pourtant, il reposait là, dans un simple panier en osier, derrière une porte qui n'était jamais verrouillée, même en l'absence de son propriétaire.

Cela semblait pure folie et, malgré son éducation orientale, Tony avait du mal à accepter que le maître puisse agir avec tant de confiance. Il y avait des voleurs ici! Ce n'était pas les inscriptions familiales du parchemin qui entouraient l'étui du katana qui les feraient s'enfuir, même en considérant que les voleurs puissent lire ce vieil idiome japonais, ce qui était impensable. Il se doutait bien qu'une malédiction sur leur famille ne les ferait pas hésiter à s'emparer de ce qui leur faisait envie. Tony savait aussi pertinemment qu'il était inutile d'en discuter avec son maître, il n'aurait pas gain de cause. De la même façon, il était aussi inutile d'insister auprès du maître qu'il vienne vivre au domaine, qu'il abandonne son poste d'homme à tout faire et accepte que Tony subvienne à ses maigres besoins. Ce n'était même pas une question d'orgueil. Le maître considérait, pour le moment, que cela devait se passer comme ça et si, un jour, il changeait d'avis et qu'il désirait quelque chose, il le demanderait tout simplement, que ce soit raisonnable ou non. Il était comme ça.

Tony enfila le kimono qui lui était réservé et s'installa à sa place en attendant le maître. Il se mit à penser à la formule de politesse qu'il devrait utiliser pour remercier Maître Shi Zilin pour le cadeau de mariage qu'il avait fait à sa fille. Une magnifique sculpture de jade représentant un couple enlacé. La pièce de près de trois pieds de haut avait attiré l'admiration de la plupart des invités, et on chuchotait tout bas qu'elle devait valoir une fortune. Ce qui était vrai, mais, pour Tony, sa valeur monétaire avait moins d'importance que sa signification réelle. C'était la manière qu'avait choisie le maître de lui confirmer, de façon officielle, qu'il était pardonné de l'avoir quitté avant la fin de son enseignement.

Maître Shi Zilin entra quelques minutes plus tard. Le sourire aux lèvres, et une vadrouille à la main.

— Il y a eu un petit accident de dernière minute à essuyer.

Sans plus de préambule, après avoir verrouillé la porte derrière lui, il se déshabilla complètement, sans aucune pudeur, et enfila son kimono.

— Tu sembles préoccupé, fils. As-tu besoin d'un conseil?

Il était et resterait toujours un livre ouvert pour le maître. Tony plia comme le roseau, il ne parla pas du cadeau, il se contenta de suivre le mouvement comme on le lui avait appris. Il réfléchit un long instant avant de reprendre la parole. Pendant ce temps, le maître avait sorti une bouteille thermos du panier en osier, avait installé le nécessaire, et leur avait versé du thé d'une manière qui n'avait rien de cérémonial, puis s'assit sur ses talons. Il ne toucha pas à sa tasse et attendit patiemment que Tony s'explique.

Tony lui raconta l'arrestation sommaire de Marc Lanthier. Basé, selon lui, sur de fortes présomptions mais, tout de même, seulement des présomptions, pas l'ombre d'une preuve. Il expliqua l'emprisonnement, les pressions psychologiques et physiques que l'on avait exercées sur le présumé coupable. Gérard, encouragé par Caroline, lui avait finalement raconté ce qui s'était passé. Le maître l'interrompit à ce moment du récit, voyant à quel point cet épisode avait affecté son élève.

— N'agis pas comme le vieil empereur qui fit décapiter tous les fabricants de corde de la province, son fils aîné s'étant pendu parce qu'il n'arrivait pas à devenir un samouraï convenable.

Tony sourit avant d'acquiescer. Il avait été déçu par Gérard, mais il n'était pas le responsable de la situation dans laquelle il avait été placé. Si Ronny ne l'avait pas poussé, cela ne serait jamais arrivé. Tony reprit son récit. Il parla de sa culpabilité face aux pressions que l'on continuait d'exercer sur Lanthier, dont l'attitude calme et raisonnable dans la folie qui s'abattait sur lui ne faisait qu'augmenter les doutes de Tony sur sa culpabilité.

Le maître choisit le moment où Tony reprenait son souffle pour prendre une première gorgée de thé. Il la dégusta lentement et, d'un petit geste de tête, il indiqua à son élève de faire de même.

— Ton origine occidentale te met encore en défaut. Tu te sens coupable pour une chose dont tu ne saurais être tenu complètement responsable. Pourrais-tu changer les choses qui se sont déjà produites?

Devant l'évidence de la réponse, Tony ne se permit pas de commentaires, et son maître qui n'en attendait pas reprit aussitôt.

— Non, bien sûr. Toi, comme le reste d'entre nous, ne pouvons changer le passé, et c'est pourquoi tu ne dois pas t'y attarder, ne serait-ce qu'une seconde. De plus, tu n'es pas celui qui a ordonné ces pressions qui te mettent si mal à l'aise. Peux-tu réellement en ordonner l'arrêt?

Tony réfléchit un instant à la question. En principe, il était le chef de la cellule de crise, mais ce n'était guère plus qu'un titre. Il présidait les réunions, en orientait les discussions, mais il n'avait aucun pouvoir réel sur les membres des deux autres organismes qui siégeaient sur le comité. Ils restaient indépendants de son pouvoir. Ils pouvaient faire les recommandations de leur choix à leurs différents supérieurs qui, eux, pouvaient, à leur tour, prendre d'autres décisions dans l'ombre. Non, même en s'opposant directement aux pressions que l'on exerçait sur Lanthier, il ne pouvait pas être sûr que cela changerait quelque chose, à part créer une certaine hostilité au sein du groupe.

— Non je ne pourrais probablement pas les arrêter. Vous avez raison, maître. Mais s'ils se trompaient, ne serais-je pas aussi coupable qu'eux?

Déçu, le maître hocha la tête avant de reprendre. L'élève suivait les bons raisonnements mais n'allait pas toujours jusqu'à leur exacte conclusion.

— Oui, si tu étais certain que ce monsieur Lanthier était innocent et que tu ne faisais rien pour le prouver, tu serais coupable. Rappelle-toi le général qui s'entoure des meilleurs spécialistes militaires. Il les écoute, suit leurs conseils. Voilà qu'il est vaincu. Il prend la responsabilité de cette défaite sur ses épaules, car tel est son rôle, mais ses conseillers ont une égale responsabilité pour cette défaite. Ces hommes qui t'entourent dans ce comité ne sont-ils pas tous des experts chacun à leur manière? Et, de plus, tu l'admets toi-même, ils ne sont pas sous tes ordres. Maintenant, tu as des doutes au sujet de leurs conclusions. C'est une bonne chose que de ne pas croire aveuglément tout ce que disent les experts mais, d'un autre côté, il faut se poser de sérieuses questions quand tout le monde pense le contraire de soi.

Tony grimaça de perplexité. Il ne savait réellement plus quoi penser. Son maître ne lui avait jamais semblé plus obscur. Il porta la main à sa tempe qu'il gratta furieusement dans la pure tradition Colombo.

Maître Shi Zilin eut un soupir de découragement face à la mine de Tony.

— Tu dois compléter ta formation, j'ai beaucoup investi sur toi, et le temps se fait plus lourd pour moi. Tu dois me promettre que tu vas laisser ton travail après cette affaire, que se sera la dernière. Après, tu te consacreras entièrement à devenir un maître à ton tour pour me remplacer et perpétuer le savoir.

Tony se sentit paniquer. Son maître attendait une réponse maintenant. Il repensa à sa carrière et fut satisfait de ce qu'il avait déjà accompli. Il pensa à sa femme Judith, et devina qu'elle serait heureuse de cette nouvelle orientation. Graduellement, il commença à se sentir soulagé, puis carrément joyeux. Il ne commettrait pas deux fois la même erreur. Il ne décevrait pas son maître une seconde fois en trahissant sa demande.

— Je ferai selon le choix de mon maître.

— Bien. Puisque tu doutes que ce monsieur soit coupable, cela doit être dû au fait qu'il y a des éléments qui ne le désignent pas comme coupable. La solution est pourtant simple. Étudie toi-même ces éléments jusqu'à ce que tu n'arrives plus à douter de tes conclusions. Prends le temps qu'il te faut pour y parvenir, et ensuite agis en accord avec tes déductions. Tu seras ainsi en paix avec toi-même.

Durant le reste de la journée au bureau, il garda en mémoire la décision que le maître l'avait forcé à prendre. Plus il y réfléchissait, plus il se sentait en accord avec la réponse qu'il avait donnée. Il était content de lui. Il savait que très peu de gens peuvent prendre une décision aussi importante, de façon aussi soudaine, et de bien vivre avec elle.

Pendant l'après-midi, il observa le personnel du poste. Il les aimait bien. Règle générale, c'était tous des gens très bien. Maintenant il le savait. Depuis les fameux soupers champêtres qu'il avait organisés chez lui, il avait appris à mieux les connaître.

Il y avait Dominique, sa secrétaire. Elle avait une petite fille très malade qu'elle avait choisi de garder à la maison. Les soins particuliers qu'elle requérait faisaient monter les factures en flèche. Elle lui avait avoué que depuis son divorce, sa situation financière n'était guère reluisante. Il prit une décision à ce sujet. Il allait assumer les frais. Il faudrait qu'il le fasse de façon anonyme. Donc, il fallait trouver ceux qui envoyaient les factures et les convaincre de taire son nom. Cela ne devrait pas être très difficile.

Il y avait Paul qui était marié depuis seulement un an. Tony, à cette époque, n'avait même pas pris la peine de répondre à l'invitation qu'il lui avait fait parvenir. Il allait lui envoyer un cadeau de noces en retard. Pourquoi pas un week-end pour deux à Mont-Tremblant? Sourire aux lèvres, il continua ainsi sa révision mentale. Ce devait être un peu comme ça qu'on se sent quand on est un maître. Shi Zilin lui donnait toujours cette impression de bonne énergie, de joie de vivre. Tony ne s'en aperçut pas, mais lui-même était tellement rayonnant que son humeur se transmit au reste du poste qui vibra sur un air de fête sans trop savoir pourquoi.

Lorsqu'il arriva chez lui, il se sentait plus jeune de quelques années. Il parla immédiatement à sa femme de ce qui s'était passé, et de la décision qu'il avait prise. Puis, ils firent l'amour comme au premier temps de leur mariage sans prendre le temps de souper.

Plus tard dans la soirée, Tony se retira dans son sanctuaire personnel. Planté au centre de son grand jardin japonais, un dojo était abrité des regards par de grandes haies qu'un authentique jardinier japonais venait tailler à tous les quinze jours. Une fois sur place, il s'assit en position du lotus, son katana sur les genoux.

Il ne s'était jamais senti aussi bien depuis longtemps. Bien sûr, ce sentiment paraissait injuste s'il le comparait à la joie qu'il avait ressentie quand Caroline et Gérard s'étaient mariés. Son instinct lui disait que leur union allait avoir de la gueule. Beaucoup de gueule même! Il se sourit à lui-même. Non! Le sentiment qu'il ressentait ce soir était très différent. C'était une espèce d'état de plénitude. Rien ne pouvait réellement l'inquiéter. Même le problème délicat de cette enquête ne redevenait plus qu'un autre défi à son intelligence. Comme cela aurait dû le rester depuis le début! Il ajouta un autre chapitre au livre imaginaire du « Comment devenir un meilleur enquêteur ». Celui-ci s'intitulerait : « Ne jamais, au grand jamais, se laisser impliquer émotivement dans une enquête. » C'était exactement ce qui s'était produit quand son ami Dionne avait été assassiné avec toute sa famille. À partir de là, il avait perdu son objectivité et avait ainsi cessé d'être un véritable enquêteur. Dans la vraie vie, c'était le contraire de ce que l'on voyait dans les films. Le policier héros s'impliquait personnellement dans son enquête, et c'était ce qui en principe faisait la différence. Tout ça, c'était juste des conneries! Lorsque l'on s'implique, on perd tout le recul nécessaire pour poser un jugement. C'était bien connu. Le psychiatre ne psychanalyse pas sa propre femme, car il sait bien qu'il ne pourra pas l'aider. Il serait trop concerné par le problème. Les écrivains confondaient implication personnelle avec acharnement et sens du devoir. Les deux éléments qui poussent l'enquêteur à chercher jusqu'à ce qu'il ait trouvé la vérité, quelle qu'elle soit.

Observant un instant son katana, il se replongea un moment dans le passé. Le maître lui disait : « Tu dois devenir comme cette lame : flexible et tranchant. Une fois que tu y seras parvenu, il ne te restera que bien peu à apprendre. » Cette maxime lui avait été répétée maintes et maintes fois, mais il fallait croire qu'elle ne l'avait pas encore été assez. Il en prenait conscience aujourd'hui. Il en découvrait maintenant toute la profondeur. Les mots avaient tant de manières d'être compris. Il fallait vivre les événements, non les combattre. « La plus grande arme du combattant est son esprit. »

Il dégaina sans penser, effectua un roulé sur l'épaule et s'arrêta, un moment immobile, le katana en garde haute pour étudier son adversaire invisible, un autre lui-même qu'il aurait préféré ne jamais connaître. Le pauvre inspecteur un peu balourd n'avait pas eu le temps de bouger. Il était resté sur place, ahuri. Le nouveau Tony se leva, sûr de sa force et de sa capacité de se défendre. Ils entamèrent ensemble un étrange ballet. Lorsque Tony abaissa son katana, il avait les larmes aux yeux. Il venait d'intérioriser à quel point il avait failli gaspiller les enseignements de son maître et, aussi, combien il était urgent qu'il reprenne sa formation, pas dans deux ans, pas dans deux semaines, dès demain. Il rangea son katana dans son étui. Il devait être minuit lorsqu'il sortit s'étendre sur le sol pour communier sa joie à l'univers, il avait enfin retrouvé sa place. C'était un très vieil exercice, presque oublié. Shi Zilin disait que cela permettait de participer à l'équilibre de l'univers, qu'il fallait choisir entre donner ou prendre. Tout ça lui avait toujours semblé plutôt ésotérique comme phrase mais il se rappelait que, durant son entraînement auprès du maître, il accomplissait souvent ce rituel et, chaque fois, il s'était senti rempli d'une énergie nouvelle.

Vers une heure du matin, un vieil homme dans un lit d'hôpital ouvrit les yeux en souriant. Une vague de joie l'envahit, une onde à la fois. Il sentait une joie pure, une énergie nette, sans tache. L'un de ses fils avait trouvé une voie. Il referma les yeux et se laissa bercer dans l'énergie qui rayonnait.

Le lendemain matin, fort de la révélation qu'il avait eue hier, Tony se rendit directement auprès de son maître. Il lui demanda pardon d'avoir été aussi aveugle. Il l'informa qu'il était prêt à reprendre sa formation immédiatement, en tenant compte, bien sûr, de leur horaire respectif de travail. Le maître sembla réfléchir un moment, puis déclara, comme si c'était une chose qui allait de soi, qu'il quitterait son travail ce matin pour ensuite aller s'installer dans le dojo de son élève. Tony qui était déjà heureux devint carrément exubérant, et la force de sa réaction lui affirma à nouveau qu'il était désormais sur la bonne voie.

Tony prit une autre journée de congé et, en peu de temps, les choses furent réglées. Une sympathie immédiate s'installa entre le vieux monsieur et Judith. Ce qui combla Tony au-delà de toute espérance. Il n'en attendait pas tant. Le domaine se remplit d'une nouvelle présence et, à partir de ce soir-là, il y eut de nouveaux échos dans le dojo.

Chapitre 17

Il relut l'ensemble du dossier qu'il finit par connaître par cœur. Il écrivit ensuite les éléments de l'affaire qu'il jugeait les plus importants sur des fiches séparées, en essayant de les regrouper par catégories. Le travail n'était pas facile. Certains éléments pouvaient être étudiés selon maints angles différents. Ils se retrouvaient donc inscrits dans plusieurs catégories à la fois. Il se créa aussi une série de fiches qu'il appela « hypothèses ». Dans cette dernière, il inscrivit tout ce qui lui passa par la tête. Même ce qui le faisait éclater de rire à priori.

Cette première étape de sa nouvelle méthode lui coûta toute sa journée au bureau. Une fois de retour à son domicile, après avoir pris le repas frugal que son maître lui imposait afin de purifier son corps, il entreprit d'effectuer sa nouvelle routine d'exercices. Celle-ci était carrément exténuante. Ce qui ne l'empêcha pas de s'installer à son bureau vers minuit, ses fiches à la main. Pour mieux se concentrer, il se mit à réfléchir à voix haute.

— Qui est le responsable de tout ça? Lanthier? Pourquoi? Il est un maître d'arts martiaux. Pourquoi se casser la tête à utiliser des armes? Un, il faut se les procurer. Deux, se trimballer avec. Avec pour seul bénéfice, le fait de pouvoir dire, si j'avais voulu tuer quelqu'un, moi qui suis un maître en arts martiaux pourquoi auriez vous voulu que je me procure une arme? J'aurais très bien pu le faire à mains nues. C'est trop mince pour compenser le fait d'utiliser une arme. Il n'est pas le tueur au pistolet.

Rassuré par cette première conclusion, Tony se dirigea vers son petit bar personnel. Sa main s'arrêta sur le cou d'une bouteille de gin qu'il attrapa. Il sortit de son bureau et se dirigea sans réfléchir vers la salle de bain. Avant qu'il n'ait eu pleinement réalisé ce qu'il faisait, il dévissa le bouchon de la bouteille qu'il renversa prestement dans l'évier. Il regarda couler avec envie la boisson qui lui avait souvent apporté la détente ou l'oubli. Il sentit sa gorge se serrer au fur et à mesure que le liquide disparaissait. « Je bois vraiment trop. » La résolution avait été prise sans qu'il ait besoin de s'y résigner. Quelque chose à l'intérieur de lui avait su que c'était le meilleur geste à poser et avait amorcé le mouvement. Il referma doucement la bouteille. Son miroir lui renvoya l'image d'un homme énergique. Il se sourit. Il était heureux de ce qu'il voyait. Il déposa la bouteille bien en vue dans le fond de la baignoire. Bientôt toutes les bouteilles de boissons de la maison subirent le même sort et finirent alignées au fond du bain. Dans la cuisine, il se versa un grand verre de jus avant de retourner dans son bureau. Après sa première gorgée, il s'exclama : « Mais c'est excellent ça! Il faudra en acheter plus à l'avenir. » Sa propre réplique humoristique lui arracha un fou rire qui le détendit complètement. Il reprit ensuite son raisonnement à voix haute.

— Bon, maintenant, je cherche un type qui joue du pistolet. Un type qui tire vite et bien. Quelqu'un de discipliné qui s'en tient aux ordres sans paniquer, même lorsqu'ils semblent stupides. Non, merde, non! Faut pas que je tombe dans le panneau des solutions faciles. On est déjà passé par-là, et ça n'a rien donné. Voyons plutôt un terroriste, un fanatique? Non, il y a eu de la violence, mais...

Il s'arrêta un instant, voyant surgir l'image d'un petit corps carbonisé. Il revit son ami Dionne qui lui tenait son discours : « Tu veilleras sur eux pour moi. » La main de Tony se crispa un instant sur le verre, il prit deux grandes respirations et expulsa la tension vers l'extérieur. Puis mentalement, il salua son vieil ami. « Je ne t'oublie pas. Si tu veux m'aider, on l'aura ensemble. Tu pourrais commencer par m'expliquer pourquoi tu as tiré sur ton voisin? Cela m'aiderait. »

« J'ai paniqué, il criait après moi, tout le monde était mort, j'avais mon arme à la main et j'ai tiré sans comprendre ce que je faisais. » Tony aurait presque pu croire que c'était son ami qui lui avait fait cette réponse mais il préférait laisser cette pensée inexplorée. L'idée expliquait beaucoup de choses. Elle avait la simplicité qu'avait souvent la vérité. Tony imagina un moment que son ami lui souriait. Il se sentit pardonné, ce qui lui enleva un grand poids sur les épaules.

— Le mec est un expert des armes, un maniaque, un collectionneur, un vendeur, un fabricant... un... un champion.

Tony se sentit traversé d'un frisson. Il leva son verre en disant merci.

— Je te tiens salaud. Je sais où tu aimes te trouver. Nous allons commencer à nous croiser, tôt ou tard, je te reconnaîtrai, tu ne vas pas t'en tirer. Il n'y aura pas de procès pour toi. Tu vas mourir d'une façon ou d'une autre, sinon je m'en chargerai personnellement. Je t'écraserai comme on écrase une coquerelle.

Tony appuya cette dernière remarque d'un puissant coup de poing qui fracassa son bureau à son plus grand désarroi.

Au même moment, à quelques kilomètres de distance de la maison de Tony, monsieur Claveau pratiquait sa méditation. Comme à l'habitude, il avait enfilé un kimono pour l'occasion. Il aimait beaucoup ce genre de vêtement. Il en possédait plusieurs. Un par jour pour être exact. Il les faisait nettoyer après chaque usage. Il ne tolérait pas qu'ils soient autrement que d'un blanc impeccable. Il lui était déjà arrivé de se faire la réflexion qu'il avait dû être un Asiatique dans une vie précédente. La réincarnation était un sujet intéressant, quoiqu'il n'ait jamais pris le temps d'y réfléchir. Assis sur ses talons, il s'était installé devant sa fontaine d'eau sur la terrasse. Les environs étaient peu bruyants à cette heure. Le murmure de l'eau rappelait le joyeux chant d'un ruisseau campagnard. Il remplissait presque complètement son environnement sonore. Monsieur Claveau, Gilles de son prénom, méditait depuis plus d'une heure quand l'événement se produisit. Son esprit flottait dans un endroit de paix absolue quand il sentit une présence. La chose se rapprochait doucement. Elle flottait autour de lui. Elle était partout. Il sentit ses cheveux se dresser sur sa tête. Instinctivement, il se releva d'un bond. Alors que sa concentration l'abandonnait, il ouvrit les yeux, ce qui ne l'empêcha pas de se sentir puissamment écrasé contre le sol. Il s'écroula en effectuant une roulade du mieux qu'il put.

Désemparé, il chercha frénétiquement un adversaire. Pendant une longue minute, il resta le dos appuyé contre la balustrade de la terrasse, incapable de se relever. Il y avait quelqu'un qui voulait le tuer. Quelqu'un qui en avait la volonté. Quelqu'un qui en avait la capacité. Maintenant il en était sûr! Ce n'était pas logique comme réflexion mais, à l'intérieur de lui, il en avait la conviction. Il ne pouvait pas le nier. Son instinct de survie le lui criait. Il n'avait que l'envie de s'enfuir. Il réussit à se calmer un peu. D'abord, se rendre dans son bureau privé. Ensuite, charger une arme. Non, pas n'importe quelle arme, son arme de tir! C'était la seule qui était enregistrée. Après, il l'attendrait. C'est en chargeant son arme qu'il s'aperçut qu'il tremblait comme une feuille. Il devait se reprendre.

Quelques heures plus tard, il réussit à se calmer complètement. C'était la deuxième fois que sa méditation était ainsi perturbée. La première crise avait été cependant beaucoup moins violente. Cela s'était passé voilà environ trois semaines, durant sa méditation de fin d'après-midi. Il avait senti une menace, un frisson lui avait traversé la nuque. Cela avait été suffisant pour le déconcentrer, mais sans plus. Cette fois-ci, cela l'avait vraiment ébranlé. Encore maintenant…

L'avertisseur de communication de l'entrée le fit sursauter. Quelqu'un demandait à le voir. Il s'obligea à s'approcher de la console, puis à demander qui était là. La voix familière de l'agent de sécurité du hall d'entrée lui annonça que mademoiselle Viviane désirait le voir. Pouvait-on la faire monter? Il s'empressa de répondre oui. Il était dix heures, elle devait avoir séché ses cours. Il ne fallait pas qu'ils oublient d'appeler son père. Sa fille avait une rechute. Ce qui était parfait puisqu'il avait besoin de relaxer.

De son côté, l'aurore n'était pas venue assez vite au goût de Tony qui n'avait pas réussi à sommeiller. Il s'était simplement allongé aux côtés de Judith. Il l'avait regardée dormir. Elle était aussi belle que lorsqu'il l'avait connue. Quand toute cette affaire serait finie, il l'emmènerait en vacances. Même endormie, elle restait une personne pleine de vie, il pouvait presque sentir l'énergie qui se dégageait d'elle.

Le cadran marquait cinq heures quand il quitta le lit. Il fouilla longuement dans son placard, avant de finalement choisir les vêtements qu'il allait porter. Nullement incommodé par l'obscurité de la pièce — il avait toujours bien vu dans le noir. Une espèce d'anomalie. Quelque chose qui s'appelait nycta... quelque chose. Il ne se souvenait pas. Son choix s'arrêta sur un chandail moulant qu'il agrémenta d'un « jean » qu'il portait voilà quelques années. Le « jean » était plutôt serré, mais cela le ferait paraître plus à la mode. Il sortit ses « Nike » des grandes occasions, camoufla sa plaque sous son chandail puis descendit tout en souplesse vers la cuisine. À mi-chemin dans l'escalier, un léger bruit le fit s'immobiliser. D'abord surpris, il ne reconnut pas immédiatement la nature de celui-ci. Quelqu'un pleurait. Des sanglots étouffés, suivis de petits hoquets. Sur ses gardes, il reprit sa descente encore plus silencieusement.

Elle était affalée sur le divan, roulée en boule, tel un petit chat abandonné.

Il comprit ce qu'il devait faire. Jusqu'ici, la petite Chantale semblait avoir tenu le coup, mais maintenant que Caroline n'était plus là pour s'occuper d'elle, l'ennui et la peine avaient dû la rattraper. Puis la visite de la travailleuse sociale avait pu la troubler encore davantage. Judith ne lui en avait-elle pas glissé un mot? Il n'avait pas dû y porter une grande attention. Il se remémora la scène en un instant. Quelque chose lui avait-il échappé? Il entendit le ton faussement banal : « Nous avons eu la visite de la travailleuse sociale. » Le regard, ce regard! Et lui, qu'avait-il répondu? Quelque chose comme : « La procédure suit son cours. » C'était tout. Le sujet avait été clos avant même qu'on en parle. Il regretta que Caroline n'ait pas été présente à ce moment-là pour le traiter de vieux con insensible, comme elle n'aurait pas manqué de le faire.

La petite avait fini par sentir sa présence; elle ne pleurait plus. Elle essuya ses yeux rougis avec le coin de sa robe de chambre. Il vint s'asseoir à côté d'elle.

— Je m'excuse, si je vous ai réveillé, je n'ai pas fait exprès. Ça va aller mieux maintenant.

Le ton était plaintif et affirmait le contraire. La main de Tony s'avança doucement pour recueillir une larme qui perlait encore. Il observa celle-ci sur le bout de son doigt. Il sentit peu à peu la douleur l'envahir.

— Pourquoi pleures-tu?

Elle leva les yeux vers lui, et les riva sur les siens qui se brouillaient déjà de nuages... Il crut un moment qu'elle ne lui répondrait pas.

— Je suis toute seule… parvint-elle à peine à articuler avant de se remettre à pleurer.

Sa réponse simple semblait remplie de sous-entendus pour Tony. Il prit la mesure de sa détresse. Il la serra doucement dans ses bras puis, la portant, il refit le trajet inverse jusqu'à sa chambre. Lorsqu'il s'assit avec elle sur le lit, Judith se réveilla. Elle les regarda sans trop comprendre ce qui se passait. Elle voyait bien que la petite pleurait et que Tony n'en menait pas large, mais comment aurait-elle pu soupçonner la suite?

— Judith, je te présente ta nouvelle fille. Chantale, si tu es d'accord avec l'idée, je te présente ta nouvelle maman.

Elles se regardèrent un moment comme si elles ne comprenaient pas le sens de ce qu'il venait de dire, puis elles pleurèrent dans les bras l'une de l'autre. Tony les attira toutes les deux contre lui alors qu'il se mettait à pleurer lui aussi. Ils restèrent longtemps ainsi enlacés avant de reprendre le contrôle de leurs émotions. Tony finit par sourire à travers ses larmes. Il comprit à quel point les larmes aussi pouvaient parfois être bonnes. Ce fut Chantale qui brisa la magie du moment, avec sa simplicité d'enfant, elle leur dit qu'elle avait faim, elle!

Le déjeuner fut joyeux. Chantale avait trouvé une manière très amusante d'officialiser son entrée dans la famille. Chaque fois qu'elle utilisait quelque chose qui lui plaisait, elle disait : « Ça, ce sera à moi. Personne n'aura le droit de l'utiliser. Ce verre-là, c'est mon verre, personne ne doit le prendre sans me le demander. Ça, c'est mon couteau! » C'est durant cette affirmation que maître Shi Zilin fit son apparition dans la cuisine, portant son kimono traditionnel et le bol dans lequel il allait se verser du lait comme il le faisait à chaque matin.

— Est-ce que le grand-père pourra utiliser ton couteau?

Surpris par la question, Tony fixa son attention sur Chantale afin d'observer sa réaction. La jeune fille regarda un moment le grand-père en question, puis ses yeux s'écarquillèrent de plaisir, alors qu'elle acquiesçait de la tête en ajoutant : « Moi, je n'ai jamais eu de grand-père! » Maître Shi Zilin vint s'asseoir à côté d'elle visiblement satisfait. Il prit doucement le couteau de Chantale entre ses deux mains, le mit debout, manche vers le haut en appuyant le bout sur la table. Lorsqu'il écarta les mains, le couteau qui était rond à son extrémité, et qui n'était visiblement pas planté dans la table, resta debout par magie dans un équilibre difficile à concevoir. Stupéfaite et admirative, Chantale s'exclama : « Mon grand-père est magicien. » Judith interrogeait Tony du regard sur ce prodige, tandis que Tony fixait les yeux du maître qui eux étaient rivés sur l'ustensile. Le maître relâcha son emprise sur l'objet qui tomba immédiatement.

— Tu me montreras comment faire, grand-père?

— Il faudra que tu aies la permission de ton nouveau papa.

Chantale hésita une petite fraction de seconde avant de se retourner vers Tony, à qui cela n'échappa pas, mais qui n'en fut pas vexé. Elle s'habituerait avec le temps. Il repensa au voyage en amoureux qu'il avait projeté de faire pas plus tard que ce matin et il se dit qu'un voyage à Walt Disney serait sûrement plus approprié.

— Je suis d'accord, si vous jugez sage de lui enseigner.

— Je n'enseignerai pas seulement à tes filles, mais à tous tes proches.

Le maître se retourna vers Judith.

— Je vous enseignerai aussi, mais vous le saviez déjà, n'est-ce pas?

Judith se surprit à répondre la vérité même si elle savait que celle-ci paraîtrait douteuse.

— Je sais que cela va sembler bizarre, mais je crois que je l'ai su dès que je vous ai vu.

Le maître hocha la tête vers Tony qui répondit en inclinant la sienne.

— Est-ce que tu peux faire tenir le couteau debout comme grand-père?

Les yeux du maître se rivèrent instantanément sur ceux de Tony à cette question et lui fournirent la réponse.

— Non, pas encore!

Chapitre 18

Personne n'aurait pu imaginer un club de tir dans ce quartier. Pourtant, il était bien là. À Montréal, le quartier de Westmount était synonyme de richesse, de célébrité. Il était irrémédiablement associé à de vastes propriétés. Les maisons y étaient généralement démesurées. Certaines d'entre elles pouvaient même rivaliser avec le luxe des plus grands hôtels de la ville. Cette maison qui abritait le club avait des allures de manoir anglais. À l'arrivée, des voituriers prenaient soin de garer votre véhicule dans le garage souterrain. Il fallait être un membre en règle pour accéder à l'endroit. Tony s'était conformé à la coutume. Il avait déboursé, de son propre argent, les vingt mille dollars que l'on réclamait annuellement aux membres pour le privilège de pouvoir se joindre à ce groupe de gens très sélect. L'endroit était plus qu'un simple club de tir. Les gens aisés qui le composaient venaient s'y rencontrer. Parfois de gros contrats s'y signaient. Les avocats, marchands d'art, vedettes de la télévision, les politiciens, les médecins, des industriels fortunés, des juges honorables et d'autres gens dont la fortune l'était moins se côtoyaient ici librement avec un maximum de civilité dans une ambiance feutrée. Des liens douteux pouvaient ainsi être établis sans que l'on doive craindre les apparences. Un seul mot d'ordre dans ce lieu, la discrétion était de mise. Ce qui se passait ou se disait dans le club devait y rester. Tout membre jugé coupable d'une indiscrétion se voyait non seulement jeté à la porte, mais il pouvait compter sur le reste des membres pour lui faire la vie dure. Le club avait des ramifications dans tous les secteurs. Votre rendez-vous chez votre cardiologue pouvait subitement être reporté indéfiniment sans que vous en compreniez la raison. Un juge pouvait se montrer pour le moins agressif avec vous, les banquiers vous refuser des prêts que, deux semaines seulement auparavant, ils vous suppliaient de contracter. Un inspecteur en bâtiment pouvait, sans prévenir, surgir sur le chantier de construction de l'un de vos projets. Il pouvait y inspecter méticuleusement chaque centimètre jusqu'à ce qu'il réussisse à le retarder suffisamment pour vous faire payer des amendes de délais de livraison. Le club avait de multiples façons de vous atteindre. Tony avait l'impression d'être entré dans un nouveau monde. Il se rappelait que celui-ci avait été le monde de son père qui n'avait cessé de graviter autour de gens comme eux. Architecte de renommée internationale, il avait vécu plus souvent dans les clubs privés, avec le gratin, que chez lui. Sa mère lui avait dit que son père disait souvent que les gens riches étaient comme des fauves aux allures civilisées. « Si tu fais comme ils veulent, ils sont tout mielleux, mais si tu t'avises de les contrarier, ils grognent par l'entremise de leurs gardes du corps ou de leurs avocats. Cependant si tu les ridiculises alors là, ils n'ont plus de limites. » Tony se dit que c'était peut-être à quelque chose du genre qu'il était confronté.

Il interrompit ses réflexions quand quelqu'un l'appela. C'était à son tour de tirer. Il aimait l'aménagement réservé au tir. Celui-ci était au sous-sol de la propriété, son isolation sonore était presque incroyable. Vous pouviez lire tranquillement votre journal à l'étage juste au-dessus sans être le moins du monde incommodé par le bruit des tirs des autres membres. Il s'installa dans son cabinet. Il décida de ne pas mettre les protège-oreilles pour tirer. Dans la vie, quand vous aviez à faire feu, vous n'en aviez pas. Plusieurs policiers avaient raté leur cible de cette façon, surpris par le propre bruit de leurs armes. Il s'appliqua à viser la cible en répétant mentalement son mantra personnel. « L'œil guide le bras, l'œil est la balle, la balle suit un étroit corridor dessiné par l'œil, l'œil est la cible. » Il appuya doucement. La première balle se logea parfaitement dans le centre de la cible. Il eut même la fausse impression de la voir y pénétrer, ce qui était clairement impossible. Il rabaissa son arme le temps de réfléchir. Il était inutile de se distinguer de la masse par une trop bonne performance. Il prit le temps de soigneusement éparpiller les autres projectiles à une distance raisonnable du centre. Il y avait déjà suffisamment de monde qui le connaissait. C'était inutile de braquer les projecteurs vers lui, même très peu souhaitable. Une fois son chargeur vidé, il ressortit se mêler aux autres membres du club comme il le faisait depuis quelques jours déjà.

Tony avait choisi ce club en misant sur le fait que son tueur était sûrement un homme riche et qu'il aimerait se trouver à un endroit convenant à son train de vie. Les statistiques de la police avaient démontré depuis longtemps que les tueurs à gages, du moins les professionnels, préféraient fréquenter les endroits où allaient les gens riches, ces endroits étant les plus susceptibles de leur permettre de rencontrer un éventuel employeur ou de créer des liens avec une future victime. Oui, c'est bien vrai! Les gens immensément riches n'ont généralement qu'une parcelle de patience pour ceux qui leur barrent la route ou contrecarrent leurs projets.

Le club était bourré de personnes qui correspondaient à la description que Tony s'était faite du tueur, mais la plupart de ces pseudo-assassins furent rapidement éliminés pour une raison ou pour une autre. Tony avait utilisé à pleine capacité tous les inspecteurs à sa disposition. Certains alibis étaient parfois incontournables. Une réception politique avec des dizaines de témoins était quelque chose de difficilement contestable, d'autant plus que la réunion s'était déroulée à plusieurs centaines de kilomètres du lieu du crime. Une jambe cassée que l'on avait immobilisée dans un plâtre le matin même de la journée d'un meurtre vous éliminait automatiquement. Il y avait ceux qu'il avait rejetés dû à leur âge. Il s'imaginait mal un homme de soixante-dix ans forçant une femme de vingt ans à faire l'amour avec lui plusieurs fois d'affilée comme cela avait été le cas pour le meurtre de la femme au bain. Il avait ainsi réussi à éliminer la plupart des suspects de l'endroit.

Sa tâche n'était maintenant pas facile. Tout le travail d'enquête qui pouvait être fait de l'extérieur, sans trop provoquer de remous avait déjà été accompli. Il devait désormais procéder par contact avec les différents suspects potentiels. Aujourd'hui encore, il hésitait sur la conduite à tenir. Il savait qu'il ne pouvait espérer que les membres du club ignorent le fait qu'il soit policier. Plusieurs d'entre eux le connaissaient pour des raisons professionnelles, d'autres avaient reconnu son visage en l'associant à un certain policier qui faisait parfois la manchette à la télévision. D'autres le connaissaient plus personnellement encore. C'était le cas d'un certain monsieur Deldouchetto. Tony l'avait fait accuser de complot de meurtre. Celui-ci s'en était tiré grâce à un juge particulièrement pointilleux sur les procédures de quête de la preuve. Lorsque Tony l'avait aperçu pour la première fois dans le club, celui-ci était en grande conversation avec le même juge qui l'avait fait acquitter voilà quelques années. L'ancien Tony aurait piqué une crise devant un tel tableau, mais maintenant il se contenta de noter l'information. Deldouchetto était ce qui se rapprochait le plus d'un parrain de la mafia tel qu'on le présentait au cinéma. Il contrôlait tout ce qui rapportait gros à Montréal.

Tony se sentait tiraillé entre deux manières d'agir. Il pouvait aborder les suspects en leur laissant savoir à mots couverts qu'il enquêtait sur l'affaire du maître tueur et qu'il soupçonnait quelqu'un du club d'être mêlé à l'affaire. Si, par chance, il s'adressait ainsi au tueur, celui-ci se sentirait probablement visé. Peut-être paniquerait-il d'une quelconque façon? Il n'y croyait guère. Il y avait l'approche copain-copain qui donnait de très bons résultats pourvu que vous soyez prêt à y consacrer suffisamment de temps. Pour utiliser celle-ci, vous deviez posséder une bonne dose de talent d'acteur pour jouer la carte d'une certaine franchise bon enfant, sans que le tout prenne l'allure d'une mauvaise plaisanterie.

Le concours de tir de la fin de semaine était terminé. Les juges ramassaient les cibles, pendant que les différents participants se dirigeaient vers le bar. Tony leur emboîtait le pas quand Deldouchetto s'adressa à lui.

— Pourriez-vous m'accorder une minute, monsieur Robitaille?

Tony hésita. Qu'est-ce que l'autre pouvait bien lui vouloir? L'endroit était trop public, et trop de gens l'avaient vu ici pour que Deldouchetto puisse tenter quoi que ce soit de fâcheux. Tony lui répondit sur un ton ennuyé.

— Oui, c'est à quel sujet?

— Restons un peu en arrière, voulez-vous? Ce sera une conversation privée.

D'un commun accord, ils ralentirent le pas jusqu'à ce qu'ils soient seuls dans la salle de tir.

— Inspecteur Robitaille. Si vous saviez comme je suis content de vous voir ici. Autrement, j'aurais dû trouver une façon de vous rencontrer car je voulais vous parler. Je sais que cela va vous paraître difficile à croire mais je vous offre, en quelque sorte, une collaboration.

Tony serra les dents pour s'empêcher de protester. Il ne pouvait s'offrir le luxe de ne pas écouter.

— Oui, je sais. Nous ne vivons pas dans le même monde. Cependant nous le partageons, que nous le voulions ou non. Inutile de philosopher, je vois juste à votre regard que cette conversation vous est très pénible, alors je vais abréger. Trois de mes neveux, ainsi que leurs compagnes, ont été assassinés dans l'explosion de la Cage aux Sports. Je sais qu'ils n'étaient pas la cible puisque aucun d'entre eux ne travaillait dans une affaire non légale. Nous connaissons tous les deux les faiblesses du système judiciaire, non!

À cette remarque, les deux hommes sourirent simultanément. Tony n'avait pu s'empêcher d'apprécier la finesse de ce jeu de mots.

— Je peux d'ores et déjà vous dire que personne du réseau habituel n'a été mêlé à cette affaire. Ce maître tueur! Ce n'est pas un gars connu par moi. Voilà! Si vous coincez le coupable mais que vous n'êtes pas absolument sûr de le faire condamner... Si ce que vous souhaitez, c'est que la justice soit rendue. Alors transmettez-moi juste son nom et ce sera fait. Pas de magouille, pas d'échappatoire, une exécution nette et précise. De cette façon, votre coupable ne sera plus libre de recommencer. De mon côté, ma famille sera satisfaite et moi je vous serai redevable d'un service. On ne sait jamais quand cela peut être utile.

Le tout avait été dit sur le ton de la simple conversation, mais Tony n'avait pas manqué de noter la surprenante sincérité de Deldouchetto. Il n'y avait aucun autre motif caché, juste la triste et dure réalité. Quelquefois Tony enviait le genre de simplicité dans laquelle évoluait Deldouchetto. Dans son monde, il n'y avait que trois possibilités. Soit tu travaillais avec eux, soit tu étais contre eux. Sinon tu n'avais rien à voir avec leur monde et, dans ce cas-là, tu n'avais rien à craindre d'eux. Mieux encore, il ferait tout pour que tu ne sois pas impliqué.

— Écoutez Deldouchetto, il n'est pas question que je vous livre un coupable pour une exécution. Ce serait contraire...

Deldouchetto le coupa sèchement visiblement exaspéré par l'attitude de l'inspecteur.

— Alors qu'en est-il de Lanthier? Pourquoi vous ne l'arrêtez pas? Vous manquez de preuves ou quoi?

Tony fut estomaqué. L'autre était au courant pour Lanthier. Il devait maintenant faire très attention à ce qu'il allait dire.

— Qu'est-ce que vous pensez savoir à propos de Lanthier?

— Voyons inspecteur! Ne prenez pas votre grand air désespéré. Je peux vous rassurer. La fuite n'est pas bien grosse. Je sais que vous avez surveillé un certain Marc Lanthier avec l'affaire du maître tueur. Je sais également que vous avez fait un relevé de ses déplacements. Ce qui vous a appris qu'il était allé aux États-Unis dernièrement. Mais saviez-vous qu'il a été impliqué dans un double assassinat au Wisconsin?

— Un double assassinat?

— Ne jouez pas à ça avec moi. Je vais vous aider que vous le vouliez ou non. Selon mes sources, deux hommes portant des habits militaires canadiens et un civil auraient été vus dans un bar clandestin. Le civil parlait français. Il portait un étui qui aurait pu contenir une baguette de billard ou tout aussi bien une épée japonaise. Comment appelez-vous ça?

— Un katana!

— Ouais, un katana. Je sais que le lendemain matin les deux gars ont été retrouvés la tête tranchée. La police de là-bas vous a fait parvenir les rapports d'enquête. Mon instinct me dit, à dix contre un, que c'est lui qui a fait le coup. Donc, j'imagine que c'est lui votre présumé coupable! C'est lui le maître tueur, non?

— Croyez moi, ce n'est pas aussi simple que vous l'imaginez. Ce n'est pas lui le maître tueur. Ça, je peux vous l'affirmer!

— Vous dites ça pour le protéger ou dois-je vous croire?

— Écoutez-moi bien. Malgré les faiblesses de la justice, nos enquêtes ont parfois le chic pour empêcher de condamner des innocents. Lors des meurtres de la rue Cuvillier, Lanthier faisait passer leurs ceintures aux élèves de son école. Il ne peut pas s'être absenté plus de cinq minutes, entre six heures et dix heures du matin. Tous les meurtres sont survenus entre six heures et dix heures du matin. Le médecin légiste est formel là-dessus. Alors, vous comprenez qu'il ne peut pas être le maître tueur.

— Oui, d'accord. Ma proposition reste valable. Si vous trouvez le coupable…

— J'y songerai si je ne peux pas faire condamner le coupable. D'accord?

Tony sentit qu'il devait obliger l'autre à faire un geste maintenant avant qu'il ne réfléchisse trop longuement. Il tendit la main vers Deldouchetto. Celui-ci fut clairement surpris par la chose. Il serra malgré tout la main de Tony.

— D'accord!

Deldouchetto se dit à lui-même qu'il n'aurait jamais cru que Robitaille oserait lui serrer la main. Il respectait beaucoup l'homme. Certains membres de sa famille avaient suggéré de le faire abattre. Il avait toujours refusé. La vie n'avait guère d'intérêt si vous n'aviez pas un adversaire digne de ce nom pour se mesurer à vous. Ils se séparèrent sans rien ajouter.

Les membres du club s'étaient confortablement installés dans le bar lorsque vint le temps de remettre les prix. Tony s'était assis à côté de Paul Gautier. Celui-ci était un jeune procureur qui venait depuis peu de faire le saut en politique nationale. Tony l'avait trouvé sympathique dès leur première rencontre. Il jugeait que celui-ci allait devenir un homme politique redoutable. Il possédait beaucoup de charisme et savait s'en servir. Plusieurs membres le considéraient comme l'un des hommes les plus avisés de leur groupe même s'il avait tout juste la trentaine. Il était aussi honnête qu'un homme politique puisse se permettre de l'être. Il avait dit à Tony lors de l'une de leurs conversations : « La plus grande qualité d'un politicien est de savoir mentir avec une incroyable crédibilité. Je pense que c'est également une qualité utile dans la police. Qu'en pensez-vous ? » Tony n'avait pas répondu à cette occasion. Mais aujourd'hui il le fit en disant qu'il était d'accord. Il avait menti à Deldouchetto en créant un alibi bidon pour Lanthier. Il n'aimait pas mentir, mais comme l'avait si bien expliqué Paul, parfois c'était utile et, dans ces cas-là, il fallait être convaincant.

Les prix furent remis une demi-heure plus tard. Tony apprit par le petit discours du président du club que le gagnant du concours était d'une régularité décourageante pour ses adversaires et qu'il en était à sa huitième victoire en autant de participations. L'orateur se permit le luxe d'ajouter : « S'il vous plaît, monsieur Claveau, n'annoncez pas à l'avance votre participation au prochain tournoi. Je crois que le nombre d'inscriptions va baisser de façon draconnienne. Vous comprenez, je n'ai nullement envie d'être obligé de créer une nouvelle catégorie de concours : la catégorie Claveau ! » La salle éclata de rire à cette remarque pendant que l'orateur invitait le principal intéressé à venir prendre son trophée.

Le gagnant s'avança jusqu'à l'estrade le sourire aux lèvres. La quarantaine, osseux avec un corps musclé. Tony remarqua les nerfs saillants du bras, le regard vif. Il évalua que l'individu devait être dans une excellente forme. Il mesurait cinq pieds dix pouces. Son poids était plus difficile à déterminer, mais avec son expérience, Tony jugea qu'il devait peser autour de deux cents livres malgré une apparente maigreur.

Pendant que l'homme adressait ses remerciements et qu'il mentionnait un certain don, Tony qui l'écoutait distraitement continua de le détailler. Un chauve, cela ne devait pas être facile de passer inaperçu, surtout avec son apparente maigreur. Son esprit s'emballa. Chauve ! C'était beaucoup plus facile pour les perruques ! Des bourrures et le tour était joué. Tony se pencha faisant mine de rattacher ses lacets de chaussures. En s'étirant au maximum, il vit les chaussures sport du gagnant. Des « Nike » de grande taille! « Bien sûr, il n'est pas le seul type à porter des « Nike » de cette taille, mais je n'ai rien à perdre. De toute façon, il faut bien que je commence par quelqu'un. »

L'homme qui avait quitté l'estrade continuait à serrer des mains pendant que l'on annonçait ceux qui avaient terminé deuxième et troisième. Paul glissa à l'oreille de Tony, alors que celui-ci se levait à son tour pour aller le féliciter : « Je ne sais pas comment il fait, mais ce type est d'une régularité presque mécanique. L'as-tu déjà regardé tirer? » Non, répondit Tony voulant obtenir la suite. « Son regard est fixe comme un œil de caméra, il abat les cibles comme si sa vie en dépendait. Dans son dos, les gars l'appellent le robot. »

Tony attendit que les poignées de main formelles cessent avant de s'avancer vers Claveau pour le féliciter et tenter de lier conversation. Il comparait sans cesse dans sa tête ce qu'il savait sur celui-ci à ce qu'il croyait savoir sur le tueur. « Un robot qui abat des cibles. Regard fixe, comme si sa vie en dépendait. Corps idéal pour se déguiser, ni trop grand, ni trop petit. Parfaite condition physique. Un psychologue, suffisamment riche pour être le propriétaire d'une luxueuse tour d'appartements. Un Suisse, qui parlait un français sans accent et probablement d'autres langues également. Il devait essayer quelque chose d'ambigu.

— *You are a great performer, you shoot like a professional.*

Le ton était juste entre l'affirmation et la question. Tony était satisfait. Il l'avait complimenté, mais en même temps il avait laissé entendre que peut-être quelqu'un l'avait renseigné sur ses véritables activités. « Like a professional » en anglais pouvait laisser entendre qu'il était un professionnel. Un homme qui utilise les armes comme profession. Cela ne pouvait pas échapper à un tueur à gages.

— *Thank you sir. Have we met before?*

L'autre parlait un anglais irréprochable.

— Non, je ne crois pas. Tony Robitaille. Je n'ai pas pu m'empêcher de tester quelque chose. Vous savez ce que l'on raconte à propos des Suisses. Vous parlez combien de langues?

— Sept couramment, et je me débrouille dans trois autres.

L'homme était visiblement fier de son savoir.

— Bordel! Vous devez être un type drôlement intelligent! Est-ce que je peux vous payer un verre? Dites, vous permettez que je vous appelle Claude. Moi, je ne suis pas très fort sur le formalisme.

Tony, qui avait placé sa main sur l'avant-bras de Gilles sentit immédiatement la tension qui s'y construisait.

— Bien sûr.

La voix était calme et mesurée, contredisant ce que Tony venait de sentir une seconde auparavant. Tony l'entraîna à une petite table à l'écart où il pourrait se concentrer sur son suspect.

— Autant te le dire tout de suite, je suis policier.

Tony essaya de prendre le ton plaignard de celui qui avait perdu beaucoup d'occasions de se faire des amis.

— Tu sais, quand je ne suis pas de service, je ne passe pas mon temps à chercher noise à mes copains. On commet tous des petits écarts, n'est-ce pas?

Avait-il poussé la note trop loin? Sa voix avait carrément poussé dans le sarcastique.

— Écoutez inspecteur, cessez de vous conduire comme un imbécile! Vous n'êtes pas un simple policier en mal d'activité, non?

Il n'y avait aucune trace de colère dans son dernier commentaire, mais le ton indiquait clairement qu'il n'accepterait pas n'importe quel genre de réponse. Tony fut pris de court. Il ne répondit pas immédiatement, espérant que l'autre reprendrait la parole devant son silence, ce qui lui laisserait le temps de formuler quelque chose de valable. L'autre se contenta de l'observer sans aucun signe de nervosité, attendant visiblement qu'on lui réponde.

— Non, je l'admets, je ne suis pas ici juste pour le plaisir.

— Alors pourquoi?

Chaque question avait la précision du chirurgien, et l'intonation froide qui semblait vous forcer à répondre la vérité. Tony se sentait mal à l'aise alors que cela aurait dû être le contraire.

— Eh bien! Je m'intéresse à ceux qui savent se servir des armes à feu.

— Que voulez-vous de moi?

— Vous parler. Apprendre comment vous vous y prenez pour tirer avec autant de précision et de régularité.

— Vous mentez. Vous avez des tireurs d'élites dans la police, vous auriez pu aussi bien vous renseigner auprès d'eux.

« Vlan! Il va me démolir ce type. J'ai l'impression de parler avec mon maître, je me sens aussi con. »

— Bon, vous l'aurez voulu! J'enquête sur vous en relation avec un meurtre qui a été commis avec une arme à feu. La victime était une jeune femme qui a été tuée d'une balle dans la tête alors qu'elle fuyait à la course. Le tir a été effectué à une distance approximative de vingt pieds. Avouez que ce n'est pas un carton facile?

— M'accusez-vous officiellement?

— Euh… Non, je voulais simplement vous…

— Vous avez intérêt à vous trouver quelque chose de solide pour m'inculper, et vite fait à part ça, car je quitte le pays bientôt. Mais dites-moi, pourquoi moi? Ce club est rempli de bons tireurs.

Tony était commotionné, la situation venait de lui échapper complètement. Il avait de vagues soupçons, mais maintenant son instinct lui criait qu'il tenait son coupable, mais il n'avait aucune preuve, pas la moindre. Pire encore, l'autre en était tellement sûr qu'il le défiait. Poussant l'insolence jusqu'à l'avertir de son idée de quitter le pays d'ici vingt-quatre heures sachant que, sans preuves, il ne pourrait l'en empêcher.

— Je ne sais pas qui vous a donné mon nom inspecteur, mais je ne vous laisserai pas gâcher ma vie. Je ne vous laisserai pas déterrer mon passé. Si vous aviez joué franc jeu avec moi, j'aurais collaboré sur toute la ligne, mais là vous pouvez en faire votre deuil.

Sur cette dernière déclaration, il se leva et sortit visiblement en colère. Tony resta sur place à s'interroger. C'est ainsi qu'il ne put surprendre le sourire amusé de monsieur Claveau alors que celui-ci montait dans sa voiture.

La présence de cet inspecteur lui confirmait ce qu'il avait déjà deviné : quelque chose allait de travers. Il y avait eu ce premier rendez-vous que le commanditaire avait voulu avoir de personne à personne. Il y était allé mais l'autre n'était jamais venu. Cela ne cadrait pas avec la nature très secrète de son employeur. Celui-ci s'était donné beaucoup de mal pour rester anonyme. Les recherches qu'il avait fait effectuer pour l'identifier commençaient à donner des fruits. Il avait appris que son invisible patron communiquait depuis un café Internet situé sur la rue Saint-Denis près d'une école d'aïkido. Ce n'était plus qu'une question de temps avant qu'il n'apprenne le nom de celui-ci. La prochaine fois qu'il communiquerait avec lui, il serait au bout de ses peines. Mais voilà, l'autre avait rompu la communication. Depuis qu'il travaillait pour cet employeur, cela ne s'était jamais produit auparavant. Ils avaient convenu au début qu'ils communiqueraient à chaque semaine, et cela aussi longtemps que le travail ne serait pas terminé. Une fois le lien rompu, aucune des parties ne devait chercher à reprendre le contact avec l'autre sous aucun prétexte. Mais voilà le hic. L'employeur ne lui avait jamais signifié que leur entente était terminée. C'était très mauvais signe, et cela raffermit la décision qu'il avait prise, voilà quelques jours. Il devait se retirer. L'heure du retour de Marc-Aurèle Deschesne avait sonné plus tôt que prévu. Il ne lui restait plus qu'une chose à régler. Devancer son rendez-vous chez le tatoueur.

Chapitre 19

Onze semaines sans que le meurtrier que l'on surnommait désormais le maître tueur ne se soit manifesté. Celui-ci semblait être parti en vacances. Tony se sentait troublé. Cela correspondait presque exactement au début de la surveillance de Lanthier. D'un autre côté, il repensa à son autre coupable potentiel. Claveau avait tenu parole. Jeff, l'agent de la G.R.C., le spécialiste des filatures, s'était lui-même chargé de faire la vérification. Monsieur Claveau était parti pour la Suisse, le lendemain de sa rencontre avec Tony. Durant cette accalmie, il y avait bien sûr eu quelques actes de violence, même trois meurtres, mais ces crimes sentaient tous l'improvisation et la panique. À la fin de la semaine dernière, l'un des meurtriers fut arrêté. Un adolescent, un drogué complètement défoncé qui avait tué son grand-père pour le voler. Dans un instant de folie, il avait même essayé de faire croire que c'était lui le maître tueur. Son histoire ne tint pas trente minutes devant l'interrogatoire serré de Tony qui, de toute façon, n'y croyait pas depuis le début.

L'opinion publique soutenue par les quotidiens de la ville ne cessait d'associer le maître tueur à chaque crime d'envergure qui se produisait. Malgré les démentis formels de la police, les journaux avaient allongé graduellement la liste des crimes qui lui étaient attribués et contribuaient ainsi à maintenir une atmosphère tendue. Cela faisait vendre des copies, mais le tort était irréparable. Tous les malades à tendance psychotique de la ville se préparaient à suivre l'exemple laissé par l'autre. Le simple citoyen, lui, restait sur les nerfs.

Tony s'était installé dans son jardin pour méditer. Assis sur un coteau, il avait une vue plongeante sur la route par laquelle Gérard et Caroline allaient bientôt arriver avec leurs habits de bonheur. Il était impatient de les revoir. Il s'était offert une semaine de congé pour l'occasion. Le chef de la police avait râlé. Il était cependant resté intraitable. Il avait besoin de cette semaine de vacances. Il espérait que leur bonheur lui insufflerait l'énergie nécessaire pour rester encore à son poste. Il sentait que l'affaire ne serait jamais résolue. Il y avait trop d'éléments étranges dans celle-ci pour qu'il puisse les utiliser comme il le faisait d'habitude. Cette dernière réflexion résonnait comme une condamnation. Trop d'éléments étranges, lui qui ne vivait que pour ce genre de cas. Il allait continuer encore un mois, peut-être deux se concéda-t-il, par acquit de conscience. Dans l'éventualité où un élément nouveau viendrait subitement donner un éclairage différent à l'affaire.

Il devina qu'ils étaient là sans les avoir vus passer. Il douta un moment de son instinct, se demandant sur le comment il avait pu s'y prendre pour ne pas avoir entendu le bruit de la voiture dans la côte qui menait à l'entrée de la résidence. Néanmoins, il ressentit la chaleur de quelque chose de nouveau, et son cœur se mit à accélérer sans raison. Il se mit à courir vers la maison. Sûr, cette fois, que son âme ne pouvait le tromper. En route, il croisa maître Shi Zilin qui lui donna un sourire rassurant. « Je ne peux pas m'être trompé, lui aussi les a sentis arriver, il semble plus en forme que de coutume. Ridicule! » Tony déboucha dans l'entrée à une vitesse que n'aurait pas démentie un athlète olympique.

Il les serra longuement dans ses bras avant de se reculer pour les observer. Ils avaient tous les deux le teint bronzé d'Honolulu. Gérard attrapa Caroline par la taille et l'attira tout contre lui sans dire un mot. Tony regarda leur amour mutuel rayonner. En réalité, pendant un bref moment, il crut vraiment voir de longs filaments verts et bleus se mélanger en tournoyant jusqu'à former une espèce de cocon protecteur autour de sa fille et Gérard. Sa fille brisa le silence et les rayons de couleur s'évanouirent de l'esprit de Tony.

— Où est maman?

— Dans sa chambre à nous observer. Probablement un mouchoir à la main pour ne pas ruiner son maquillage. Tu la connais, répondit Tony en se retournant pour jeter un coup d'œil à la fenêtre concernée. Caroline regarda quelques secondes dans cette direction avant d'y détecter une présence derrière le rideau. Elle sourit, agita la main et se dirigea vers la maison en ajoutant d'une voix enjouée :

— Je vous laisse entre hommes.

Tony répondit au sourire de Gérard, tandis qu'il l'entraînait par le bras vers le bassin d'eau de son jardin. Ils firent le trajet en silence, puis s'immobilisèrent près d'un banc en face d'une procession de canards qui passaient, indifférents à leurs retrouvailles. Tony observa le visage de Gérard pendant un long moment tout en réfléchissant. « Je l'ai d'abord considéré comme un simple subordonné, ensuite comme un adjoint. Je me suis lentement fait à l'idée qu'il pourrait devenir mon gendre. Après, je l'ai de plus en plus considéré comme mon dauphin. Le digne successeur que tout homme recherche et craint à la fois, puis tout à coup, comme ça, sans prévenir je le vois enfin; un homme, un gars qui me plaît, un ami sur qui je peux compter. Le mari de ma fille. » Tony sentit une forte émotion l'étreindre. Les larmes lui vinrent aux yeux et il ne tenta pas de les combattre comme il l'eût fait voilà peu de temps encore. Il serra Gérard dans ses bras, incapable d'ajouter quoi que ce soit. Gérard lui rendit son étreinte en ajoutant : « Ça me fait tout drôle d'avoir enfin un ami sur qui je peux compter. » Tony sourit à travers ses larmes tout en s'écartant doucement de Gérard. Une idée bizarre venait de lui traverser l'esprit. Ce lien déjouerait le temps. C'était stupide, personne ne peut déjouer le temps, et pourtant quelque chose dans le tréfonds de lui-même lui disait que peut-être oui! Il poserait la question à son maître. Il fit signe à Gérard de s'asseoir.

— J'espère que je ne t'ai pas paru trop ridicule. C'est le nouveau Tony, autant t'y habituer. L'autre a presque complètement disparu de ma vie. En passant, j'ai cessé de boire. Gérard l'observa silencieusement.

— Dis-moi plutôt comment ça s'est passé?

Gérard éclata de rire. Tony avait gardé le don de le surprendre.

— Vous… Tu ne seras jamais ridicule pour moi.

— Merci, pour le tu. Tu crois que tu vas réussir à t'y habituer?

— Oui, sûrement. Je vais t'avouer quelque chose au risque de t'offenser. Je préfère le nouveau Tony. L'autre grognait trop.

Tony sourit sans se sentir le moins du monde offusqué.

— Pour ce qui est du voyage de noces, je dirai, merveilleux! C'est le premier mot qui vient à l'esprit. Encore plus extraordinaire que je n'aurais pu l'imaginer. Je ne savais pas que l'on pouvait être aussi heureux. Votre idée d'un vol de nuit vers Honolulu comme nuit de noces, ça c'était vraiment fort. Je ne pourrai jamais oublier ça. Ça tient du véritable fantasme. Ç'a été formidable! Caroline, elle est tellement... Comme vous!

Tony sentit une bouffée de fierté lui monter au visage. Il rougit comme pris en faute.

— Vous avez raison d'être fier d'elle! Quand je suis avec elle, je me sens tellement fort que je finis par vraiment me prendre pour Superman, si vous voyez ce que je veux dire. Je ne parle pas de force physique, bien sûr, mais c'est comme si plus rien de mal ne pouvait nous arriver. Elle est mon amulette de protection contre le malheur. Elle est fragile, mais elle sait s'imposer lorsqu'elle le juge nécessaire. Nous avons passé un mois de rêve, mais je préfère lui laisser raconter les anecdotes. Elle aurait fait une très bonne policière, elle a tellement le sens du détail. Nous avons des tonnes de photos à vous montrer, mais ça peut attendre à ce soir. Parlez-moi plutôt de ce qui s'est passé en mon absence.

Tony commença à faire un rapport détaillé à Gérard de tous les événements qui s'étaient produits dernièrement, choisissant soigneusement les mots qu'il employait afin d'être le plus impartial possible. Gérard attendit la fin du récit avant de poser ses questions.

— Qu'est-ce qu'il est devenu, ce monsieur Claveau?

— Il a quitté le pays.

— Quoi! Vous l'avez laissé faire!

— Je n'avais rien de concret. Je ne voulais pas répéter les erreurs des autres. Mais, tu ne sais pas la meilleure! Lorsque nous avons voulu enquêter d'un peu plus près sur ce monsieur, nous sommes tombés sur son avocat. Celui-ci nous attendait visiblement. Il a commencé par nous menacer de différentes poursuites pour atteinte à la réputation de son client. De plus, il a affirmé qu'il ferait tout ce qui était en son pouvoir pour ne pas collaborer avec nous. Tout cela, bien sûr, dans la stricte légalité et toujours dans le but de protéger la vie privée de son client.

— Eh bien!

— Attends. Il y a encore plus surprenant. Claveau lui avait laissé une lettre à remettre à un certain inspecteur Robitaille.

Gérard fit une grimace de surprise.

— Oui, moi aussi, j'ai eu cette réaction-là. Le message disait ceci. « Cher inspecteur Robitaille, tel que je vous l'avais dit, j'ai quitté le pays pour la Suisse comme vous le savez sûrement déjà. J'ai besoin de prendre du recul face aux événements des derniers jours. Ne vous inquiétez pas, je reviendrai au pays dès que je me sentirai prêt. »

— Il est drôlement gonflé, si c'est le coupable!

— Si! C'est tout le problème, mon intuition me dit que c'est lui, mais je ne tiens pas à jouer à la roulette russe avec la vie d'un innocent. D'un autre côté, sa manière de réagir est plutôt ambiguë, non?

— Ouais! Mais si j'étais le coupable, à moins d'être un fou, je ne pense pas que j'aurais laissé un message de ce genre. Il dit qu'il va revenir. Ça reste à voir, mais s'il le fait, ça m'étonnerait que ce soit notre homme.

— C'est aussi ce que je me suis dit.

— Qu'est-ce que vous comptez faire en attendant ce présumé retour?

— Nous allons surveiller très attentivement les agissements de monsieur Lanthier.

— Vous ne le croyez plus complètement innocent?

— Eh bien! J'ai une autre surprise pour toi. Tu te rappelles Deldouchetto?

— Ouais! Le caïd de la mafia.

— Tout juste. Imagine que j'ai eu une conversation avec lui. Il m'a affirmé que Lanthier était d'après lui le responsable du double meurtre dans le Wisconsin. Il dit qu'il aurait été vu durant la nuit précédant le meurtre avec les deux soldats.

— Qu'est-ce que ça vaut comme information?

— Cela ne tiendra pas la route devant un juge, mais je ne vois pas pourquoi il m'aurait menti.

— Pourquoi est-ce qu'il nous renseigne tout à coup?

— Trois de ses neveux sont morts dans l'explosion de la Cage aux Sports. Il m'a carrément offert d'éliminer le coupable en me disant que si je n'étais pas sûr de pouvoir le faire condamner par la justice qu'il s'en chargerait.

— Ouais! Vous ne vous êtes pas ennuyé pendant mon absence.

— Au contraire, d'ailleurs je ne suis pas le seul. Rentrons, je dois te présenter à quelqu'un. En plus, il y a une jeune personne qui, elle, se meurt d'envie de te revoir.

Tony se mit en marche d'un pas rapide vers la maison. Gérard lui emboîta prestement le pas, par habitude.

— Chantale est encore ici! J'aurais cru que les services sociaux l'auraient placée dans un centre d'accueil depuis longtemps.

— Elle n'ira pas dans un centre d'accueil. Jamais! Je ne laisserai plus jamais personne lui faire du mal, tu comprends! Dionne était mon ami. Alors je suis un peu responsable de ce qui s'est passé. Nous avons fait une demande d'adoption et nous avons toutes les chances d'être acceptés.

Le ton de l'affirmation se voulait déterminé et sans appel.

— À t'entendre, Tony, je pense qu'ils ont intérêt à ne pas te contredire, sinon tu serais prêt à déclencher une révolution pour défendre tes idées.

« Tu m'aiderais, non? » ajouta Tony en éclatant de rire. Pouffant de rire à son tour Gérard fit signe que oui.

— Je serais le premier enrôlé. Rappelez-vous! Je lui ai promis de la protéger. Caroline m'a parlé de Chantale dès la deuxième journée de notre voyage. Nous étions tous les deux d'accord sur le sujet. Nous allions demander la garde, si vous ne l'aviez pas fait.

— Vous n'auriez pas eu l'ombre d'une chance.

— Oui, peut-être en s'y prenant d'une manière conventionnelle, mais j'avais l'intention de foutre une raclée à Ronny et de ne pas arrêter de le tabasser avant qu'il m'ait juré de trouver un moyen de me faire avoir la garde en se servant de ses relations.

— Bon Dieu! Tu es sérieux, tu aurais fais ça? Malgré tous les risques que ça comporte.

Tony était estomaqué. Il ralentit le pas pour regarder Gérard dans les yeux.

— Je n'aurais pas hésité une seconde. J'avais promis!

Après cette réplique, ils continuèrent à marcher en silence pendant que Tony leur faisait contourner la maison pour se rendre sur le patio arrière. C'est là que Gérard reprit la conversation.

— L'autre personne que vous voulez me présenter, ce ne serait pas un Oriental.

— Tu l'as remarqué durant la soirée?

— Je suis policier, vous savez ce que c'est...

Gérard ne put s'empêcher d'éclater de rire devant la mine indécise de Tony.

— En vérité, je viens juste de le voir passer.

Tony avoua s'être fait avoir comme un débutant. Il éclata de rire à nouveau.

Chapitre 20

Gérard avait mis une semaine avant de repérer leur équipe de surveillance. Il était clair qu'ils étaient des professionnels. L'ampleur des moyens mis en place en témoignait. Une douzaine de personnes se relayaient. Toute la gamme des artifices du métier avait été utilisée pour rester indétectable. Des voitures différentes à tous les jours, des déguisements, du maquillage. À tel point, qu'une fois, même Gérard se laissa prendre lorsque la camionnette d'un livreur de fleurs vint se garer en double file à côté de lui. Gérard, mécontent de voir sa vue obstruée descendit de son véhicule pour aller forcer l'importun à s'installer ailleurs. D'un seul coup, il se retrouva face à face avec un pistolet neuf millimètres. L'homme qui était au volant lui fit signe d'embarquer dans son camion puis s'éloigna rapidement des lieux. Une fois à l'intérieur, un autre homme, qui était sur la banquette arrière, le fouilla rapidement. Constatant qu'il était policier, ils s'identifièrent à leur tour en montrant des papiers qui confirmèrent leurs affirmations. Ils étaient des Services de renseignements canadiens. Après les explications d'usage et les excuses d'un côté comme de l'autre, ils prirent certaines dispositions pour éviter qu'un tel incident ne se reproduise.

Depuis cet événement, trois mois s'étaient écoulés sans que rien de remarquable ne survienne. Lanthier avait recommencé à donner ses cours d'aïkido. Il sortait peu. De temps à autre, il donnait des rendez-vous à des amis dans des restaurants. Chaque fois, cela avait donné lieu à des trésors d'ingéniosité de la part des agents des renseignements qui avaient réussi à épier la plupart des conversations qui s'y étaient déroulées. Cela n'avait débouché sur rien de concret. À croire que celui-ci avait décidé d'oublier ce qui s'était passé. Lanthier avait dû annuler sa participation à une exhibition qui devait se dérouler aux États-

Unis puisque son passeport avait été révoqué. Encore là, il ne protesta pas, comme s'il acceptait simplement la situation.

Vingt-trois semaines d'inactivité pour le maître tueur suffirent pour dissoudre la cellule de crise. Officiellement, elle existait toujours, mais aucune réunion n'avait eu lieu depuis deux mois. Les équipes qui avaient été confiées à Tony lui furent graduellement retirées. Le nouveau grand chef de la police, Duchesneau, lui demanda de plus en plus souvent de toucher à de nouvelles affaires. Tony se rendait bien compte que c'était fini pour cette enquête. C'est ainsi qu'il avait décidé de faire un dernier effort pour conjurer le sort. Chaque soir, Gérard et lui se joignaient à la surveillance de monsieur Lanthier. Le jour, ils faisaient des miracles pour accomplir leur travail régulier malgré le manque de sommeil. Tony faisait de son mieux pour libérer Gérard trois ou quatre heures avant de reprendre son poste de surveillance.

Gérard en profitait généralement pour faire une sieste. Il sentait la fatigue s'accumuler. Il était clair pour lui qu'il ne pourrait pas continuer très longtemps à ce rythme-là. Il avait pourtant l'impression que Tony ne ressentait aucune fatigue. Depuis son retour, Caroline et lui avaient accepté de s'installer temporairement chez l'inspecteur, le temps que la maison qu'ils se faisaient construire sur une parcelle de terre du domaine de son père soit prête. Il avait donc eu tout le loisir d'observer Tony. Il avait pu constater que celui-ci dormait de moins en moins longtemps, ce qui ne l'empêchait pas de paraître de plus en plus en forme. Il avait perdu un peu de poids. Sa silhouette était soudainement passée d'un peu ronde à découpée. Il n'était plus jamais de mauvaise humeur. Il avait vraiment changé. L'ancien Tony avait disparu comme s'il n'eût été qu'un vulgaire écran de fumée.

Durant ces trois mois de surveillance, ils étaient devenus copains avec les gens des Services de renseignements canadiens. Ils se rendaient de multiples services. Ils avaient convenu d'un certain nombre de codes entre eux.

Gérard consulta sa montre : deux heures du matin, c'était l'heure de manger. Il vérifia la fenêtre de Lanthier afin de s'assurer que celui-ci ne se montrait pas avant d'enclencher le processus. Il mit d'abord son clignotant de droite, en le laissant signaler quatre fois, puis celui de gauche une fois, avant de se glisser dans la circulation. Il venait de leur dire qu'il allait se chercher à manger. Un avertisseur résonna une fois en réponse, lui demandant de rapporter quelque chose pour les copains. Gérard s'éloigna rapidement en accélérant. Il ne tenait pas à ce que monsieur Lanthier remarque sa voiture en regardant par la fenêtre, attiré par le klaxon. D'ailleurs Gérard se demandait si ce n'était pas ce que les autres avaient espéré en inventant ce code. Depuis l'histoire qui lui était arrivée avec Ronny, il ne faisait plus confiance à ces types des Services de renseignements canadiens. Son opinion était faite, ils étaient prêts à n'importe quoi pour parvenir à leurs fins.

Arrivé à son restaurant habituel, il descendit et commanda ses sempiternels hamburgers et tout un assortiment de hot dogs pour eux. Il ne pouvait pas se plaindre, chaque fois qu'il leur rapportait quelque chose, on lui donnait largement de quoi rembourser les frais. Si, durant son absence, monsieur Lanthier sortait ou faisait quoi que ce soit d'autre d'inhabituel, on le lui rapportait fidèlement.

Il repartit en se demandant si c'était véritablement le cas. Il en avait discuté avec Tony hier matin. Son hypothèse était que toute cette histoire de surveillance, et même l'incarcération, pouvait être tout simplement un coup monté de toutes pièces pour couvrir leur agent. Bien sûr, Tony n'avait pas manqué immédiatement de lui faire remarquer que sa suggestion ne tenait pas debout car, sans la révélation de Ronny, il n'aurait jamais remonté jusqu'à cet homme. Gérard dut s'incliner devant la force de l'argument, mais cela ne l'empêchait pas d'imaginer une certaine connivence entre les surveillants et Lanthier. L'un d'entre eux pouvait être un ami personnel de Lanthier ou l'un de ses débiteurs. Qui sait? Au moment opportun, celui-ci détournerait la tête ou fermerait les yeux. Résultat : on allait se retrouver avec un cadavre supplémentaire et le principal suspect jouirait d'un alibi en béton.

Gérard tourna la ruelle qui donnait sur l'arrière de l'immeuble de Lanthier. Il avait d'abord été étonné de constater que les agents du groupe de surveillance n'avaient pas cru bon de placer une voiture dans celle-ci. On lui avait expliqué en souriant devant sa naïveté que cela était en réalité un piège, et que la ruelle était bel et bien surveillée très étroitement. Une autre équipe munie de lunettes d'approche infrarouges faisait le guet à partir d'un édifice voisin. Ils pouvaient détecter toute tentative de ce côté. De plus, si le suspect faisait une sortie de ce côté-là, ce ne serait pas à eux de le suivre. Une équipe supplémentaire de voitures était stationnée de l'autre côté du quadrilatère pour prendre la relève. Le suspect ne pouvait pas les avoir repérées car il n'était même jamais passé devant eux. Il se rappelait bien sa réaction de colère. « Comment, vous voulez dire que le type sait que nous sommes là? » On lui avait immédiatement répondu que cela était évident. De plus, le type en question l'avait sûrement reconnu depuis le temps. Cela l'avait beaucoup découragé à l'époque. Il avait cru qu'il se donnait tout ce mal pour rien. Toutes ces nuits qu'il passait loin de Caroline, pour rien probablement!

Dès le lendemain, il en parla avec Tony qui, comme d'habitude, réussit à le surprendre. Cela avait même empiré depuis le retour de son maître. Gérard aimait bien le vieil Oriental, même s'il n'approuvait pas l'idée que sa femme prenne des cours d'arts martiaux avec celui-ci. Elle pouvait se blesser sérieusement. Le vieux monsieur, malgré son apparente fragilité, n'en restait pas moins un spécialiste des arts martiaux. Ses coups étaient dotés d'une puissance redoutable difficile à imaginer. Il se rappelait également une démonstration que le vieil homme lui avait faite. Il l'avait mis au défi de le soulever de terre ou de le déplacer d'une quelconque façon. Gérard avait eu beau tirer, pousser, tenter de le soulever, maître Shi Zilin était resté en place sous les yeux ébahis de Chantale. Pour n'importe qui de la taille de Gérard cela aurait été un affront impardonnable, mais celui-ci se contenta d'éclater de rire, devant l'incroyable. Aux doutes que Gérard avait exprimés, sur la futilité de leur tâche, Tony lui avait fait une réponse désarmante. « Laisse ces types nous prendre pour des cons. Nous allons faire mine de nous décourager et, quand ce sera le moment, nous aussi nous nous mettrons à surveiller la ruelle. » Ce à quoi Gérard avait répliqué : « Mais

quand saurons-nous que c'est le bon moment de transférer? »
Tony conclut en riant : « Quand nous en aurons assez! »

Gérard avait maintenant fini de traverser lentement la ruelle
d'un bout à l'autre. Il ralluma ses phares en reprenant l'artère
principale. Au coin de la rue où il devait s'immobiliser pour
embarquer le gars des Services de renseignements canadiens
qui avait été désigné par les autres pour aller chercher leur
ravitaillement, il avait pris sa décision.

L'homme ouvrit la portière et s'assit d'un mouvement fluide
tout en repoussant les sacs de nourriture vers Gérard.

— Ça va Gérard? Combien est-ce que ça t'a coûté tout ça?

— C'est gratuit.

— Comment ça?

— J'en ai marre, je perds mon temps ici. Je rentre retrouver
ma femme. Je vais dire à mon beau-père que les enquêtes en
dehors de mes heures normales, ça va faire!

— Je te comprends, vieux. C'est pas un boulot marrant! Je te
souhaite une bonne nuit.

L'homme ressortit sans rien ajouter. Gérard dut se concentrer
pour ne pas éclater de rire. L'autre n'avait même pas ramassé la
bouffe. Ça n'avait pas été si dur que cela d'être convaincant. Il
n'avait eu qu'à penser qu'il pourrait être en train de faire l'amour
avec sa femme au lieu d'être ici et le tour était joué. Il eut
subitement vraiment envie d'être avec elle. Incapable de se
retenir, il accéléra davantage pour rentrer.

Durant les trois jours suivants, Tony continua la surveillance
tout seul. Il ne cessa de se plaindre auprès des membres des
Services de renseignements canadiens de l'ingratitude de son
gendre. À la fin, il déclara que c'était au-dessus de ses forces,
qu'il abandonnait. Trois semaines plus tard, il remettait sa
démission. Il entra dans une retraite que plusieurs qualifièrent
de prématurée. La rumeur circula à l'effet qu'il n'avait pas
accepté d'être tenu en échec dans l'affaire du maître tueur. La
justification qu'il invoqua : raison familiale. On questionna
Gérard sans succès. Il maintint la version invoquée, et il ne dirait
rien de plus. Une cérémonie d'adieu eut lieu pour son départ;
tous voulurent avoir une photo souvenir avec lui.

Ce même jour, à l'aéroport Pierre-Elliott-Trudeau, là aussi de nombreuses photos furent prises, et tout particulièrement de celui que les manchettes du lendemain surnommeraient l'enfant terrible de la littérature québécoise. Celui-là même qui, à l'âge de dix-sept ans, avait été qualifié d'homme le plus intelligent du monde. Il était, selon des sources non officielles mais dignes de foi, l'auteur de plusieurs best-sellers qui avaient été publiés sous le nom d'emprunt de Mike Peterson.

La presse le harcela dès qu'il eut franchi le poste de la douane. Calme, bronzé, sûr de lui, il reçut l'assaut de questions des journalistes, comme si c'était la chose la plus naturelle du monde. Il ne semblait ni hostile à leur présence, ni même contrarié, mais il ne répondit à aucune question. Il se contenta de prendre ses bagages et de se frayer doucement un chemin à travers la cohue des journalistes qui ne réussirent pas à le faire stopper. Une limousine l'attendait à l'extérieur, et ce n'est qu'une fois à moitié engouffré dans celle-ci qu'il daigna enfin leur adresser la parole.

— Messieurs, je descends à l'hôtel Hilton. J'y donnerai une conférence de presse dans exactement deux heures, je répondrai alors à toutes les questions qui me seront posées.

Ce fut tout. La porte se referma sur leurs déceptions et leurs surprises.

Une heure plus tard, lors de l'arrivée de monsieur Claveau, il n'y eut pas de photos, pas de reporters. Cependant, après son passage au bureau de la douane, la préposée fouilla dans son carnet pour retrouver un certain numéro de téléphone. Le cellulaire personnel de Hervé vibra pendant cinq secondes avant que la boîte vocale ne prenne le relais. Elle lui dit que Claveau était de retour au Canada. Le service avait été presque trop facile à rendre. Cependant Hervé ne reçut jamais ce message. Il était mort d'une crise cardiaque quelques heures auparavant dans les bras d'une prostituée. Elle en profita pour lui piquer son porte-document et son téléphone qu'elle revendit sur le marché noir. Et le message fut effacé à jamais.

Chapitre 21

Les choses auraient pu être bien pires. Maria n'avait pas téléphoné, ce qui avait évité plusieurs catastrophes. Elle n'aurait pas résisté cinq minutes à un interrogatoire. Cela aurait sûrement mis son père en évidence, quoiqu'il fût fort peu probable qu'ils aient réussi à faire le bon lien avec lui. Ils avaient l'esprit beaucoup trop borné pour cela. Il était possible qu'elle ne l'ait pas appelé parce qu'elle avait décidé d'essayer de l'oublier, mais il espérait de tout cœur que ce ne serait pas le cas.

Aujourd'hui la météo annonçait une superbe tempête de neige. Il avait longuement réfléchi à la situation durant les derniers mois. Il ne pouvait plus attendre. Sous n'importe quel angle qu'il regardait toute l'affaire, Claveau devait mourir. Ça n'avait pas été facile d'obtenir son nom à partir de la simple adresse électronique qu'ils avaient utilisée pour communiquer. Claveau avait fait affaire avec des professionnels pour brouiller les pistes. Son fournisseur d'internet avait sa maison mère au Japon. Juste cela, créait en soi de sérieux problèmes. Le compte n'était pas à son nom, un homme de paille japonais le payait pour lui. Il avait fallu qu'il demande un service à l'un de ses vieux amis du F.B.I. pour démêler toute l'affaire. Celui-ci avait fouillé dans les états de comptes bancaires du Japonais. Finalement après les avoir fait éplucher par un expert en la matière, un nom et une adresse furent mis en évidence. Gilles Claveau, psychologue, résidant au un, avenue du Paradis, Laval. Il avait même eu sa photo et son numéro de téléphone personnel. L'équipe de surveillance n'était pas aussi futée que cela. On avait oublié qu'il serait difficile de l'isoler complètement. Il disposait d'élèves dévoués de ses cours d'aïkido pour lui rendre de nombreux menus services. C'est ainsi qu'il avait obtenu les photos et les renseignements. L'un de ses élèves les lui avait apportés. Il s'était également procuré un nouveau cellulaire. Celui-ci se révélerait très pratique bientôt. Il savait qu'il ne pouvait se permettre de l'utiliser ici. Il y avait beaucoup trop de risques qu'on enregistre la conversation en écoutant les ondes. Au pire, dans le quadrilatère de sa rue, il ne devait pas y avoir plus de quatre ou cinq cellulaires en fonction en même temps, un jeu d'enfant pour une équipe de pros comme eux. Pire encore, s'ils avaient pris soin de se munir de l'appareillage adéquat, ils pourraient même connaître le numéro qu'il avait composé. Il suffisait de placer une petite mémoire tampon sur le bon circuit de l'antenne de relais la plus proche et bang! ça y était. Cependant, au centre-ville c'était une toute autre histoire. Trop d'antennes et trop de conversations en même temps. Les chances de capter la bonne conversation étaient peut-être d'une chance sur dix mille. Il pouvait vivre avec ça. De toute façon, Claveau ne lui avait pas laissé le choix. Son ami du F.B.I. lui avait envoyé un autre message, après le premier, lui disant que Claveau avait engagé un détective privé pour le retrouver et que, contre toute attente, il avait déjoué tous les pièges tendus pour protéger son identité. Maintenant, Claveau le connaissait.

L'horloge murale marquait deux heures de l'après-midi. L'opération nettoyage allait commencer. Il connaissait l'emplacement de toutes leurs équipes de surveillance, même celle qui s'occupait de la ruelle. Il avait depuis longtemps tissé un réseau de contacts dans le voisinage. Plusieurs de ses jeunes élèves demeuraient aux alentours. Il n'avait pas été difficile de leur enseigner les rudiments de l'espionnage en les motivant avec de l'argent. Alors un groupe de personnes installées dans un immeuble en rénovation ne réussit pas à passer inaperçu. La seule chose qui le décevait après tout ce temps était que Gérard avait abandonné sa filature. Il aurait bien aimé lui régler son compte. Bon, il valait mieux oublier ça. La vengeance était souvent mauvaise conseillère.

Il s'approcha de la fenêtre du salon pour repérer l'équipe de surveillance. Elle était dans une vieille Ford verte, année quatre-vingt-six ou quatre-vingt-sept. Un modèle imposant, tant par sa taille que par sa puissance. Dehors tout semblait figé dans une éternelle blancheur. La neige avait débuté tôt ce matin et n'avait pas cessé depuis. Le vent soufflait par rafales, et les gens s'emmitouflaient de leur mieux pour échapper à sa morsure.

Il fouilla dans sa nouvelle garde-robe. Il y choisit une canadienne de couleur verte. Il enfila le capuchon, puis se munit d'un foulard qu'il enroula autour de son cou jusqu'en dessous de son nez. Ainsi attifé, il devenait monsieur tout-le-monde. Exactement l'effet qu'il recherchait. Si quelqu'un témoignait de quelque chose, cela ressemblerait à : « L'homme portait une canadienne verte, une tuque et un foulard rouge. » Ça ne suffirait pas à le désigner comme coupable. Il n'avait qu'à faire disparaître tout ça et le tour était joué.

Il s'avança à sa fenêtre pour guetter l'autobus. Le premier appel serait pour Claveau, le deuxième pour Maria. Il espérait que son père avait compris que quelque chose allait de travers; il avait probablement pris les choses en main. Peut-être la reconstitution était-elle plus avancée qu'il ne le croyait. Suffisamment pour sortir de là! Il en doutait. Il y avait trop de questions, et pas assez de réponses.

Il sortit en marchant doucement vers sa voiture, puis au dernier instant il fonça vers l'autobus au coin de la rue. Il s'y engouffra au moment où il se remettait en marche. Il alla s'asseoir sur le dernier banc à l'arrière. Là, il put observer tout à loisir les efforts que la Ford accomplissait pour faire demi-tour et se mettre dans la même voie que l'autobus. Cela se fit rapidement malgré les nombreux autres véhicules et la chaussée glissante qui rendaient ce genre de manœuvre périlleuse. Il devait lever son chapeau au conducteur de la Ford. Il était loin d'être un amateur. Lanthier descendit de l'autobus rue Sainte-Catherine; il la remonta à contre-courant. Il n'eut pas à attendre longtemps la réaction de ses poursuivants. Le grand gars qui lui avait cassé la main sur le banc du parc lui emboîta le pas. Finalement, il allait quand même pouvoir se venger un peu.

Tout cela était beaucoup trop évident. Ils le prenaient pour un con. Ils espéraient sans doute qu'il se croirait en sécurité puisqu'il repérerait aussi facilement leur équipe de surveillance, mais là n'était pas la question. C'était surtout une question d'effectifs, plus que d'efficacité. Deux ou trois suiveurs n'avaient presque aucune chance de ne pas être repérés par quelqu'un qui s'attendait à être suivi. D'ailleurs, c'était même prévu qu'il le serait à plus ou moins longue échéance. Cependant une équipe de dix ou douze personnes, c'était une toute autre histoire. De plus, l'hiver, contrairement à ce que les gens auraient pu croire, était la saison la plus facile pour une filature. Un changement de manteau, de foulard ou de bottes et votre suiveur redevenait anonyme. L'équipe pouvait aussi se munir de radios avec écouteurs dans l'oreille; les habits d'hiver avaient le chic pour camoufler ce type d'appareillage.

Lanthier marcha ainsi pendant dix minutes avant de traverser la rue pour changer de direction, en suivant cette fois-ci le flot de la circulation. De cette façon, il remarqua, dans le reflet d'une vitrine, une Volvo bleu pâle qui venait de se mettre en double file, à quelques pas de l'endroit où il s'était temporairement arrêté. Il l'observa du coin de l'œil pour voir si un éventuel passager allait en sortir. Une jeune femme apparut. Elle portait un manteau court. Ses cheveux blonds flottaient librement dans le vent. Elle ne se cacha pas et vint directement vers lui. Il la reconnut. Son nom était Gabrielle. Il la connaissait même très bien. Elle avait la peau douce qui sentait toujours bon la vanille. Ils avaient habité ensemble pendant un certain temps dans le cadre d'une mission de surveillance au Maroc. La mission ressemblait un peu à celle-ci, sauf qu'à l'époque il faisait parti des autres. Elle lui sourit en s'immobilisant à ses côtés devant la vitrine. Elle avait pris soin de garder ses mains bien visibles devant elle, lui indiquant ainsi qu'elle ne venait pas dans un but hostile.

— Tu cours le Boxing Day. Écoute, je suis désolée de ce qui se passe. Je ne sais même pas de quoi on t'accuse. Je pense d'ailleurs que la plupart d'entre nous l'ignorent. Je sais que ça va te paraître ridicule, probablement que tu ne me croiras pas, mais les semaines que nous avons passées ensemble ont beaucoup compté pour moi. Fais gaffe à tes fesses si tu as quelque chose à te reprocher. Ils ne te lâcheront pas. Ils ont mis le paquet.

— Je vais boire un verre au bistro à Jos, tu m'accompagnes en souvenir du bon vieux temps?

— Arrête de faire le con!

Le klaxon d'une voiture retentit. Elle se retourna, puis partit comme si elle ne lui avait pas parlé. Il n'était pas dupe. Les semaines qu'ils avaient passées ensemble n'avaient sûrement pas compté plus pour elle que pour lui. Certes, ils avaient pris du bon temps ensemble, mais cela s'arrêtait là. C'était une chose naturelle que des équipiers mâles et femelles baisent ensemble dans le cadre de mission où ils devaient rester en équipe pendant un moment. Non seulement l'on s'y attendait mais, dans votre formation, on vous expliquait que cela était souhaitable. Cela diminuait les tensions, augmentait la complicité, rendait plus crédible les situations où vous deviez prétendre être un couple. Bref le contraire était tout à fait anormal. Dans certains cas, des rapports de mission le mentionnaient comme une anomalie, une étrangeté qui devrait tôt ou tard être investiguée. Donc c'était clair. Le fait qu'ils aient été amants ne pouvait pas avoir compté pour elle. Tout ce qui lui avait été dit avait été soigneusement pesé.

C'était l'un des aspects les plus avancés que vous pouviez utiliser dans une filature. Vous laissez savoir à votre suspect que, non seulement il était suivi, mais qu'en plus on savait qu'il le savait. L'espionnage, c'était une grosse partie de cache-cache. Généralement, l'une des parties se lassait. Elle abandonnait, faute de temps ou de moyen. Parfois, elle tuait l'autre pour démontrer aux tierces parties que l'on ne pouvait pas la défier indéfiniment. Là, elle avait tenté de l'intimider en faisant semblant de le prévenir amicalement. Le pire, c'était que même s'il connaissait la nature de la manœuvre, cela ne l'empêchait pas d'être efficace. Combien étaient-ils à le surveiller? Ronny finirait-il par se lasser? Lorsque cela se produirait, que déciderait-il? Il était bien capable de recommander son élimination physique pure et simple. Leurs patrons n'hésiteraient probablement pas très longtemps devant ses arguments. Si seulement il avait pu entrer plus tôt en contact avec l'assassin, il aurait pu commander quelques boulots supplémentaires. Cela aurait vraisemblablement suffi à jeter le doute dans leurs esprits. Peut-être aurait-on fini par le laisser tranquille?

Il se remit en marche. Deux coins de rue plus loin, il passa devant le bistro à Jos. Ronny avait sûrement envoyé quelqu'un l'attendre à l'intérieur. Il ne ralentit même pas le pas pour vérifier. Le grand gars du parc venait de réapparaître sur le trottoir. Lanthier accéléra. Il savait qu'à partir de maintenant, il devait les obliger à bouger rapidement, ainsi ce ne serait plus eux qui planifieraient à l'avance mais lui qui mènerait le bal.

Il aperçut sa destination. Le bar le Coquin était loin de pouvoir se vanter d'être populaire. L'endroit n'avait pas bonne réputation. Il était si sombre qu'il fallait presque s'y déplacer à l'aveuglette. Cela ne l'ennuyait pas puisqu'il y voyait comme en plein jour. Une qualité qu'il avait héritée de son père. À l'intérieur, la musique hurlait si fort qu'il était presque impossible d'y avoir une conversation. Il y avait une autre raison pour laquelle il avait choisi cet endroit. Les toilettes étaient placées hors de la vue des autres occupants de l'endroit. Lanthier se mit à courir la distance de deux immeubles avant d'arriver au bar. « Toujours les garder sur la pointe des pieds », se disait-il. Une fois à l'intérieur, il plaça en passant un billet de dix dollars sur le comptoir, mimant, pour le barman qui avait à peine relevé la tête de son journal, le geste de vider une chope. Il continua sa route vers les toilettes en imitant un homme qui a un besoin très urgent. Pendant qu'il se dirigeait vers l'endroit, il observa que le tapis n'avait pas changé depuis sa dernière visite. Il était rouge vin ou avait dû l'être à une certaine époque. C'était parfait pour cacher les taches de sang. Il tourna le coin qui donnait sur un petit corridor adjacent aux toilettes; le téléphone public et la sortie d'urgence se trouvaient dans le fond. Il constata qu'il n'y avait toujours pas de chaîne de sécurité et par conséquent sûrement pas de signal sonore d'alarme. De toute façon, s'il y en avait un, personne ne pourrait l'entendre avec tout ce bruit. Il jeta un coup d'œil dans les toilettes des hommes et des femmes. Ce n'était pas le moment d'être insouciant. Il n'y avait pas de client en avant mais cela n'excluait pas la possibilité qu'il y ait quelqu'un là-dedans. Personne, il était seul. Il revint au téléphone, mesurant du regard la distance entre le coin qui menait au reste du bar et celui-ci. Il nota également la longueur du fil du combiné qu'il décrocha. L'autre allait arriver d'une seconde à l'autre. Il détourna la tête à moitié, prenant la pose de quelqu'un d'absorbé. Il commença à bouger les lèvres, feignant une conversation. Il eut juste le temps de baisser la fermeture éclair de son manteau pour se donner plus de liberté avant que son poursuivant ne surgisse. Il le vit du coin de l'œil. Lorsque l'autre réalisa qu'il était au téléphone, il plongea littéralement vers lui dans le but de l'empêcher de raccrocher. Le geste exact que Lanthier avait prévu. Le gars plongeait vers lui complètement déséquilibré, les deux mains tendues vers le combiné. Lanthier se retourna brusquement et dans un mouvement éclair le frappa en plein visage avec le combiné en guise de massue. Le coup, qui avait été appuyé par tout le poids du corps, atteignit la cible en plein centre du visage. La tête de l'homme partit d'abord violemment vers l'arrière tandis que son nez disparut littéralement de son visage, comme aspiré vers l'intérieur, puis l'impact fit faire une culbute au haut du corps qui bascula à son tour vers l'arrière. Il ressentit immédiatement l'onde de joie et de puissance que la mort de l'autre lui apportait. Pendant cinq longues secondes, il se laissa emporter par ce sentiment d'ivresse, avant de pouvoir replacer l'événement dans son contexte réel. Il tira le corps vers la sortie d'urgence, où il fit une pause pour vérifier le pouls de l'homme. Son instinct ne pouvait l'avoir trompé, il était bien mort. Il le fouilla, lui retira ses papiers, son arme de service et son cellulaire. Les objets qui permettaient souvent d'identifier rapidement un macchabée. Il mit le walkie-talkie en position fermé mais le lui laissa, c'eût été trop long que d'essayer de lui enlever. Il l'installa ensuite sur ses épaules pour le soulever. Une fois à l'extérieur, il balança le corps dans un conteneur à déchets appartenant au restaurant qui était situé juste à côté du bar. Regardant aux alentours, il confirma ce qu'il savait déjà. Aucune fenêtre ne donnait sur l'arrière-cour du bar. Présentement il y était seul, donc pas de témoin potentiel. Il y avait bien les traces de pas qu'il avait laissées mais d'ici une heure ou moins, le vent et la neige les auraient recouvertes. Il revint sur ses pas en prenant soin de bien refermer la porte de la sortie d'urgence. Il estima que le tout n'avait pas duré plus d'une minute ou deux. Il entra dans les toilettes pour se regarder dans le miroir tout en refermant son manteau. Rien ne laissait deviner ce qui venait de se passer. En ressortant, il observa quelques secondes le plancher du corridor pour essayer d'y découvrir des taches de sang mais sans y parvenir. Tout était impeccable. Même s'ils étaient chanceux, ils mettraient probablement plusieurs heures avant de le retrouver. Maintenant, la fille.

Il ressortit du bar sans jeter un regard au verre qu'il avait commandé. Le barman ne releva même pas la tête de son journal quand il sortit. Le vent avait encore augmenté, ce qui diminuait la visibilité. Il devait être environ trois heures et la circulation était maintenant à son paroxysme. Il vit la Volvo bleu pâle qui était éternellement en double file, tous feux de position allumés, à peine à une distance de trois voitures de l'entrée du bar. Une automobile klaxonnait d'ailleurs furieusement contre elle. Il put constater que Gabrielle était seule à l'intérieur. Elle était assise du côté passager. Il s'accroupit un peu, profitant des voitures qui étaient stationnées pour se rapprocher de la Volvo sans qu'elle ne le voie. La portière ne serait sûrement pas verrouillée, on ne le faisait jamais dans ce genre de situation. Parfois, l'on devait sortir à toute vitesse pour suivre quelqu'un. Il affirma sa prise sur la crosse du pistolet, le tenant de la main gauche pour libérer sa main droite avec laquelle il devrait ouvrir la portière brusquement, sans aucune hésitation.

Le mouvement fut parfaitement exécuté. Gabrielle n'eut pas le temps de réagir. Il lui plaqua le canon contre la joue. Déjà il changeait l'arme de main sans cesser de l'appuyer sur le visage de la fille qui commençait à peine à réaliser la situation. Le reconnaissant, elle ouvrit la bouche pour parler. Il ne lui en laissa pas le temps. Il enfouit le canon dans celle-ci en le pointant vers le haut. Elle essaya de hurler, mais déjà il appuyait sur la détente. Il vit les éclats d'os et les fragments de cervelle éclabousser le plafond de la voiture. Il referma la porte en prenant soin de ne rien coincer. Cinq secondes plus tard, il était au volant. Il tourna à la première rue où c'était possible. Il connaissait la ville par cœur. Il repéra rapidement la ruelle qu'il cherchait. Quelques instants plus tard, il se stationna contre la clôture d'une arrière-cour. Il n'y avait personne dans les alentours. En quelques secondes, il la fouilla. Il lui retira ses papiers d'identité, son arme et son cellulaire. Pour ce qui était du radio et des écouteurs, il dut retourner le corps en prenant soin de ne pas se tacher de sang avant de réussir à les retirer. Il les plaça dans un sac de plastique qu'il avait mis dans la poche intérieure de sa canadienne. Une fois la fouille terminée, il coucha le corps sur la banquette avant, de façon à ce que le haut de la tête ainsi que le visage ne soient pas visibles. D'ici quelques heures, le froid aurait givré les fenêtres et il ne serait plus possible de voir à l'intérieur. Les autres n'auraient pas le temps de la chercher. L'un des cellulaires vibra dans sa poche. Il sut qu'il devait rappliquer au plus vite devant le bar le Coquin. L'équipe rapprochée ne répondait pas, la deuxième équipe allait s'avancer. Il sprinta jusqu'à la rue Sainte-Catherine, puis se dirigea d'un pas tranquille vers le bar. L'élimination de la fille, le repositionnement du véhicule, la fouille et son retour sur Sainte-Catherine avaient pris environ neuf minutes. Lorsqu'il traversa la rue en face du bar le Coquin, il remarqua immédiatement un homme dans la cinquantaine qui faisait du lèche-vitrine sans se presser. Lanthier hésita. L'homme était-il oui ou non l'un de ses poursuivants? À ce stade-ci de son plan, il ne voulait surtout pas les semer. Il ralentit le pas, puis s'immobilisa devant les vitrines d'un grand magasin. L'autre homme fit de même en s'arrêtant à ses côtés. Lanthier se retint avec peine de le frapper quand l'autre fouilla dans sa poche intérieure. Finalement, il en ressortit un petit agenda électronique qu'il consulta. Le cœur sur le bord d'exploser, Lanthier décida d'entrer doucement dans le centre commercial. Il fallait que ce soit ce type. Il ne voyait personne d'autre.

Il se promena pendant dix minutes dans le centre commercial avant que ses doutes ne se dissipent. Le type était toujours là quelque part derrière. Ce suiveur était incroyablement bon. Il avait croisé son regard à plusieurs reprises et jamais celui-ci n'avait exprimé quoi que ce soit d'autre que : « Je suis un client, je vous ai vu tantôt, nous semblons aller dans la même direction. » Finalement, Lanthier décida de suivre son plan original. Il entra dans une boutique pour hommes. Après avoir regardé quelques présentoirs, il choisit un pantalon sombre et un chandail assorti à essayer. Le vendeur, un homme d'un certain âge, d'allure guindée, l'invita à passer à la salle d'essayage. Il le prévint qu'il allait faire un appel privé sur son cellulaire. Le vendeur lui fit un sourire compréhensif en lui affirmant qu'il ne serait pas dérangé.

D'abord Claveau. Il y eut trois sonneries avant qu'on lui réponde.

— Bonjour!

— Est-ce que je parle à monsieur Gilles Claveau?

— Oui, c'est à quel sujet?

— Je suis Lanthier.

Claveau ne réagit pas, comme s'il n'était pas surpris de son appel. Lanthier poursuivit un peu déçu de ne pas avoir provoqué l'effet recherché. Il espérait surtout que l'autre ne ferait pas d'ennui pour la rencontre.

— Nous devons nous rencontrer. Ce soir serait l'idéal.

— D'accord! À quel endroit?

Lanthier lui donna des indications pour la ruelle Evans. L'autre ne protesta ni sur l'endroit ni sur l'heure. Ce qui l'agaça royalement. Comment ce type pouvait-il être aussi confiant? Dans le fond, cela n'avait pas d'importance. Ce soir, le maître tueur allait rencontrer son maître. Il raccrocha le sourire aux lèvres. L'appel pour rejoindre Maria s'avéra moins fructueux, il fut transféré vers sa boîte vocale. Il ne devait pas dire n'importe quoi.

— C'est moi, chérie. Si tu savais comme je m'ennuie de toi! Nous serons bientôt à nouveau ensemble. Nous allons réaliser le projet dont je t'avais parlé. Dis à mon père que les préparatifs pour sa fête seront bientôt terminés mais que, par la suite, il faudra se presser. Les compétiteurs nous talonnent. Fais-lui seulement le message. Il va comprendre. Je t'aime.

Il était déçu, mais d'un autre côté cela avait été beaucoup plus court ainsi. Cette nuit, il allait la revoir. Il ferait l'amour, puis après, il quitterait le pays. Il lui restait quinze millions sur les quarante que son père avait mis à sa disposition. C'était bien suffisant pour disparaître.

Il ne prit pas les vêtements qu'il était censé avoir essayés. Cependant, au grand soulagement du vendeur, il acheta un manteau de couleur beige pâle. Celui-ci était beaucoup plus léger. Il s'adaptait mieux à sa situation; s'il devait se battre, il ne voulait pas être empêtré dans un gros manteau. Il mit immédiatement le nouveau, plaçant lui-même l'ancien dans le sac que lui fournit le vendeur.

À sa sortie de la boutique, il chercha discrètement du regard son suiveur. Celui-ci grignotait un beigne en discutant avec un jeune homme. Quand Lanthier se dirigea vers l'escalier mécanique qui descendait vers le métro, il vit les deux hommes se séparer. Le jeune le suivit tandis que l'autre se dirigeait vers la sortie. Lanthier reconnut la manœuvre. L'homme plus âgé était assurément le chef de l'équipe; voyant que Lanthier se dirigeait vers le métro, il avait immédiatement déterminé que ça prendrait quelqu'un de plus vif pour pouvoir le suivre, alors il s'était lui-même désigné pour la voiture. Le jeu de cache-cache continuait. L'équipe numéro un avait disparu, bientôt ce serait le tour de la deux.

Après avoir payé son passage au guichet du métro, il descendit lentement l'escalier tout en ouvrant son manteau. Il allait maintenant se débarrasser d'objets encombrants. Pendant qu'il était dans la salle d'essayage, il avait utilisé son foulard et ses gants pour emballer les différents objets qu'il avait confisqués. Maintenant, le contenu du sac formait une masse compacte qui ne risquait pas d'attirer l'attention d'un préposé du métro. Certes, le sac était lourd, mais cela avait l'avantage que lorsqu'il le laisserait tomber dans la poubelle, il se faufilerait vraisemblablement jusqu'au fond. Il y avait très peu de chances que quelqu'un s'amuse à aller fouiller jusque là. Ainsi, au prochain ramassage le tout disparaîtrait à jamais. Une fois rendu au bas de l'escalier, il accéléra le pas en tournant le coin. Le métro n'était pas là, alors il savait que l'autre ne se presserait pas pour le suivre. Il gagna ainsi une vingtaine de secondes hors de l'attention de son suiveur qu'il mit à profit. La première poubelle ne fit pas l'affaire, mais la deuxième qui était aux trois-quarts pleine reçut son précieux chargement. Dès le geste exécuté, il s'en éloigna en marchant. L'autre n'avait rien vu. Maintenant, il devait faire disparaître son ancien manteau. Cela demandait un peu plus d'imagination.

Déjà une heure qu'il se promenait dans le métro. Il avait finalement repéré le candidat idéal. C'était un adolescent d'environ quinze ou seize ans, un punk à l'allure pas commode. Il regardait les gens avec beaucoup d'attention, surtout ceux qui avaient des sacs à main. Lanthier fit mine de resserrer son étreinte sur le sac qui contenait son manteau quand il vit que l'adolescent le regardait. À la station suivante, Lanthier commença à donner des signes de fatigue. Sa tête tombait vers l'avant comme s'il luttait contre le sommeil. Il secouait la tête et le manège recommençait. À la station suivante, il fit semblant de se réveiller en sursaut puis sortit en oubliant volontairement son sac à l'intérieur. Quand il se retourna pour regarder le métro partir, le jeune avait déjà mis la main sur le sac. Son suiveur remarqua qu'il n'avait pas pris son sac avec lui, mais il ne pouvait rien faire. Au mieux, il espérerait que quelqu'un d'honnête le rapporterait aux objets perdus mais, dans ce cas bien précis, Lanthier savait que cela ne se produirait pas.

Maintenant les preuves physiques des deux premiers meurtres venaient de disparaître. Il pouvait s'atteler aux suivants. Il remonta doucement l'escalier mécanique de la station Papineau. Une fois à l'extérieur, il se dirigea lentement sur le boulevard de Maisonneuve Est, s'assurant ainsi de rester en sens inverse de la circulation. Il tourna ensuite sur Dorion toujours à contre-sens. Il aperçut du coin de l'œil ses poursuivants. Le jeune homme le suivait calmement. Pendant ce temps-là, la Ford verte se dirigeait vers le stationnement situé entre les rues Cartier et Dorion. La Ford serait obligée de faire marche arrière dans le stationnement puis de remonter la rue Cartier jusqu'à son extrémité pour ensuite reprendre Dorion, dans le bon sens cette fois-ci. Lanthier se remémora le plan du quartier. Sur Dorion, il y avait une ruelle au début de la rue. La Ford n'oserait pas s'y engager car si elle le faisait et qu'il continuait plus loin, elle serait contrainte de refaire tout le détour encore une fois. C'était donc là qu'il devait agir. Lanthier évalua que la troisième équipe, s'il y en avait vraiment une, devait être en train de chercher ce qui s'était passé avec la première donc, contre toute attente, il était maintenant seul avec la seconde équipe. Cela allait bientôt jouer à leur désavantage. Dès qu'il eut tourné dans la ruelle, il se mit à courir. L'autre devait prendre sa décision, courir ou le perdre. Il était jeune, donc il allait courir. C'est ce que paria Lanthier. Malheureusement pour l'autre, il eut raison. Le jeune accéléra rapidement pour le suivre. Lanthier ralentit tout aussi rapidement. Il se plia en deux en gardant ses mains sur ses genoux comme pour reprendre son souffle. L'autre continua à avancer en ralentissant, surpris de la tournure des événements. Une fois à une dizaine de pieds de celui-ci, il s'immobilisa pour l'observer. Lanthier leva lentement les bras au-dessus de la tête comme s'il était tenu en joue. Quand ils arrivèrent tout en haut, la vie du jeune agent qui le suivait se termina. Il ne vit jamais l'arme ancestrale des ninjas s'encastrer dans son œil. Son cerveau n'eut même pas le temps d'enregistrer la douleur. Le corps eut un dernier spasme avant que sa vessie ne se vide. Lanthier qui s'était prestement approché, arracha le Shuriken de l'œil du mort. L'étoile de la mort avait encore joué son rôle. Sur une cible immobile comme l'avait été le gars, il ne pouvait pas rater. Il attrapa le cadavre par les pieds pour le tirer jusqu'à un banc de neige. Il le déposa à proximité d'une rangée de poubelles. À cet endroit, il prit soin de le fouiller et confisqua une nouvelle arme. Utilisant le couvercle de l'une des poubelles, il l'enterra du mieux qu'il put. Bon, il n'avait pas le temps de faire mieux. Déjà le téléphone du jeune vibrait furieusement. L'autre homme devait se demander où ils étaient passés. Il repartit à la course en direction de la rue Cartier, espérant que le vieux penserait la même chose que lui. Il ne devait pas lui laisser le temps de réfléchir car si cela arrivait, il allait sûrement appeler des secours. Lorsqu'il déboucha dans la rue, il aperçut la Ford qui venait vers lui. Il ne lui restait qu'une option, il ne pourrait pas toujours les semer. Il fallait prendre un risque. Il jeta un regard autour, il n'y avait presque personne dans cette section de la rue. Il s'avança au milieu de la chaussée. La Ford s'arrêta à deux pieds de lui. Lanthier ressortit l'arme qu'il venait de confisquer en la tenant par le bout des doigts. Il la déposa doucement sur le capot, bien à la vue du conducteur, puis lentement il contourna l'avant de la voiture. Pendant toute l'action, il prit soin de garder ses mains bien visibles devant lui. C'était un code généralement accepté qui signifiait dans l'agence : « Je ne suis pas agressif. » L'autre baissa sa vitre.

— Qu'est-ce qui se passe?

— Votre collègue a déconné! Il a fallu que je lui tape dessus. Je suis désolé!

— Mon collègue? Je ne vois pas…

— Voyons, arrêtons de jouer à ça, nous faisons tous les deux partie d'une agence de pros. Vous savez très bien que vous êtes brûlés!

— Qu'avez vous fait?

Lanthier déposa ses mains sur le rebord de la fenêtre tout en répondant.

— Je vous l'ai dit, je lui ai tapé dessus. Il est hors jeu. Nous devrions aller le chercher, il est dans la ruelle là-bas.

En disant là-bas, il leva sa main et pointa tout naturellement dans la direction de la ruelle. L'autre ne put s'empêcher de tourner les yeux dans cette direction. Les deux mains de Lanthier se refermèrent simultanément sur le cou de son adversaire. En deux secondes, ses mains de maître en arts martiaux avaient écrasé de façon irréparable le pharynx de l'autre. Il relâcha la prise. Pendant encore quelque temps, l'autre resta conscient, cherchant à respirer. Lanthier alla récupérer l'arme sur le capot tout en observant autour. Des gens passaient de l'autre côté de la rue, inconscients du drame qui se jouait tout près. Il entra dans le véhicule au moment où l'autre s'écroulait incapable de respirer. Profitant du fait que personne ne regardait dans sa direction, Lanthier ouvrit la portière et repoussa l'homme sur l'autre siège. Un frisson de plaisir le traversa quand l'autre acheva de mourir. Il se sentit encore plus confiant. Son plan allait fonctionner. Il allait trouver une planque temporaire pour le véhicule puis, après, il rentrerait simplement chez lui. Il consulta sa montre, exactement quatre heures. À ce moment-ci, la troisième équipe ne devait plus savoir quoi faire. Ils allaient donc reprendre leur position normale en attendant de nouveaux ordres. Ils les connaissaient par cœur. Ils étaient tellement prévisibles. Lorsqu'il le verrait rentrer chez lui, ils seraient bien incapables d'imaginer qu'il avait éliminé les deux autres équipes. Il ne leur resterait qu'un choix : attendre leur relève en se demandant ce qui avait bien pu se passer. Il éclata de rire en s'éloignant des lieux. Il avait tué quatre personnes mais ils ne trouveraient ni témoins ni preuves matérielles des meurtres. Du point de vue juridique, on pouvait dire qu'il avait des motifs, qu'il était dans les parages, sans pouvoir le prouver exactement, et qu'il en avait la capacité. Avec un bon avocat, ce serait difficile de le faire condamner. Cependant, il savait qu'il existait une autre justice. Celle de l'agence. Celle-là n'était pas aussi clémente. Une balle? Il rit intérieurement. « Disons plusieurs! »

Marc-Aurèle Deschesne fut un peu surpris lorsque le téléphone sonna dans sa suite à l'hôtel Holiday Inn; il avait précisé au standard qu'il n'accepterait que les appels provenant d'un certain monsieur Lindsay. Celui-ci, alias Gilles Claveau, ne devait l'appeler que s'il était contacté par son mystérieux employeur, de son vrai nom, Marc Lanthier, professeur d'aïkido, comme il l'avait appris depuis peu par son enquêteur. Il saisit le combiné d'un geste mesuré. Il ne s'était pas encore familiarisé avec les sensations que lui procurait son nouveau corps. Le fait d'avoir retrouvé sa corpulence normale semblait légèrement modifier la précision de ses gestes.

Son interlocuteur s'exprimait en allemand, avec des phrases courtes et un langage précis qui ne laissait place à aucune équivoque. Un rendez-vous avait été fixé. Sa doublure était très nerveuse. Lanthier avait utilisé le téléphone au lieu de l'internet pour contacter son double. Cela signifiait qu'il connaissait maintenant l'identité du maître tueur. Lanthier voulait sûrement se débarrasser de celui-ci. Il écouta sa doublure jusqu'au bout, sans jamais l'interrompre. Il se devait de le convaincre de se présenter à ce rendez-vous. Lanthier éliminait le faux Claveau et lui, Marc-Aurèle Deschesne, pouvait désormais dormir en paix.

— Écoutez-moi, je vous comprends. Tout ça vous paraît inquiétant, parce que vous n'avez pas eu le temps de vous habituer à être moi. Mais vous n'avez rien à craindre. Je ne vous avais pas caché que j'avais mené, jusqu'à encore dernièrement, une vie très trouble. Voilà, vous allez à ce rendez-vous. Vous n'avez pas à vous inquiéter. La personne qui vous a fixé le rendez-vous ne me connaît qu'à titre professionnel. Elle ne m'a jamais rencontré en personne. Elle ne connaît même pas ma voix, donc elle ne peut s'apercevoir de rien. Vous ne serez pas en danger, ma réputation dans le milieu sera votre protection et, croyez-moi, c'est une bien meilleure protection qu'un gilet pare-balles. De toute façon, puisque vous êtes si inquiet, je vais faire un effort. Ce soir, je vais jouer votre ange gardien, je serai là dans les parages, prêt à intervenir au moindre problème. Vous m'avez vu tirer, vous savez ce que je vaux de ce côté. Je vous promets que je le garderai constamment en joue, si je détecte quelque chose de suspect, je l'abattrai sur-le-champ. Maintenant réfléchissez! J'ai déjà investi deux millions de dollars sur vous. Je vous permets de faire la belle vie dans ce rôle. Tout ce que je vous demande, c'est de le remplir pendant un an, puis de disparaître comme convenu. Après cela vous aurez vos deux autres millions supplémentaires. Croyez-vous que je me serais donné tout ce mal pour rien? Voyons, soyez réaliste, juste un peu de courage. Rendez-vous compte de la chance que vous avez! Vous allez à ce rendez-vous, vous écoutez tout ce qu'il vous raconte. Vous agissez comme je vous ai dit de le faire, et plus personne du milieu n'essaiera de vous ennuyer. Vous pourrez ensuite mener une vie de pacha, à ne rien faire, sans plus jamais avoir à vous inquiéter de quoi que ce soit.

L'autre l'avait écouté, il posa encore quelques questions, afin de se rassurer davantage, puis il raccrocha en affirmant qu'il serait au rendez-vous.

Marc-Aurèle était ennuyé, il n'aurait pas cru que les événements se bousculeraient aussi vite. Cela ne pouvait signifier

qu'une chose : Lanthier avait décidé d'abattre monsieur Claveau.
Il plaça un disque de musique nouvel âge dans le lecteur. Cela
l'aidait généralement à réfléchir. Pourquoi voulait-on abattre
Claveau? Il se félicita intérieurement, il avait déjà réussi à se
dissocier de son ancien personnage. Il surprit cependant
l'expression chagrinée de son visage en passant devant le miroir
du salon. Fasciné, il s'arrêta pour s'observer. Il était de la même
taille qu'avant, cinq pieds et dix pouces. La première chose qui
retenait l'attention était ses longs cheveux blonds. Ils avaient
été repiqués un à un et lorsqu'il y pensait, comme maintenant,
c'était affreusement douloureux. Une démangeaison qui aurait
rendu agressif le plus invétéré des pacifiques. Il tenta de chasser
la sensation de son esprit pour continuer son examen. Son corps
était maintenant plus enrobé, il n'était pas gros, plutôt massif. Il
était musclé, mais il n'était plus découpé comme à l'époque où
il jouait le rôle de Claveau. Plusieurs cicatrices marquaient son
corps quoiqu'elles étaient, selon les spécialistes, beaucoup moins
évidentes qu'elles auraient du l'être en réalité. Celles de son
visage avaient complètement disparu et son docteur lui avait dit
qu'il n'avait jamais vu quelqu'un cicatriser aussi rapidement.
C'était un fait qu'il avait observé depuis sa tendre enfance, les
blessures qu'il se faisait se refermaient beaucoup plus vite que
la moyenne normale. Sa mère lui avait affirmé que c'était un
don du Seigneur mais, comme il ne croyait pas en Dieu, lui
considérait que cela devait être héréditaire. Il se rappelait
comment à seize ans, il était venu harceler sa mère pour qu'elle
lui dise la vérité sur sa naissance. Elle avait résisté une heure
avant de craquer. Elle lui avoua que son mari n'était pas son
père, comme il s'y attendait. Elle avait un jour rencontré un
homme séduisant, ils avaient fait l'amour et elle ne l'avait jamais
revu. L'histoire était banale mais avait eu le bénéfice de rassurer
son ego. Son intelligence et cette capacité de cicatrisation lui
venaient sûrement de ce père inconnu. Pourquoi pensait-il à cela
maintenant? Son reflet lui fit un sourire enjôleur. Son nouveau
visage était très beau. Il n'était guère différent de l'ancien Marc-
Aurèle Deschesne, enfin des photos de l'époque. Il était juste
un peu mieux. On avait légèrement corrigé l'arête de son nez. Il

avait été rajusté à son âge réel. Avec un tel visage, il était désormais inutile d'essayer de passer inaperçu mais, de toute façon, ce ne serait plus nécessaire.

La montre de Gérard vibra. Il repoussa doucement la tête de sa femme vers l'oreiller. Pendant quelques secondes, il la regarda dormir. Il n'avait pas envie de partir. Son corps était juste là, appelant ses caresses. Il se retint de la réveiller, ils auraient eu le temps, mais elle aurait voulu le suivre et il n'avait plus le goût de discuter de la question. Gérard se leva, commença à s'habiller silencieusement. Il était presque sorti de leur chambre quand l'inévitable se produisit. Elle se réveillait toujours quand il la quittait. Elle lui expliquait que lorsque cela se produisait, elle se sentait subitement seule, frissonnait et que cela la réveillait.

— Chéri, tu ne partiras pas d'ici, à moins que je ne t'accompagne. La police te prend toute la journée et mon père avec son enquête fétiche nous vole une nuit sur deux. Ça suffit! Ou tu laisses tomber ou je viens avec toi.

Déjà elle se levait et enfilait une paire de jeans.

— Caroline, sois raisonnable…

— Minute mon gars, tu n'es pas mon père, ni mon grand frère. Arrête ton cinéma. Tu es censé être amoureux de moi, tu es mon mari. Cette filature n'a rien d'officiel, alors emmène-moi avec toi. Sinon, tu restes ici!

Elle enfilait un gilet quand il reprit.

— Caroline, je ne peux pas faire ça, ton père me tuerait s'il t'arrivait quelque chose.

— Tu préfères que ce soit moi qui te tue.

— Ce serait sûrement moins douloureux, lui dit-il d'un ton humoristique.

— Tu veux parier que si je sortais de ta vie, ça ne te ferait pas plus mal.

Il la regarda interdit. C'était la première fois qu'ils se disputaient réellement et déjà elle le menaçait du pire. Que devait-il répondre? Il se sentit trahi. Comment pouvait-elle vouloir le blesser à ce point-là? Réalisant subitement le mal qu'elle lui avait fait, elle s'élança dans ses bras en pleurant.

— Je ne voulais pas dire ça. Je t'en prie, pardonne-moi. Je t'aime et je veux être avec toi le plus souvent possible. C'est pour ça. Je t'en prie, dis-moi que tu me pardonnes?

— Allez viens, puisque tu y tiens tant. De toute façon, c'est la seule fois où tu vas pouvoir venir. Ton père rentre demain d'Ottawa. Il lui reste encore à témoigner dans quelques procès avant de pouvoir complètement tourner la page.

— Passe devant, vérifie si ma mère ne traîne pas devant la télévision. J'espère que non, sinon je vais devoir passer par la fenêtre.

Gérard s'engagea dans l'escalier le plus silencieusement qu'il pouvait, en pensant que si sa belle-mère était dans le salon, cela lui fournirait un prétexte pour empêcher Caroline de le suivre. Ce n'était pas le cas. Il aurait pu mentir, mais Caroline ne se laissait pas berner facilement. Il s'imagina seul pour une autre nuit dans le camion de son beau-père. Non! Définitivement, pour une fois, il ne serait pas seul.

Chapitre 22

Il était onze heures et demie. Gérard observait les environs de l'appartement de Lanthier avec une certaine nervosité. Caroline était partie depuis au moins quinze minutes pour chercher un lunch. Il espérait que Lanthier ne se déciderait pas à sortir durant ce temps-là. Ce serait vraiment une malchance extraordinaire, mais la possibilité existait. Il avait choisi de s'installer à l'endroit exact où Tony serait, s'il avait été disponible. Ce choix de la part de Tony pouvait paraître complètement aléatoire, mais maître Shi Zilin qui avait été questionné à ce sujet avait été catégorique. Si le suspect devait sortir de chez lui en tentant de ne pas être repéré, il le ferait de ce côté-ci de la ruelle. Gérard aurait éclaté de rire si l'origine de l'affirmation avait été de quelqu'un d'autre, mais maître Zilin avait le don de vous faire croire à l'impossible. Gérard avait remarqué que lorsqu'il observait à la dérobée le regard du maître qu'on pouvait presque penser qu'il regardait à travers vous. Comme s'il voyait une réalité qui vous était invisible. Il aperçut enfin Caroline qui revenait.

Elle était passée juste à côté de la voiture de l'équipe de surveillance des Services de renseignements canadiens. À l'intérieur de celle-ci, Pierre, une recrue, pestait pour la millième fois contre la lenteur du système. Il tenait son cellulaire en main. Chaque deux minutes, il l'ouvrait pour en vérifier le bon fonctionnement. Il avait appelé voilà déjà trois heures pour signaler la disparition des quatre agents des deux premières équipes de surveillance. Une femme à la voix douce lui avait poliment répondu qu'elle ferait le nécessaire pour transmettre l'information à qui de droit. Il ne pouvait pas savoir que celle-ci était une stagiaire et que, sauf en cas d'extrême urgence, elle n'avait pas le droit de contacter un agent de terrain.

Le problème pour Mélanie était que l'agent responsable de leur mission était justement sur la liste des agents de terrain. Elle avait d'abord tenté de joindre un de ses chefs de service, mais celui-ci n'avait pas jugé bon de lui répondre. En désespoir de cause, elle avait finalement fait l'appel qu'elle redoutait. Elle essaya d'abord sans succès sur son cellulaire. Ensuite, elle se risqua à composer le numéro qui portait la mention résidence. Seul le répondeur l'écouta. Elle ne laissa pas de message. Prise d'une surprenante audace, elle décida finalement d'appeler le dernier numéro de sa liste, le père de l'agent. Elle ne savait pas si elle devait se réjouir ou si elle devait s'inquiéter de son initiative. Elle avait dû laisser un message faute de pouvoir lui parler directement. Son père, un homme charmant, lui avait affirmé qu'il lui transmettrait le message dès son retour du dépanneur. Ronny était parti chercher de la bière. Non, il n'avait pas son cellulaire avec lui. Il serait là dans quelques minutes. Mais maintenant, plus le temps passait, moins elle se sentait rassurée. Il aurait dû rappeler depuis longtemps. En réalité, trois longues heures au moins. Peut-être avait-on juste oublié de lui faire le message? D'un autre côté, on ne pourrait pas l'accuser, elle, de ne pas avoir fait le nécessaire. Peut-être que l'agent en question était furieux que l'on ait osé le déranger chez son père? Peut-être avait-il décidé de rappeler l'un de ses hommes sans juger bon de la prévenir? Mélanie se souvenait très bien du regard arrogant de ce fameux Ronny, un gars super beau, mais pas du tout aimable. Assurément, elle ne le rappellerait pas. Elle tenait beaucoup trop à cet emploi.

Finalement, Pierre décida d'outrepasser les règlements de la maison. Il appela directement son supérieur. Ronny se mit à hurler au téléphone dès qu'il apprit ce qui se passait. Ses ordres résonnèrent comme un coup de marteau-piqueur dans l'oreille de Pierre.

— S'il sort, je veux qu'on l'abatte. Pas de sommation, pas de gant. Descendez-le! Assurez-vous qu'il soit mort avant d'appeler l'ambulance. Est-ce que je me suis bien fait comprendre!

Pierre avait réussi à répondre sans bafouiller, même s'il était complètement paniqué. Il n'était pas un agent de terrain. Il n'avait même jamais pointé son arme en direction de quelqu'un dans une situation réelle. Il n'était censé s'en servir que dans les cas de légitime défense. Mais là, son supérieur direct venait de lui donner un ordre très clair. Si Lanthier sortait, lui et son compagnon devraient l'abattre. Il n'avait nulle envie de pointer au chômage lundi prochain. Dès qu'il eut raccroché, Pierre expliqua ce qui se passait à son collègue qui fut tout autant que lui sous le choc. Ce qui ne les empêcha pas de soigneusement visser leurs silencieux sur leurs armes. Ils n'avaient plus le choix.

Il neigeait depuis ce matin et, si cela continuait, on allait battre des records. Les ventes du Boxing Day allaient sûrement s'en ressentir. La visibilité n'était vraiment pas fameuse même si le vent avait diminué. La température s'était adoucie et le thermomètre affichait un clément moins cinq. Lanthier remercia à nouveau le destin pour sa bonne fortune. Mauvaise visibilité, température plus clémente, c'était parfait pour ce qu'il lui restait à faire.

À l'abri des regards, derrière les tuyaux de ventilation de son école, il avait circulé de toit en toit jusqu'à l'extrémité de la ruelle. À plusieurs reprises, il avait effectué des manœuvres risquées mais tout s'était bien passé. Il ne s'était pas blessé. Il ne lui restait plus à présent qu'à sauter du deuxième étage jusqu'au trottoir. Il observa un moment les environs et ne remarqua rien de particulier. De toute façon, il connaissait bien leur manière de faire. L'équipe au sol, qui était chargée de couvrir l'extrémité de la ruelle, devait dormir. Elle serait réveillée par le gars qui surveillait la ruelle avec ses jumelles à infrarouge, mais voilà, eux n'avait pas pu le voir parce qu'il avait utilisé un angle mort; il savait exactement où ils étaient postés. C'était ainsi, l'équipe qui était inconfortablement installée dans une voiture avait le droit de dormir pendant que celle qui était confortablement installée avec la machine à café veillait. Ce n'était écrit dans aucun manuel mais c'était comme ça depuis toujours.

Il attendit que les environs soient déserts, puis sauta en effectuant un roulé-boulé comme il l'avait appris dans un cours de parachutisme. Il se releva rapidement pour se secouer. Le petit manteau beige avait tenu le coup, rien n'était déchiré. Il se rendait compte maintenant qu'avec son nouveau manteau, il n'était pas facile à repérer dans la neige, et bien que ce soit un avantage, il se prit une note mentale à l'effet que, même pour les voitures, il n'était pas facile à voir.

Il venait à peine de se mettre en route quand il remarqua une ravissante adolescente qui marchait en sens inverse de l'autre côté de la rue. Elle portait un manteau à col de fourrure et tenait des sacs fumants qui venaient visiblement du restaurant voisin. Il la suivit du regard. Lorsqu'elle entra dans une camionnette de type tout terrain, la lumière du plafonnier lui donna un bref aperçu de son visage et de celui de son compagnon qui l'accueillit avec un baiser. Les quelques secondes où la lumière resta allumée avant que la jeune fille ne referme la porte lui furent très suffisantes pour reconnaître l'homme en question. Il se souvenait aussi de son nom. « Gérard, vas-y, mets-lui en plein la gueule, allez tu le frappes comme une fille. Gérard t'es capable de faire mieux que ça. Essaye encore. Voilà c'est mieux. » Il revoyait la scène avec tout ce qu'elle comportait de disgracieux et d'humiliation. Le Gérard l'avait drôlement amoché. Mais, maintenant c'était l'heure de payer. Il sut immédiatement ce qu'il allait faire.

Gérard mangeait, profondément écrasé dans son siège, sa tête dépassant à peine du rebord de la fenêtre. Il fixait la sortie de la ruelle tout en mangeant ses frites. Caroline était parfaitement détendue et ne se cachait pas, Gérard lui ayant affirmé qu'elle n'avait pas à le faire puisque le type ne pouvait pas la connaître. Elle remarqua soudain un homme qui semblait attendre quelqu'un juste au coin de la rue. Il s'était avancé pour consulter sa montre sous la lumière du lampadaire. Il agitait la tête dans un geste d'exaspération évidente. Caroline baissa les yeux un moment pour consulter la photo couleur de l'homme qu'ils étaient censés surveiller.

— Hé, mon grand, relève un peu les yeux. Regarde vers le coin. Ce ne serait pas notre bonhomme?

— Bon Dieu! Comment est-il arrivé là sans que je le voie sortir? Bon! pas de panique. Qu'est-ce qu'il fait? ajouta Gérard tout en s'accroupissant au maximum dans le fond du camion.

— Il a l'air d'attendre quelque chose ou quelqu'un.

— Quelqu'un probablement, il n'y a pas d'autobus de nuit sur cette rue.

— Il en a assez. Il vient de changer de coin de rue. Il prend l'autobus Saint-Denis.

— Quelle couleur notre lumière?

— Verte.

— Suis-le. Il y a une fenêtre à l'arrière de l'autobus?

— Non, pourquoi?

— Place-nous derrière l'autobus, comme ça il ne pourra pas nous voir.

La filature se poursuivit sans histoire jusqu'à la rue Sherbrooke où leur homme descendit. Il se mit aussitôt en marche en direction ouest pour finalement s'arrêter dans un abribus à proximité de la rue Beaudry. Caroline immobilisa leur véhicule à une quarantaine de mètres de l'abribus, espérant ainsi qu'ils ne seraient pas trop visibles. Quelques minutes plus tard, un autobus s'arrêta devant lui, mais il repartit en peinant contre la neige qui encombrait la chaussée sans qu'il y soit monté.

— Qu'est ce qu'il fait Gérard? Pourquoi n'a t-il pas pris l'autobus?

— Il doit avoir un rendez-vous et il est en avance. Dans ce cas-là, on attend. Tu te souviens de moi dans le parc?

— C'était marrant de voir ta tête quand mon entraîneur s'est approché de toi.

— Tu ne m'as jamais expliqué cette histoire d'entraîneur.

— Disons que je suis douée pour la course. Vraiment douée, comme tu as pu t'en apercevoir sur la plage.

— Je t'ai quand même attrapée, non?

— C'est seulement parce que je l'ai bien voulu.

Caroline éclata de rire en lui jetant un regard espiègle.

— Tu me fais marcher, là?

— Non pas du tout. J'ai raté la sélection olympique par deux dixièmes.

— Tu n'es pas sérieuse, quand même?

Voyant qu'elle ne répondait pas, il essaya de digérer la nouvelle.

— Tu as l'intention de continuer?

— Avec la permission de mon mari, lui déclara-t-elle d'une voix faussement soumise. Il éclata de rire en s'exclamant :

— Je t'interdis de ne pas continuer.

À son tour, elle éclata de rire avant de lui donner un léger baiser. Gérard la retint dans ses bras. Son cœur battait la chamade.

— Ne me laisse jamais tomber, je ne crois pas que j'y survivrais. Ton rire, ton énergie sont comme l'air que je respire.

Surprise, elle le regarda un long moment avant de répondre. Elle l'aimait. Elle l'aimait depuis toujours. Il y avait en lui une profondeur que les gens ne pouvaient pas voir. Eux ne voyaient que l'homme au physique imposant. Ils ne sentaient pas la force tranquille de son âme. Une montagne de tendresse prête à bondir à la défense de tout être vivant. Il y avait quelque chose dans le regard de Gérard qui lui rappelait celui de son père lorsqu'il croisait le visage de sa mère. Elle eut un autre de ses sourires que Gérard affectionnait tant. Il lui disait qu'il avait l'impression que le monde pouvait s'écrouler autour de lui sans que cela ne l'affecte, pourvu qu'elle lui affiche ce sourire-là. Elle voulut répondre, mais il s'empara fougueusement de sa bouche. Pendant quelques secondes, elle oublia où ils étaient. Elle entraîna sa main dans son manteau, puis sous son chandail. Rapidement ses doigts caressèrent ses seins qui se dressaient de plaisir. En gémissant, elle rejeta la tête vers l'arrière, offrant son cou à ses baisers. C'est à ce moment-là que ses yeux virent l'autre qui les regardait. Elle eut une brève vision de son sourire, comme s'il eût été collé contre la vitre. Gérard sentit que quelque chose avait changé, il cessa de l'embrasser. Au moment exact où il allait lui demander ce qui se passait, Gérard s'aperçut que Lanthier traversait la rue en courant. Caroline fut prise d'un étrange pressentiment. Elle n'avait pas envie que Gérard coure derrière cet homme. Il allait se passer quelque chose d'horrible.

Déjà Gérard sortait en disant : « Verrouille les portes! » Elle ne dit rien. Que pouvait-elle lui raconter? Elle l'entendit ajouter pendant qu'il s'éloignait déjà : « Tu ne bouges pas d'ici. Ce n'est pas un jeu. » Son regard lui intimait l'ordre d'obéir. Elle lui répondit d'un signe pour le rassurer pendant que, dans sa tête, elle pensait : « Les choses ne seront plus jamais pareilles. » Elle ne savait pas pourquoi elle avait pensé cela. Un frisson de peur la traversa. Elle monta le chauffage en se traitant d'idiote.

Lanthier venait d'apercevoir la silhouette de monsieur Claveau grâce à son excellente vision nocturne, un autre cadeau de son père. Claveau marchait d'un bon pas de l'autre côté de la rue. Il laissa à l'autre cinq minutes d'avance. Juste le temps de devenir nerveux, se dit-il. Puis il traversa la rue à toute allure. Le rendez-vous allait avoir lieu dans la ruelle communicante, entre Montcalm et Beaudry. Son suiveur devrait mettre au moins deux minutes pour le rejoindre. Il se méfierait sûrement dans cette ruelle obscure et ralentirait afin de ne pas avoir de mauvaise surprise. Avec le vent et la neige, il ne pourrait pas voir les traces. Peut-être continuerait-il son chemin sur Montcalm sans bifurquer dans la ruelle. Dans ce cas-là, il devrait s'arranger pour le retracer plus tard. Autrement, ce serait un peu juste au niveau du temps, mais il faudrait que ce soit suffisant. Il était trop tard pour changer de plan.

Claveau s'était adossé à une palissade de bois à une vingtaine de pieds de la rue Beaudry, presque dans l'angle mort d'un poteau de téléphone. Lanthier se dit qu'il ne l'aurait probablement pas remarqué s'il n'avait pas su qu'il devait être là. Il ralentit l'allure, ce n'était pas le moment d'affoler Claveau. Il était sûrement armé. Il n'était pas le genre d'homme à hésiter à le descendre s'il se sentait menacé. Il était fort probable qu'il avait lui-même envisagé un scénario quelconque où Lanthier figurait comme cadavre dans la scène. Lanthier continua à s'avancer vers lui en marchant à un rythme normal. Il jeta un coup d'œil par-dessus son épaule de la manière la plus naturelle du monde. À travers le tourbillon de neige, il n'y avait personne pour le moment derrière lui. Il se questionna un instant sur ce qu'il devrait faire si Gérard aboutissait dans la ruelle au moment même où il tuait

Claveau ou juste après. Le Gérard, était-il assez confiant pour ne pas dégainer une arme? Probablement, sinon la fille n'aurait pas été là.

La distance entre lui et Claveau diminuait lentement. Il se demanda s'il n'eût pas mieux valu d'essayer de le descendre avec un Shuriken. Puis, il se dit que le risque était trop grand; s'il ratait son coup, l'autre l'abattrait à coup sûr avant qu'il n'ait réussi à s'extirper de la ruelle. D'ailleurs, si Claveau sortait une arme maintenant, il était cuit. Il n'avait donc pas le choix. Il fallait qu'il continue d'avancer. Intérieurement, Lanthier commença à calculer les pas qui le séparaient de sa prochaine victime. Après un temps qui lui parut une éternité, compte tenu de la possibilité que Gérard débouche dans la ruelle à n'importe quel moment ou que l'autre ne se décide à sortir une arme de sa poche pour l'abattre, il aboutit finalement à six pieds de Claveau où il s'immobilisa.

Pendant dix longues secondes, ils s'observèrent sans rien dire. Lanthier venait de prendre sa décision. Une projection bien calculée devrait faire l'affaire.

— Bonjour monsieur Claveau, je suis désolé de ne pas avoir suivi l'entente. Pourriez-vous vous avancer ici que je puisse apercevoir votre visage?

Pendant que Claveau s'avançait, Lanthier se déplaça afin d'être de dos à la position occupée précédemment par l'autre. C'est alors que Lanthier lui tendit la main.

— Il fallait que je vous parle, face à face. Pardonnez-moi ce changement de procédu...

Dès que leurs mains se touchèrent Lanthier se laissa tomber vers l'arrière en levant les deux jambes pour créer un effet de levier. Claveau s'envola rapidement, emporté par le poids de son adversaire. La trajectoire pour laquelle Lanthier avait opté n'avait rien d'innocente. Claveau percuta violemment tête première le poteau de téléphone. Il s'affaissa sur le sol, inconscient. Lanthier le retourna prestement pour constater les dégâts. Le front de Claveau pissait le sang par une profonde entaille sur toute sa largeur. Il n'était pas mort, et semblait respirer à peu près normalement.

Lanthier releva la tête pour observer les alentours. Il n'y avait toujours aucune trace de Gérard. La rue Beaudry n'était cependant pas déserte. Le talus de neige qu'il apercevait au milieu de la rue associé au bruit de la souffleuse à neige, lui indiquait clairement qu'il n'était pas seul dans les parages. D'ailleurs, un camion rempli à ras bord passa devant la ruelle sans ralentir. La souffleuse, d'après le son, s'était immobilisée un peu plus haut sur la rue. Personne n'avait rien remarqué.

Pourtant, un homme n'avait cependant rien perdu de la scène. Il s'éloignait silencieusement de son poste d'observation à l'arrière de la palissade de bois, jugeant qu'il n'y avait plus rien à voir. Le bruit de son départ fut camouflé par le vent. Il ne regrettait pas la mort de l'homme. Elle était nécessaire. Elle devait survenir un jour ou l'autre pour sa propre sécurité.

Lanthier leva le poing dans le but d'achever sa victime en lui écrasant la carotide, puis il se ravisa. C'était la seule fois que Claveau avait commis une erreur. Il lui devait bien ça. Le maître tueur méritait une mort digne de lui. Lanthier se releva en observant la ruelle. Gérard devait avoir continué son chemin sur Montcalm car il n'était toujours pas là. Il s'avança pour pouvoir regarder la situation dans la rue Beaudry. La souffleuse était effectivement arrêtée à une cinquantaine de pieds plus haut sur la rue. Il réussit à voir distinctement le chauffeur entre deux bourrasques de vent. Celui-ci avait laissé sa tête tomber légèrement vers l'arrière, et avait les yeux fermés pour le moment, s'octroyant un peu de repos avant que le camion suivant ne vienne prendre sa place pour continuer le boulot. Autrement, la rue était déserte. Il eut une idée risquée mais qui le séduisait beaucoup. L'heure n'était plus aux détails, il tenta sa chance. Revenant rapidement à côté de Claveau qui était toujours inconscient, il le chargea sur ses épaules. Quelques secondes plus tard, il disposa le corps sur le rebord du talus de neige que la souffleuse dévorerait sous peu. Le chauffeur n'avait toujours pas ouvert les yeux. Lanthier fonçait vers la souffleuse quand il aperçut Gérard qui s'avançait dans la ruelle en sa direction sans l'avoir vu.

Le chauffeur de camion ouvrit les yeux juste avant que Lanthier n'arrive à côté de son véhicule. Lanthier improvisa en agitant les mains tout en désignant le corps de Claveau qui devait être visible de la position du conducteur. Celui-ci aperçut alors le corps qui trônait un peu plus bas sur le talus. Abasourdi, le chauffeur entreprit d'ouvrir la portière, voulant visiblement devancer l'aide que l'on venait sûrement lui réclamer pour le malheureux qui était étendu là-bas. Il sauta en bas du camion sans se servir du marchepied. Ce geste surprit Lanthier qui n'eut pas le temps de réfléchir à ce qu'il convenait de faire. Il eût préféré se contenter d'assommer l'homme. Il réagit instinctivement. Il le cueillit d'un coup de coude au menton alors qu'il était en plein vol. Le corps recula sous l'impact et la tête du camionneur heurta le marchepied du véhicule lui brisant la nuque. Pendant une seconde, malgré l'habitude qu'il avait prise de donner la mort dans les Services de renseignements canadiens, il regretta celle-ci. Son père l'avait un jour sermonné sur le fait que l'on ne devait pas tuer plus qu'il n'était nécessaire pour se régénérer. Ce n'était pas une faculté qu'il maîtrisait mais, un jour, son père lui avait expliqué brièvement que l'on pouvait obtenir plus d'énergie de la mort d'un homme ayant un esprit fort que d'un simple badaud. C'est pour cela qu'il ne fallait pas tuer inutilement. Il valait beaucoup mieux choisir ses victimes. Cette mort-ci n'était pas nécessaire, elle ne lui avait d'ailleurs fourni presque rien. À peine avait-il ressenti un léger frisson digne de ce nom en comparaison de la dose d'énergie qu'il allait recevoir de l'annihilation complète de Claveau.

Lanthier s'installa au volant, embraya et passa en première vitesse. Il trouva finalement le bouton de mise en marche des mâchoires de la souffleuse. Il dépassa l'embouchure de la ruelle d'où il s'attendait voir arriver Gérard. Après avoir vérifié que le véhicule continuerait tout droit, et ferait sa sombre besogne sans son assistance, il descendit du camion par le côté passager alors que Gérard qui s'était immobilisé sur le trottoir, le découvrit du regard.

— Vous êtes en état d'arrestation, ne bougez plus.

Gérard cria par-dessus le bruit de la souffleuse qui fit entendre quelques instants plus tard un son se démarquant de son habituel vacarme. On aurait dit que quelque chose de très dur ou d'une consistance différente venait d'être hachée. Le tuyau de rejet qui visait un camion fantôme émit une brève quantité de neige rouge puis tout redevint normal, et la souffleuse poursuivit sa course vers le bas de la rue.

Gérard aperçut d'abord le corps du chauffeur de la souffleuse. Par l'angle que la tête faisait avec le reste du corps, il sut immédiatement que c'était trop tard. Quelques secondes supplémentaires lui furent nécessaires pour comprendre le jet de neige rouge. Son esprit se refusait à accepter les conclusions que son cerveau lui criait. Lanthier venait de jeter un homme dans la souffleuse. Il sentit l'horreur monter en lui, pendant qu'en même temps il se sentit enfin soulagé d'un grand poids. Il avait tabassé un tueur finalement. Il pouvait enfin cesser de s'en vouloir.

Lanthier reçut l'onde d'énergie de la mort de Claveau avec plaisir et stupéfaction. Cela n'avait pas été si bien que cela, à peine mieux que lorsqu'il avait tué le grand type des Services de renseignements canadiens dans le bar. Néanmoins, il chassa cette pensée de son esprit. Il avait un problème de taille à affronter. Il devait tuer ce type dans un délai raisonnable, sinon tôt ou tard la chance tournerait. Un témoin surgirait, et la police serait appelée.

Lorsque Gérard s'avança lentement vers lui, il constata avec surprise la différence de taille qui était en jeu. Ses souvenirs l'avaient préparé à un homme à la carrure imposante, mais il ne trouvait qu'un mot pour exprimer ce qu'il voyait à présent : colossal. Ils bougeaient lentement en dessinant un cercle à peu de distance l'un de l'autre, prenant le temps de se jauger un moment du regard. Lanthier, devant ce mastodonte de puissance, comprit immédiatement que le combat devait être court et que chaque coup devait atteindre son but s'il voulait l'emporter. Seules sa science du combat et sa vitesse pouvaient jouer en sa faveur. Un tel adversaire n'avait pas à s'entraîner tous les jours pour être un adversaire mortel, sa force naturelle et sa capacité probable à absorber les coups étaient plus que suffisantes pour venir à bout de n'importe qui.

Gérard bougea le premier, en tentant de le surprendre avec un coup de pied de côté en fauchage. Le coup frôla la cuisse de Lanthier qui s'était reculé d'un pas, impressionné par la manœuvre. Il était maintenant hésitant sur la tactique à employer. Qui eût cru qu'un type de ce gabarit se donnerait la peine de suivre des cours d'arts martiaux. Il était clair que pour avoir un tel jeu de jambes, il fallait l'avoir appris. Il appela à lui toute l'adrénaline disponible dans son corps. Ce n'était plus le temps de penser à la sécurité. Ce combat devrait être le dernier de la journée d'une façon ou d'une autre. L'autre lança un coup de poing vers son visage, qu'il esquiva de côté sans difficulté, mais le coup de pied que l'autre enchaîna le força à effectuer une roulade sur le sol pour éviter un impact qui n'aurait pas manqué de lui enfoncer plusieurs côtes. Le pied de Gérard ne rencontrant que le vide continua sa trajectoire, percutant avec violence l'aile arrière d'une voiture qui était en stationnement et qui se cabossa profondément comme si elle eût été faite en vulgaire papier mâché. Lanthier sentit subitement la puissance l'envahir. L'adrénaline faisait enfin son effet. Il n'avait jamais été doué pour contrôler le phénomène, mais au moins il y parvenait. Ses muscles furent survoltés, et une nouvelle confiance s'installa en lui.

— Maintenant, Gérard tu vas mourir comme le petit salaud que tu es. Après j'irai m'amuser avec ta petite poupée, en haut. Tu sais, la petite adolescente dans le camion gris.

Gérard comprit que ce combat n'était pas dû au hasard, l'autre connaissait leur présence depuis le début. Cela l'inquiéta un peu, et le mit en colère. Elle n'aurait pas dû être là. Il le savait. Si quelque chose lui arrivait, ce serait entièrement de sa faute. Son raisonnement s'interrompit à cet instant, alors qu'il bloquait presque nonchalamment du revers de la main un coup de pied de côté qu'il repoussa vers l'extérieur. Il y repensa immédiatement. L'autre ne pouvait aller lui faire du mal sans qu'il s'interpose, alors pourquoi se sentait-il si inquiet? Un léger malaise l'envahit. N'était-il pas certain de le battre?

Lanthier répéta la même manœuvre, mais cette fois il enchaîna avec un second coup de pied qui visait les doigts de la main qui bloquait. Il avait remarqué que la main ne se retirait pas avec suffisamment de vivacité et constituait une cible parfaite. Il allait lui briser la main, la douleur dérangerait sa concentration et il pourrait ainsi placer de meilleurs coups afin d'en finir rapidement. Le coup de pied atteignit la cible mais ne sembla pas provoquer l'effet escompté. Gérard replaça sa main dans sa position de garde comme si rien ne s'était passé. Lanthier fut ennuyé. Il venait de constater qu'il ne lui restait plus qu'un choix. Il devait entrer à l'intérieur de la garde de l'autre, ce qui signifiait simplement qu'il devait se battre à courte distance, et par le fait même accepter de prendre des coups.

Il s'approcha de deux pas et, à la vitesse de l'éclair, il enchaîna trois coups en direction du plexus solaire. L'un d'entre eux fit suffisamment mouche pour couper temporairement le souffle de Gérard qui se trouva incapable de réagir pendant un bref moment. Lanthier, misant sur l'effet de surprise, empoigna Gérard par le poignet et sous l'aisselle afin de le projeter. Utilisant toute sa puissance, il parvint à le lancer contre la même voiture qui avait déjà subi des dégâts. Gérard atterrit violemment sur le ventre. Le devant de la voiture s'enfonça pendant que la vitre avant se craquela. Lanthier ne rata pas l'occasion, avec une trajectoire parfaite, il cibla le bas du dos d'un magistral coup de pied. Gérard grogna de douleur pour la première fois du combat. Lanthier ne lui laissant pas le temps de se retourner, l'atteignit à deux reprises à la jambe, juste au-dessus du genou. Les coups n'avaient pas pour but de lui briser quelque chose, mais de le ralentir suffisamment pour que ça devienne possible. Gérard prit trois autres atémis à la poitrine en se retournant. Il se sentait légèrement engourdi. Il n'arrivait pas à comprendre comment l'autre avait pu trouver la force pour le projeter de cette façon, même l'inspecteur, qui était loin d'être un amateur n'y était jamais parvenu. Il y avait bien maître Shi-Zilin qui lui avait fait le coup dernièrement mais lui, c'était différent. Il y avait chez lui un je-ne-sais-quoi qui rendait banal l'impossible. Lanthier crut un moment que l'autre avait été plus salement touché qu'il ne l'avait d'abord supposé. Il s'élança pour un atémi mortel à la gorge, sachant que le plus musclé des adversaires ne peut résister à un tel coup bien appliqué. Certes, frapper à la gorge de l'autre avec cet angle n'avait rien de commode, mais lorsqu'on est un maître on ne s'arrête pas à de telles considérations.

Son atémi ne toucha pas la cible. Gérard, profitant de sa très longue portée de bras décocha un coup violent au visage de Lanthier. Celui-ci fut littéralement catapulté vers l'arrière, son nez brisé net sous l'impact. Si ce n'avait été d'une opération qu'il avait subie, comme la plupart des boxeurs professionnels, consistant à se faire enlever l'arête supérieur du nez, celle-ci se serait probablement enfoncée dans son cerveau, le tuant sur le coup, comme cela avait été le cas de l'agent que Lanthier avait lui-même tué dans le bar quelques heures plus tôt. Sonné, c'est néanmoins d'un coup de reins que Lanthier se remit debout. Gérard s'avançait vers lui en boitillant, seul signe visible du combat. Lanthier se mit à combattre activement un étourdissement qui menaçait de lui faire perdre l'équilibre. Il était salement amoché, du sang coulait abondamment de son nez, sa lèvre supérieure était déchirée. Il devait lui manquer la moitié de ses dents d'en avant qu'il recracha avant de s'étouffer avec. Il n'était pas prêt, et déjà l'autre était presque à portée de le frapper. Il commença à reculer, cherchant du regard quelque chose qu'il puisse utiliser comme arme.

Gérard avançait en boitillant avec parfois une légère grimace de douleur, tandis que Lanthier reculait en se tenant prudemment hors de portée. Son saignement de nez s'était arrêté sans qu'il ait besoin de s'en occuper. Il remarqua qu'il venait tous les deux de passer sur les restes de Claveau comme s'il n'eût été qu'un vulgaire paquet de linge sale, ce à quoi cela ressemblait, et ce que c'était en réalité, pensa Lanthier en esquissant un sourire.

La pointe de la botte de Gérard le surprit à la hauteur des côtes, il bascula vers l'arrière, tomba une dizaine de pieds plus loin après avoir roulé deux fois sur lui-même. Il se releva en grimaçant, commandant mentalement un processus d'anesthésie locale. Il devait avoir au moins deux ou trois côtes fêlées ou de brisées. Il se remit immédiatement à reculer malgré la douleur.

Ce moment d'hésitation avait bien failli lui être fatal. Si l'autre l'avait touché au visage avec cette force d'impact, il lui aurait sûrement brisé la nuque. Il réalisa tout à coup avec stupeur qu'il commençait à envisager la défaite. « Pourquoi est-ce que j'essaie de me faire tuer? Ma mission est accomplie, Claveau est mort. Ma vengeance... » L'idée lui traversa l'esprit telle une vague de douleur. La fille était en haut à attendre l'autre. Lanthier éclata de rire. Il rompit le combat en courant d'abord à reculons, puis tourna le dos à son adversaire qui visiblement, malgré ses efforts, n'arriverait pas à le rattraper.

Lanthier qui avait remonté la pente déboucha sur la rue Sherbrooke avec plus de deux cents pieds d'avance sur son poursuivant. Observant un moment les environs, il repéra rapidement ce qu'il cherchait.

Le camion se trouvait maintenant de ce côté-ci de la rue, sur sa droite, à moins d'une centaine de pieds du coin. Pour une raison ou pour une autre, la jeune fille avait dû être obligée de le déplacer et, afin de se rendre visible à son compagnon, elle avait engagé les feux d'urgence du véhicule. Celui-ci lui tournait présentement le dos, ce qui lui facilitait grandement la tâche pour s'en approcher sans être remarqué.

La douleur de ses côtes brisées s'était évanouie comme par enchantement, ce qui lui permit d'accélérer son approche. Il plia les genoux, et c'est en avançant ainsi à moitié accroupi qu'il parcourut les trente derniers pieds avant d'arriver à la hauteur de la portière arrière du camion. Il s'y arrêta pour évaluer la situation. Jetant un regard vers l'arrière; il constata avec satisfaction que Gérard n'était pas encore visible au coin de la rue. La jeune fille était assise, côté conducteur. Il décida de longer le véhicule, côté passager, avançant à genoux dans la neige. Le véhicule étant muni d'une suspension surélevée, elle n'avait aucune chance de l'apercevoir. Rendu à l'avant du camion, il sonda mentalement ses forces. L'effet de l'adrénaline qu'il avait fait circuler dans son sang était encore présent. Il se concentra une seconde, le temps d'ajuster son coup, puis abattit son coude dans le phare gauche. Celui-ci éclata comme du cristal et s'éteignit. Il ne sentit même pas la douleur : son coude s'était entaillé dans l'action. La réaction qu'il espérait ne se fit pas attendre. Le bruit de la portière lui confirma que son idée avait été la bonne.

Elle n'eut pas le temps de l'apercevoir avant qu'il ne l'atteigne juste en dessous du genou de toute la puissance dont il était capable. Une esquille d'os perça la peau de la jambe. Caroline lança un hurlement de douleur qui glaça le sang de Gérard; il progressait maintenant lui aussi vers le camion. Il accéléra le pas réussissant presque à courir. Chaque fois que ses jambes touchaient le sol, il sentait les muscles de sa cuisse se déchirer. Pendant ce temps, Lanthier avait empoigné Caroline sous les bras, et l'avait remise debout, de force. Il la poussait fermement contre le capot tout en la soulevant de terre. Elle n'avait pas perdu conscience, malgré la douleur. Peut-être la peur était-elle suffisante pour l'empêcher de se rendre compte qu'elle souffrait déjà le martyre. Lanthier approcha son visage jusqu'à frôler celui de Caroline. De loin, on aurait pu les prendre pour deux amoureux, les yeux dans les yeux. La peur qu'il lisait dans ses yeux était bonne à sentir. Il aurait voulu pouvoir profiter entièrement de la situation, l'avoir à sa merci pendant quelques heures. Elle était d'une catégorie à part, de celles qui vivent intensément. Son instinct de prédateur le lui criait de toutes ses forces.

— Il m'a salement amoché, mais il est mort.

Caroline ne semblait pas avoir compris sa déclaration, puis il devina sa réaction une fraction de seconde avant qu'elle n'advienne. Il écrasa sa bouche ensanglantée sur la sienne, et but son premier sanglot. Enveloppée dans un maelström de peine et de peur, elle n'essaya même pas de résister. Il écarta doucement sa bouche de la sienne sondant à nouveau son regard. Un brouillard de larmes lui indiqua qu'elle s'abandonnait à la défaite. Une première onde d'énergie provoquée par son désespoir envahit le corps de Lanthier qui en frissonna de plaisir. Il exultait, c'était la première fois qu'il ressentait un tel plaisir. Il sentait son propre corps qui tressaillait, comme avant l'orgasme. « Pouvait-il la pousser plus loin dans son malheur? Peut-être pourrait-il augmenter ainsi son propre plaisir. »

— Je vais te violer comme une vulgaire petite pute.

Elle ne réagit même pas à cette nouvelle perspective d'horreur. Il comprit alors qu'il n'y avait plus grand-chose à tirer d'elle. Il pouvait continuer à se nourrir de sa douleur, mais elle devenait pour lui trop commune, jusqu'à lui être indifférente. Un sentiment de danger surgit subitement en lui, il jeta un coup d'œil sur sa droite et il vit Gérard qui réduisait rapidement l'écart, à mi-distance, entre le coin de la rue et le camion. Celui-ci hurla une seconde plus tard se voyant découvert.

— Lâche-la salaud!

Lanthier remarqua que le corps de Caroline semblait de nouveau habité par une vie nouvelle. Elle aussi avait entendu. Elle commença à se débattre. Il la regarda calmement pendant qu'elle le frappait au visage. D'un geste moqueur, il la lâcha subitement comme pour obéir à l'admonition de Gérard. Caroline, qui n'avait pas prévu ce geste, toucha le sol en hurlant, sa blessure au genou s'aggravant encore. Lanthier la rattrapa avant qu'elle ne glisse au sol, la jetant à moitié sur le capot, la retournant sans ménagement. Il releva ensuite son manteau d'hiver, puis se mit à lui tâter le bas du dos tout en surveillant l'approche de Gérard. Sûr de lui, il le défia.

— Tu la veux, ta poupée. Eh bien! je te la laisse, mais comme poupée seulement!

Lanthier la tira doucement vers l'arrière la faisant glisser sur le capot, puis en sautant légèrement il lui appliqua un coup de genou juste au-dessus de la hauteur des fesses. Elle tressauta violemment, alors que son corps s'arquait d'un seul coup vers l'arrière. Elle perdit automatiquement le contrôle de sa vessie. Déjà Lanthier courait en s'éloignant de sa dernière victime. Celle-ci, inerte, glissa au sol dans sa propre urine, une seconde trop tôt pour que Gérard puisse la soutenir.

Elle était face contre terre, les yeux largement ouverts. Gérard tomba sur le sol, incapable de penser. Quelque chose de terrible venait de se produire. Son cœur allait exploser d'un moment à l'autre. Sa main tremblait quand il toucha sa nuque. Il sentit la chaleur tiède de son corps, et cette même douceur qui le rendait complètement fou. Son désespoir l'aveugla encore un moment avant qu'il ne finisse par remarquer qu'elle gémissait de douleur. Elle était vivante. Il n'arrivait presque pas à y croire.

Lanthier ne s'était guère éloigné de plus d'une cinquantaine de pieds avant qu'il ne soit frappé par des vagues successives d'énergie très puissantes qui le comblèrent de bonheur. Il cessa de courir et continua à s'éloigner en marchant sans se retourner, se concentrant sur cette nouvelle sensation. Avec ce nouvel apport d'énergie, il se sentait presque de taille pour retourner achever ce qu'il avait commencé, mais il décida de ne pas le faire. « Elle n'était pas comme les autres, pensa-t-il. Elle n'a pas perdu conscience, malgré la douleur. Là, chapeau! Il n'y a pas grand monde qui pourrait se vanter d'un tel exploit dans les mêmes circonstances. Mieux encore, la poupée s'est rendu compte qu'elle n'était plus qu'une simple poupée. Ma vengeance va durer longtemps. Pauvre gars, tu vas d'abord souffrir, en continuant de l'aimer. Cela prendra peut-être du temps, mais tu finiras par en avoir pitié, puis un jour t'auras besoin de quelque chose de plus, tu la laisseras tomber en te maudissant, et ce sera le début de la fin. »

Le premier impact surprit Lanthier dans ses réflexions. Le projectile le traversa de part en part, presque au milieu du dos, à la hauteur des omoplates. Cela le stoppa, mais ne le fit pas tomber. Il se retourna.

Gérard ne s'était éloigné que de quelques pas de Caroline et avait adopté la position du tireur prescrite dans tous les bons manuels de police. Il se remémorait les recommandations de son instructeur de tir : « Lorsque vous n'êtes pas sûr de vous, visez au centre de la cible, visez le tronc. » Il y était finalement parvenu. Il ne l'aurait jamais cru. Jamais il n'aurait cru qu'il puisse utiliser son arme de service pour autre chose que du tir à la cible. Même dans les pires circonstances, il n'avait jamais envisagé de s'en servir. Mais Caroline lui avait parlé. En fait, elle avait murmuré, mais il avait très bien entendu : « Je ne sens plus mes jambes, il m'a brisé la colonne », avait-elle dit en sanglotant. Il lui avait répondu que tout irait bien, qu'elle était sous le choc. Elle avait repris : « Je serai paralysée, tue-le, tue-le pour moi. » Subitement lui aussi avait eu l'affreuse conviction qu'elle avait raison. L'autre avait agi ainsi volontairement.

Il tira à nouveau. Le second projectile frappa Lanthier un pouce au-dessus de la ceinture, en plein centre du ventre. Il tomba à la renverse, emporté par une vague de douleur. Gérard commença à abaisser lentement son arme. C'était fini. Il l'avait tué, sans sommation. Et il mentirait sans honte. Caroline aurait besoin de lui à ses côtés, pas en prison. Il tira un coup de feu en l'air pensant en lui-même à son rapport : « J'ai tiré, une première fois, un coup de semonce mais le prévenu ne s'est pas arrêté. J'ai ensuite tiré dans sa direction, il s'est retourné et ne m'a pas semblé atteint. J'ai crié, mais il a voulu repartir, j'ai tiré à nouveau. Trois balles en tout. Vérifiez! »

Sa réflexion n'avait pas dû durer plus de cinq secondes, quand il vit Lanthier qui se relevait lentement. Il n'arrivait pas y croire. Il avait entendu toutes sortes d'histoires dans la police, mais là. Il était sûr qu'il l'avait touché. Il se remit en position.

La panique s'empara peu à peu de lui. Caroline était juste à côté de lui, étendue dans la neige souffrant le martyre, peut-être paralysée pour la vie. Sa vision s'embrouilla. Il fit feu au moment où Lanthier se remettait en marche pour s'éloigner. Ses mains se mirent à trembler alors qu'il pensait : « Salaud, tu dois mourir, pas de prison pour toi. Tu dois mourir comme tout le monde. »

La première balle toucha le sol avec un petit sifflement quelques pas de Lanthier qui ne réagit même pas. Il continua à s'éloigner lentement. La deuxième balle se perdit dans un immeuble voisin. La troisième heurta le pare-brise d'une voiture qui venait en leur direction. Le conducteur atteint à la gorge mourut en donnant un coup de volant qui projeta sa voiture sur un lampadaire en bordure du trottoir. Gérard, dans un état second, ne fit pas le lien entre les deux événements; il tira à nouveau, ne tenant compte que du fait que Lanthier était toujours debout. Cette fois-ci, il vit nettement l'impact. La tête de Lanthier fut catapultée vers l'avant et une giclée de sang éclaboussa la chaussée pendant sa chute.

Gérard n'hésita pas un instant, il laissa tomber son arme en se précipitant aux côtés de Caroline. Elle avait perdu conscience et sa respiration était difficile. Gérard diagnostiqua un état de choc. Il ouvrit la portière du camion et empoigna le micro du radio-émetteur. Il lança un appel d'agent en détresse et demanda des ambulances. Il dut se reprendre à deux fois avant de réussir à sélectionner la fréquence de la police tellement ses mains tremblaient. Il se sentait au bord de la crise de nerfs. Il se parla pour essayer de se calmer.

— La mettre au chaud. Non, non, la couvrir, c'était ça la bonne idée, ne jamais déplacer un blessé dont on soupçonne des blessures possibles à la colonne vertébrale à moins que cela ne soit absolument nécessaire, au risque d'aggraver ses blessures. La couverture dans le coffre. L'inspecteur a toujours une couverture de sécurité dans le coffre de son camion de chasse.

Il continua ainsi, presque complètement inconscient de ce qui se passait autour de lui. Il entendit une voiture passer avec un bruit de vieille bagnole, mais il n'y fit pas attention. Il pensa à pousser le chauffage du camion au maximum afin de bénéficier du peu d'air chaud qui en sortirait. Dans le lointain, des sirènes de police hurlèrent à la mort en convergeant vers lui. Un souvenir refit surface. Il se rappela la fois où il était à bord d'une voiture de patrouille durant un événement similaire. Il s'était engueulé avec le conducteur, le traitant de malade mental parce qu'il avait roulé à cent quarante sur Sherbrooke. L'agent qui était plus vieux que lui s'était contenté de répondre sans élever la voix : « Quand un pote crie à l'aide, je n'arriverai jamais assez vite, mais je ferai de mon mieux! » Maintenant il comprenait. Il espérait que tous ceux qui venaient vers lui agiraient de la même façon que ce conducteur. Ce fut sa dernière pensée cohérente avant qu'il n'éclate en sanglots.

Durant ces événements, à peine à quelques rues de distance, un homme d'allure élégante s'installait au volant de sa voiture de location. Il secoua ses longs cheveux blonds afin de se libérer des flocons de neige qui s'y étaient réfugiés. Ce mouvement réveilla la démangeaison de son cuir chevelu, et ce n'est qu'avec un suprême effort de volonté qu'il réussit à s'empêcher de se gratter furieusement la tête. Poussant un long soupir, il s'alluma une pipe. Il se mit à réfléchir à ce qu'il venait d'assister. Quelque chose n'allait pas. Il ne se sentait pas satisfait, alors qu'il aurait dû l'être. Sa doublure assassinée. Il ne risquait plus rien. Personne ne réussirait jamais à remonter jusqu'à lui. Pourquoi alors se sentait-il donc si inconfortable?

Pendant un moment, le flot de ses pensées s'interrompit, il eut une brève absence. Les nombreuses opérations, la fatigue du voyage, la conférence de presse, il se rendait bien compte que c'était trop, même pour lui. Il supposa que, si juste un moment, il consentait à fermer les yeux, il risquait de s'endormir pour quelques heures. Pire encore, un policier viendrait peut-être le réveiller, le questionnant sur les raisons de sa présence en ce lieu.

Il n'arrivait pas à réfléchir normalement, ses pensées tournaient sans cesse en rond, sans qu'aucune déduction logique n'en résulte. Il avait même eu, depuis qu'il avait quitté son poste de surveillance, deux émotions plutôt bizarres, un peu comme si elles ne lui appartenaient pas. Il avait subitement eu peur de mourir. C'était étrange. C'était comme s'il avait eu peur de mourir mais qu'en même temps, il était convaincu que ce n'était pas lui qui était visé. Cela n'avait rien à voir avec la crise d'angoisse qu'il avait faite juste avant de quitter le pays. Cette fois-là, il s'était senti menacé personnellement. Puis, tout à l'heure, en arrivant près de la porte de la voiture, il avait ressenti un frisson de plaisir. Pas de ceux que l'on ressent avec une femme. Non, quelque chose de plus près de celui que l'on a lorsqu'on est fier de dominer la situation. Le moment le plus similaire qui pouvait se rapprocher de ce sentiment avait été lors du meurtre de la femme. Comment il l'avait manipulée, forcée à s'avilir, la trompant jusqu'au dernier moment, la baisant deux minutes avant de la tuer dans la salle de bain. Oui, c'était quelque chose de très proche comme sensation.

Il allait partir quand des détonations résonnèrent dans l'air. Il les reconnut immédiatement pour ce qu'elles étaient, des bruits de coups de feu. Dans un suprême instant de lucidité, il eut tout de suite la certitude que ces coups de feu étaient reliés à lui d'une manière ou d'un autre, puis une conclusion s'imposa alors rapidement à lui. Lanthier venait de se faire descendre, et avec lui disparaîtrait la dernière possibilité de connaître les véritables motifs derrière tous ces meurtres en apparence gratuits. C'était plutôt ennuyeux, car il s'était mis dans la tête d'en comprendre le pourquoi. Il avait même songé à essayer de le faire arrêter. Il se serait ensuite proposé pour tenter de comprendre le criminel. Cela aurait été un superbe défi pour son intelligence mais, tout à coup, tout semblait perdu.

Il y eut encore des coups de feu. Il aurait dû partir tout de suite. Ne pas rester. Quelqu'un pouvait le voir, et le reconnaître. Ce qui serait tout de même un peu ennuyeux. La voix d'un procureur imaginaire résonna dans sa tête : « Que faisiez-vous dehors à une heure du matin en plein milieu d'une tempête de neige? Avouez que c'est plutôt étrange, surtout si on tient compte que vous veniez juste de descendre d'un avion en provenance directe de l'Espagne, voilà quelques heures à peine. » Sa réponse sonnait faux quoique inattaquable : « Je me promenais, votre Honneur. Est-ce un crime? » Oui, il aurait dû partir, mais son instinct de prédateur lui disait de rester et, comme celui-ci l'avait toujours bien servi jusqu'à présent, il obéit.

Dans cette tempête, à la vitesse où l'autre voiture le croisa, nul autre que lui n'aurait eu le temps de noter l'avant défoncé du véhicule. Il n'eut cependant pas le temps de remarquer que son pare-brise arborait un trou bien net en face du siège du conducteur. Une chose était certaine, il roulait beaucoup trop vite pour la condition glissante de la chaussée. Marc-Aurèle hésita une brève seconde, il fit patiner les pneus de sa propre voiture, lui faisant faire un volte-face complet et se lança dans la poursuite.

À l'intérieur du véhicule poursuivi, Lanthier conduisait dans un état second, inconscient d'être suivi. Son véhicule zigzaguait comme celui d'un homme ivre. Il brûlait les feux aux intersections sans même se rendre compte d'avoir frôlé l'accident à plusieurs reprises.

Son cerveau réagissait exactement comme un appareil ayant un problème de court-circuit, ses pensées effleurant par intermittence le niveau de sa conscience. Son instinct de préservation avait désormais pris presque toute la place, et lançait des ordres impérieux : diminuer le rythme cardiaque, augmenter le facteur de coagulation afin de minimiser au maximum les pertes de sang, bloquer les récepteurs de douleur afin de rester fonctionnel. Nouvelle tentative d'insensibilisation de la région abdominale. Tous ces phénomènes ne prirent environ que deux minutes avant d'être efficaces.

Peu à peu la conscience de Lanthier commença à émerger. Il remarqua d'abord que tout l'avant de son manteau était couvert de sang, sondant brièvement son corps, il découvrit ses deux blessures à l'abdomen. Surpris, il enregistra la présence d'un cadavre à ses côtés. Il supposa immédiatement que celui-ci devait être l'ancien conducteur de l'automobile dans laquelle il était. Cela l'amena à faire plusieurs constatations. Il ne se rappelait pas comment il avait abouti dans cette voiture ni où il allait.

La lumière de l'intersection décida pour lui. D'un violent coup de volant, il obliqua vers la droite pour remonter la rue Côte-des-Neiges. Où est-ce que je vais se questionna-t-il? Comme pour répondre à sa question, l'immense bâtiment de l'Hôpital Général se dressa subitement à sa gauche. Il en déduisit rapidement sa destination, l'hôpital, quoiqu'il n'y allait pas pour ses blessures, de cela il était certain. Il revit une jeune femme. Pendant qu'il se concentrait sur son image, il ressentit une violente douleur à la tête. Le temps d'un clignement d'œil, la route disparut. Sa main se porta machinalement à sa tête et ce qu'il y constata le plongea dans la plus grande consternation. Il lui manquait une partie de sa boîte crânienne. Un liquide blanchâtre visqueux qu'il reconnut pour ce qu'il était lui resta dans la main.

— Maria, je vais voir Maria. Maria Campelli, trente-trois soixante-quinze, rue Dupuis, appartement numéro…

Sa réflexion d'abord triomphante s'éteignit subitement alors qu'il n'arrivait plus à retrouver le numéro d'appartement. Comme un médecin l'aurait fait, il analysa sa propre blessure. La balle était entrée par l'arrière, du côté gauche. Il freina à l'intersection sans savoir pourquoi. Observant les différentes directions qu'il pouvait prendre, il s'interrogea, sentant la peur le gagner. « Où est ce que je vais? » Il ne fallait pas qu'il aille à l'hôpital! Il suivit la route principale qui obliquait vers la droite s'éloignant ainsi de celui-ci. Il sentit pendant un moment qu'une partie du raisonnement lui échappait mais il se fia à son instinct. Ses mains se crispèrent de toutes ses forces sur le volant quand la vague de douleur le frappa.

— Maria, aller voir Maria!

Il devait faire cesser la douleur car il allait devenir fou, il le savait. Il avait l'impression que quelqu'un lui triturait la cervelle de l'intérieur. Puis une idée plus claire que les autres s'imposa à lui, la balle était toujours là à l'arrière, en plein dans la zone mémorielle. Une vague de peur l'envahit, mourir par l'oubli. Mourir parce qu'il ne savait plus qui il était.

« La blessure ne saigne plus. Concentre-toi, Maria Campelli », s'ordonna t-il. La douleur revint d'un coup anéantir ses efforts de raisonnement. Il approchait de sa destination, mais de quelle destination se demanda-t-il au bord de la panique? « Maria... Campelli, trente trois soixante-quinze, quelque part sur la gauche, j'y suis presque », réussit-il à penser. Il remarqua, sur le tableau de bord, un bloc-notes muni d'un stylo à bille. Son corps se pencha de lui-même vers celui-ci pour l'atteindre. Le bloc-notes était fixé sur le dessus du tableau de bord. Il commença à écrire.

Une voiture de police le croisa à toute allure. Les policiers décidèrent que, même si l'homme qui conduisait devait être probablement ivre à en juger par les zigzags qu'il effectuait, leur collègue qui appelait à l'aide avait la priorité. Ils continuèrent leur route en direction de Gérard.

Une minute plus tard, la douleur revint, plus forte encore. Des neurones cérébraux commencèrent à se disloquer, en provoquant une sensation d'explosion à l'intérieur de son crâne. Tout son corps se raidit. Du sang se mit à couler de ses yeux, tandis que la pression augmentait à l'intérieur de sa boîte crânienne. Lui, il se concentrait incapable de réagir. Son pied quitta l'accélérateur sans qu'il en prenne conscience, se rétractant vers lui, tétanisé par la douleur. De l'encre gicla dans sa main alors que le stylo se brisait entre ses doigts, puis les os de son crâne se fendillèrent pour laisser échapper la pression. Sa dernière pensée consciente fut : « Père! »

Son véhicule heurta doucement une autre voiture qui était stationnée sur le côté de la route, avant de finalement s'immobiliser. L'automobiliste derrière lui, qui avait depuis longtemps soupçonné que quelque chose n'allait pas, dû au comportement erratique de la voiture qui le précédait, s'arrêta. Il accourut auprès de la voiture accidentée comme tout bon samaritain l'aurait fait. Il se contenta cependant d'observer la scène dont il enregistra rapidement les différents éléments. Au moment où il allait partir, un bloc-notes taché d'encre retint son attention. Il aperçut ensuite le stylo qui était broyé dans la main droite de Lanthier. Il se décida, il empocha le bloc-notes avant de disparaître.

Deux minutes de plus et il aurait eu à expliquer sa présence aux policiers qui s'arrêtèrent sur les lieux de l'accident. Les premières voitures de patrouille venaient de confirmer leur présence auprès de l'agent en danger. L'agent Bouchard avait donc ralenti sa course, cent trente kilomètres-heure par un temps pareil. C'était de la vraie folie. Un peu plus et il manquait cet accident.

— Probablement un homme qui s'était endormi au volant, lança-t-il à son jeune collègue. Celui-ci s'exclama :

— On aurait pu avoir un accident espèce de malade mental. Bouchard lui répondit le sourire aux lèvres : « Quand un pote crie à l'aide, je n'arriverai jamais assez vite, mais je ferai de mon mieux! »

Chapitre 23

La musique remplissait entièrement la pièce. L'homme la sentait couler sur lui avec la même bienfaisante action régénératrice qu'une bonne douche d'eau chaude. Il aimait Bach. Il était l'un de ces maîtres de génie qui avaient su emprisonner une partie de l'émotion humaine à travers un simple système de notation musicale.

Repensant au maître, des souvenirs refirent surface à son sujet. Il se souvint d'avoir assisté à un concert où maître Bach avait dirigé l'orchestre. C'était en mille sept cent dix-sept, le concert avait eu lieu à la cour du prince Léopold d'Anhalt. Cette soirée lui avait apporté quelque chose de très particulier. La prestation avait été si parfaite que plusieurs se laissèrent emporter par l'émotion, et nombreux furent ceux qui versèrent des larmes de joie. Il fut parmi eux. C'est ce jour-là qu'il apprit le bonheur et la force des larmes. Il avait même eu le privilège ultime de serrer la main du maître. Il avait eu l'impression que Bach ne vivait pas complètement dans le même monde que la majorité des gens. Lui-même disait à la blague que lorsqu'il se concentrait suffisamment longtemps, il entendait la musique des anges. Cela l'avait beaucoup troublé puisqu'il n'était pas croyant. À cette époque, les croisades l'avaient déjà débarrassé de toutes ses superstitions inutiles. Les autorités religieuses, d'un côté comme de l'autre, avaient béni toutes ces tueries inutiles. Après, il n'avait plus jamais cru en Dieu. Il revoyait la scène de sa rencontre avec Bach dans tous ses détails et avec une netteté qu'une caméra d'aujourd'hui n'aurait pas manqué de lui envier.

En mille sept cent dix-sept, il était un petit homme maigre, aux gestes nerveux. Il se rappela la bonne odeur de cèdre qui émanait du lutrin, dans la loge du maître. Il s'était dit, à ce moment-là, que l'on avait dû l'acheter spécialement pour cette occasion. Il visualisa la scène d'un bout à l'autre avant de revenir vers le présent.

Ce retour au présent n'était jamais instantané, il s'accompagnait toujours d'images, pigées au hasard dans ses souvenirs. Il devait alors s'appliquer à ne pas s'y attarder au risque de rester perdu dans ses pensées pendant quelques jours comme il en avait déjà fait l'expérience. Cela avait bien failli être fâcheux.

Il se concentra sur la jeune femme qui ne devait pourtant revenir que dans quelques heures. Maria était partie accomplir une étape importante pour son retour à la vie active. Elle était allée à la banque, puiser une quantité importante d'argent dans un compte en Suisse. L'action en soi était simple, mais s'accompagnait d'un processus complexe.

Ses comptes personnels étaient bien plus que de simples comptes à numéros. Ils comportaient une multitude de codes d'accès différents. Chacun de ceux-ci était muni de sa propre limitation, quant à la cadence et à la grosseur des retraits autorisés. L'identité de celui qui effectuait les opérations n'avait pas à être vérifiée. Peu importait votre identité, l'endroit où vous étiez ou la nature de l'opération que vous désiriez effectuer, il suffisait que votre code d'accès vous en donne le droit.

Cela n'avait pas été facile de créer et de faire accepter un tel procédé, mais devant l'ampleur des capitaux s'y rattachant l'on avait cédé et conçu un compte sur mesure pour ses besoins. En réalité, il s'était rapidement aperçu qu'il ne pouvait pas traiter avec une seule banque. La taille colossale de l'argent qu'il possédait risquait trop d'attirer l'attention. Il avait donc réparti le total de son avoir dans une multitude de comptes de plusieurs banques différentes. Il y avait eu quelques ratés, les premières années. Quelques directeurs de banques s'étaient crus plus futés que lui. Ils l'avaient fraudé, mais les crimes n'étaient jamais restés impunis. Il avait alors exercé contre eux des vengeances très élaborées qui servirent d'exemples à leurs successeurs. Petit à petit, les choses s'étaient arrangées.

Avec le temps, il était devenu le propriétaire d'une douzaine de banques internationales. Chacune d'entre elles avait une charte très précise avec des clauses de confidentialité qui permettaient à son propriétaire de rester anonyme. Il avait ensuite passé trente-cinq ans de l'une de ses vies à établir un système financier qui le mettrait à l'abri d'éventuelles recherches de ce côté. De plus, il avait camouflé le tout derrière des sociétés à numéros, souvent contrôlées par des vieilles fortunes qui se chargeaient elles-mêmes de sécuriser celles-ci car les revenus qu'elles en tiraient étaient loin d'être négligeables. Assurément, il n'avait pas grand-chose à craindre. Tout cela lui avait permis d'éviter d'avoir à se léguer sa propre fortune à toutes les périodes de soixante-dix ans. Ce qui n'aurait pas manqué de laisser une trace facile à suivre jusqu'à lui, advenant qu'un jour quelqu'un découvre son immortalité. Il n'avait pas la moindre idée du montant exact de son capital, mais il n'avait aucun doute sur son ordre de grandeur. Une idée bizarre lui était passée par la tête, ce matin, alors qu'il lisait le journal comme il se l'était imposé afin de rattraper le retard qu'il avait subi durant son coma.

L'idée avait surgi pendant qu'il lisait un article sur l'économie. Cela impliquait cependant de sortir de l'ombre. Il se mit à rire en imaginant un instant tout ce que cela pourrait provoquer. L'idée valait la peine d'être travaillée! N'avait-il pas toujours aidé ses pays d'adoption? Cela lui rappela un rôle qu'il avait longtemps endossé au fil du temps, et qui fascinait encore un certain nombre de gens. Peut-être que l'heure du retour du comte de Saint-Germain avait sonné? Oui, c'était une bonne idée! Le fait d'aider son pays d'adoption ne datait pas d'hier. Cette manière d'agir, il l'avait toujours jugée pour ce qu'elle était. Non pas de l'altruisme, mais bien un geste pour se déculpabiliser de ses actions.

Il avait tué ou fait tuer tant de monde depuis le début de son existence. Les chefs de la Gestapo lui paraissaient, en com-paraison, de pauvres détraqués à peine méchants. Lui, au moins il avait une raison, sa survie. Enfin, c'est ce qu'il avait cru au début. Non, plus précisément, cela avait déjà été vrai. Au début, il avait eu besoin de la mort des autres pour se maintenir en vie, pour s'empêcher de vieillir. Il cueillait leur énergie vitale à leur mort. Pas leur essence, pas leur esprit, car il serait devenu fou depuis longtemps. Juste leur énergie vitale, cette étincelle de vie qui vous pousse à vouloir survivre. Au fil des siècles, il s'était rendu compte qu'il n'avait même pas besoin d'être présent pour y parvenir. Il n'y avait que deux conditions à remplir : être directement impliqué dans leur mort, en être responsable d'une manière ou d'une autre, et être à moins de cinquante milles de distance du lieu du décès.

Depuis ce fameux concert de Bach, il avait compris la réalité. Il pouvait tout aussi bien rester vivant éternellement en ne faisant que se nourrir des émotions extrêmes de l'humanité. Cela demandait du travail, mais ça en valait la peine. Il pouvait capter l'énergie à travers différents sentiments, à condition qu'ils soient dirigés vers lui. Cela comportait cependant plusieurs inconvénients. La réception de cette énergie ne pouvait se faire qu'à une courte distance. Elle était moins intense, et devait être renouvelée plus souvent. Elle ne lui permettait pas cependant de se régénérer aussi rapidement ni de façon aussi radicale qu'il l'avait fait à l'hôpital.

Cette fois-là, il avait bien failli y rester. L'accident qui n'en était pas un l'avait poussé dans ses derniers retranchements. Son esprit avait dû se replier complètement dans un tout petit espace. Un endroit où il était très difficile de penser de façon cohérente. Pendant quelques années, seul son instinct de survie avait réellement été présent. Peu à peu, un esprit primaire avait repris le contrôle. Celui-ci avait lentement évalué les dégâts, puis avait lancé un appel à l'aide. C'était sûrement comme ça que cela s'était passé, mais il ignorait le fonctionnement du processus. C'était l'un des mystères qu'il n'avait pas encore réussi à percer au sujet de son corps et, compte tenu de l'état dans lequel il devait se trouver pour pouvoir l'étudier de nouveau, il n'y tenait pas à ce point.

Lorsque sa conscience avait finalement refait surface, il avait senti une présence à intervalle régulier à son chevet. Quoique, médicalement parlant, il n'était pas considéré comme conscient, il avait pourtant pu déterminer qu'il était en présence de l'un de ses fils légitimes.

Le temps s'était encore étiré pour mieux le torturer. Finalement, il avait partiellement repris le contrôle de son corps.

Utilisant toutes les réserves d'énergie dont il disposait, profitant d'un lien particulier qui l'unissait à ses fils légitimes, il lui expliqua la situation par télépathie.

Celui-ci, après avoir longuement hésité, avait accepté de faire ce que l'on attendait de lui. Le maître tueur fut engagé et payé à coups de millions. Chaque meurtre lui permettait de reprendre un peu plus de ses forces et de régénérer lentement les tissus, os et organes qui devaient l'être, au fur et à mesure que son état de santé s'améliorait. Il avait expliqué à son fils les raisons des ordres très précis qu'il faisait transmettre au tueur.

Tout avait fonctionné à merveille. Il avait dérouté la police en faisant effectuer des choses étranges et audacieuses à travers la main qui le servait. Il avait peu à peu fait augmenter la tension, et installer le climat de panique dont il était directement responsable, constituant ainsi la quantité d'énergie importante dont il avait besoin pour remettre en état de marche son corps. Le reste avait été simple. Profitant de la complicité de Maria, l'amie de cœur de son fils, il avait pu, le moment venu, quitter l'hôpital sans être inquiété. Oui tout avait bien fonctionné ou presque!

Il n'y avait que six jours que la mort de celui-ci avait été rendue officielle par la presse, mais lui il l'avait su presque instantanément. Le mince contact télépathique qui lui permettait de sentir sa présence en tout temps avait brusquement disparu. Il l'avait interprété comme étant la preuve de sa mort. La manchette disait : « Le maître tueur a été abattu de trois projectiles, dont l'un à la tête qui provoqua vraisemblablement la mort. Marc Lanthier, expert en aïkido, propriétaire d'une école d'arts martiaux… » Le journal avait eu raison à cinquante pour cent de l'histoire ce qui, somme toute, était une bonne moyenne pour un journal. Seule une blessure importante au cerveau pouvait réellement l'avoir tué. C'était leur seul point faible. Si le cervelet était atteint de plein fouet, il n'y avait plus rien à faire. Il était impossible de commander quoi que ce soit au reste du corps.

Le journal avait cependant eu tort en disant que le maître tueur avait été tué. Même son fils avait été trompé, il le savait par le sentiment du devoir accompli qu'il avait senti. Celui-ci avait cependant commis une erreur. Lorsqu'un homme de l'envergure du maître tueur était tué, une énergie sans pareille était libérée. Celle-ci apportait une extase difficile à ignorer. Cependant durant les derniers moments de son fils, il n'avait rien senti de tel. Il y avait bien eu une onde d'énergie bizarre qu'il n'avait pas réussi à identifier, mais ce n'était pas celle provoquée par la mort d'un individu tel que le maître tueur. Donc la conclusion restait simple, incontournable, le maître tueur était toujours vivant.

La seule chose qui le tracassait à propos du déroulement de ces événements était le fort sentiment d'écho qu'il avait perçu ce soir-là, comme s'il y avait eu deux de ses fils présents à la même place. Se pouvait-il que le maître tueur soit lui-même un de ses fils? L'idée était cocasse quoique nullement ridicule. Il avait eu de nombreuses liaisons au cours de son existence et plusieurs de ces femmes avaient pu tomber enceinte. De plus, ses fils pouvaient transmettre ce don à leur progéniture, ce qui faisait qu'il devait quand même être un bon nombre d'immortels à sillonner le monde en secret. Bien sûr, la majorité d'entre eux seraient morts, faute d'avoir su comprendre le processus de la régénération des tissus empêchant la mort par le vieillissement, d'autres encore seraient morts par des blessures, ignorant comment les soigner, mais cela laissait néanmoins une petite minorité d'immortels sur la terre. Dois-je essayer de les contacter? Qu'en résulterait-il? Comment s'y prendre? Il s'était déjà posé ce genre de question mais sans jamais parvenir à une conclusion définitive.

Relevant tous les oreillers pour se faire un confortable dossier, il s'installa dans le lit afin de regarder la télévision. Son corps, dans la soixantaine, lui réclamait beaucoup de petites attentions. D'une façon ou d'une autre, il faudrait le modifier. Il sentait qu'après cette longue absence de la vie active, il avait besoin d'un corps suffisamment en forme pour qu'il n'ait pas à s'en préoccuper. Il éteignit la musique. Le bruit des camions qui passaient sur l'autoroute transcanadienne à moins d'un kilomètre l'agressait. Il décida que désormais cela ne serait plus toléré. Dans le futur, il choisirait avec plus d'attention le lieu de leur prochain gîte. L'émission d'actualités commençait. Le présentateur, qui s'appelait Jean-Luc, attaqua sans perdre de temps. Il expliqua le cas d'un docteur qui, sous le couvert de l'anonymat, leur avait raconté l'enfer vécu par le personnel dans le monde hospitalier. Comme premier invité, le ministre de la Santé dut tenter d'expliquer pourquoi ce médecin devait travailler pendant plus de trente heures d'affilée à l'urgence de son hôpital afin d'assurer les soins essentiels. Le ministre se lança dans une grande plaidoirie, aussi inutile qu'ennuyeuse pour conclure qu'il avait de gros doutes quand on lui disait qu'un médecin avait été forcé de travailler trente heures d'affilée pour assurer les soins essentiels. C'était justement la phrase qu'attendait le commentateur qui l'avait piégé. Le fameux docteur en question se présenta en direct pour confronter le ministre. L'émission se termina sur une magistrale prise de bec.

Il éteignit la télévision en riant. Il aimait le style de ce présentateur. Il ne s'en laissait pas imposer. De plus, il était très crédible. Le début d'un plan commençait à se former dans sa tête. Il consulta sa montre. Si tout se passait bien, elle serait de retour dans une heure. Il fallait compter deux heures de route pour se rendre à Montréal et autant pour revenir. Une autre heure pour les procédures. Peut-être déciderait-elle de s'enfuir avec l'argent? Un demi-million de dollars, cela lui permettrait probablement de se créer un petit paradis. Ce serait peut-être mieux ainsi. Cela lui éviterait de devoir décider ce qu'il devrait faire d'elle. Non, elle n'allait pas faire ça. À moins que son séjour dans le coma ne lui ait laissé des séquelles qu'il n'avait pas encore détectées, sa longue expérience lui disait qu'elle n'était pas ce genre de femme. Il était devenu, pour elle, le seul lien qui lui restait avec son fils. Pour elle, les moments qu'elle avait passés avec Marc avaient été les plus précieux. Définitivement, elle reviendrait.

Il n'était debout que depuis deux heures et déjà son corps lui réclamait encore du sommeil. Il replaça les oreillers plus convenablement pour s'allonger. Il avait besoin d'un corps beaucoup plus performant que celui-ci. C'était dommage, il devra

Chapitre 24

Les cinq premières semaines, après la mort de Lanthier, avaient été les pires que Tony se souvenait d'avoir vécues. La vie de Caroline n'était pas menacée mais le diagnostic final était tombé : paralysie et insensibilité complète des membres inférieurs.

Il avait d'abord blâmé Gérard. Les scènes avaient été violentes autant qu'elles pouvaient l'être en ne restant que du domaine du verbal. Il savait que cela n'améliorerait en rien la situation, mais il n'avait pu s'en empêcher. Contrit, il s'était à chaque fois excusé. Gérard avait toujours hoché la tête en signe de compréhension, mais Tony ne savait plus si l'autre lui pardonnait vraiment ou s'il préférait faire semblant pour éviter d'autres conflits.

Comme si l'état de santé de Caroline n'était pas suffisant pour décourager Gérard, il avait dû subir une enquête en règle. Il avait été obligé de décortiquer l'événement dans ses moindres détails. Le fait qu'un innocent avait été tué par une balle de son arme de service n'avait pas simplifié les choses. Il y avait eu un avis de blâme pour la présence de Caroline. Tony l'avait lui-même contresigné. Finalement, après une enquête de quinze jours, on avait conclu que Gérard ne pouvait être tenu responsable de la mort de l'automobiliste. Pour ce qui était de l'utilisation de son arme contre un prévenu non armé, la cause ne fut même pas entendue. Lanthier méritait son sort et personne n'aurait osé prétendre le contraire. Gérard avait trop de circonstances en sa faveur pour que quelqu'un puisse lui en vouloir.

Caroline s'était rapidement repliée sur elle-même. Elle ne souriait plus et prenait tous les prétextes possibles pour rester au lit. Elle avait même fini par avouer à sa mère qu'elle voulait divorcer dans les plus brefs délais. Elle ne souhaitait pas imposer son état à Gérard. Elle disait qu'il méritait d'être heureux et, que, pour cela, il devait d'abord redevenir libre de toute attache. Elle ne cessait de répéter à qui voulait l'entendre, et surtout à son père, que c'était de sa faute, que c'est elle qui avait insisté pour être là.

Un deuxième mois vint s'ajouter à l'autre. Gérard fut finalement récompensé pour l'arrestation du maître tueur et on lui accorda une promotion. Il devint inspecteur à son tour. Dans les coulisses des postes de police, on murmurait qu'il allait devenir le digne successeur de Tony. Il vivait cependant torturé par le souvenir de la scène. Lanthier lui jetait un regard de côté puis son genou s'abattait dans le bas du dos de Caroline. Aujourd'hui, il s'imaginait presque avoir entendu le bruit de l'écrasement des cartilages, mais cela avait sûrement été impossible lors de l'événement, si l'on tenait compte de la distance à laquelle il était au moment où cela s'était produit. Les yeux fermés, il rejouait la scène. Combien de fois dans ses rêves éveillés ne se voyait-il pas dégainer et abattre Lanthier avant qu'il ne commette l'irréparable? Tony avait raison sur toute la ligne, se disait-il : «Je suis le seul et unique responsable. » C'était lui qui l'avait amenée, lui qui n'avait pas été assez fort pour l'obliger à descendre du camion pour poursuivre la filature sans elle. C'était encore lui qui n'avait pas tiré quand il en était encore temps.

On avait tout collé ce que l'on avait pu sur le dos de Lanthier. Les morts se défendent toujours mal. Les Services de renseignements canadiens avaient poussé l'arrogance jusqu'à fabriquer les preuves qui manquaient pour le désigner comme l'unique responsable de la vague de crimes. Rapport de psychiatre, faux témoignages, preuve d'ADN, tout y était passé. Les crimes avaient cessé, la population avait eu son coupable, elle dormait désormais en paix. Les autorités avaient clos le dossier avec précipitation, mal à l'aise, conscientes que quelque chose clochait. Il fut rangé dans un endroit où il ne risquait pas d'être accessible au grand public.

Les événements mirent cinq mois à venir à bout de Gérard. Il quitta la police incapable de soutenir son propre malheur. Tony le surprenait souvent déambulant dans le jardin, les larmes aux yeux. Les deux hommes se réconcilièrent complètement, devinant que leurs fardeaux étaient trop lourds à porter seuls.

Maître Shi Zilin sembla rapidement très affecté par les événements. Il se flétrit petit à petit jusqu'au jour où il dut entrer à l'hôpital. Les médecins ne diagnostiquèrent rien de précis. Ils déclarèrent que l'âge réclamait son dû et que maintenant personne n'y pouvait plus rien. Tony comprit que son monde se dissolvait autour de lui. Il ne se sentait plus capable d'être l'homme fort sur qui l'on pouvait compter. Il se résigna à prendre un rendez-vous chez un psychologue pour lui et sa femme.

Certains jours, le vieux maître semblait complètement perdu, puis d'un coup, il lançait des phrases énigmatiques à Tony, refusant de les expliquer ou même de les répéter. On eût dit que, chaque fois, il regrettait ce qu'il venait de dire, comme si c'était d'une importance capitale. Tony essayait de graver chaque parole dans sa mémoire, même celles qui lui semblaient frôler le ridicule. Il se disait que peut-être il ne comprenait pas aujourd'hui mais que cela viendrait forcément un jour.

Même mourant, maître Shi Zilin demeurait quelqu'un d'extraordinaire. Ses compagnons de chambre semblaient retrouver la sérénité devant leur propre mort. Les gens de leurs familles le remerciaient sans trop savoir pourquoi, mais avec la certitude au cœur qu'il y était pour quelque chose.

Le personnel infirmier qui avait à s'occuper de lui prétendait qu'il pouvait sentir son amour les traverser. Plusieurs déclarèrent, contre toute logique, que jamais plus leur vie ne serait la même après l'avoir côtoyé.

Finalement, un après-midi, Caroline accepta de venir visiter le vieil homme à l'hôpital, elle qui avait refusé catégoriquement d'y remettre les pieds depuis son accident. Sa petite sœur adoptive, Chantale, avait poussé son fauteuil roulant tout doucement contre le lit du mourant. Celui-ci ouvrit les yeux et leur donna un bref sourire. Ce fut comme un signal, elles éclatèrent en sanglots. Toutes les deux avaient appris à aimer le vieux monsieur. Son regard resta rivé un long moment sur celui de Caroline, puis d'une voix ferme il avait déclaré : « Tu guériras, je te le jure! » Sa voix semblait contenir cette force explosive, cette sincérité absolue qui vous faisait croire au miracle. Ce fut la dernière fois qu'il reprit conscience avant sa mort qui survint trois jours plus tard.

Le vieil homme avait accompli son dernier prodige. Caroline reprit courage en la vie et recommença à sourire. Tony put s'intéresser à nouveau à ce qui se passait dans le monde. Il constata que celui-ci n'avait pas beaucoup changé pendant la période où il s'en était désintéressé.

Dernièrement, un autre tueur en série avait repris le flambeau. La police prêchait la population de ne pas s'inquiéter alors qu'elle avait toutes les raisons de le faire. Le responsable de l'enquête, un homme compétent, mais que Tony considérait comme borné, avait déclaré à la presse : « Il est encore trop tôt pour pouvoir prétendre à l'arrestation du criminel, mais nous sommes sur ses traces. » Traduit en langage clair, cela signifiait : « Il n'y avait pas de suspects sérieux, aucune arrestation n'était à prévoir dans un délai raisonnable. »

Confortablement installé dans son fauteuil, Tony suivait régulièrement la tribune d'un homme qui, chaque jour, posait au téléspectateur une question d'ordre public. Aujourd'hui, la routine habituelle de l'émission avait été bouleversée. L'animateur recevait un homme qui prétendait être le célèbre comte de Saint-Germain. Un homme qui avait vécu en France au dix-huitième siècle et qui prétendait être immortel. Le personnage, semblait-il, faisait partie de l'ordre de la Rose-Croix et aurait été vu à différentes époques dans des réunions secrètes de ce mouvement. Il n'existait pas de manière de différencier les faits historiques des pures inventions que l'on lui attribuait, mais il n'en restait pas moins un personnage fascinant, puisque la véracité de son existence était cependant indéniable. On retrouvait des traces de son passage dans les mémoires de plusieurs personnages historiques, tels Marie-Antoinette, la comtesse d'Adhémar, la comtesse de Genlis, ainsi que dans plusieurs anecdotes où il avait paru en présence du roi Louis XV. « Des gens se prétendaient bien être le fils de Dieu, alors pourquoi pas le comte de Saint-Germain? » se dit Tony, au moins c'était de loin plus original.

Le présumé comte de Saint-Germain paraissait la trentaine, tout au plus. Il avait les cheveux et les yeux noirs. Son regard était pénétrant et vif. Lorsqu'il souriait, l'on voyait ses dents d'une exceptionnelle blancheur à l'alignement parfait. Malgré les propos étonnants qu'il tenait, il parlait avec aplomb et éloquence. Pas une fois il ne se départit de son calme lorsque l'animateur, bien connu pour sa capacité à ne pas se laisser berner, suggérait qu'il racontait des conneries pour se rendre intéressant. Le programme se termina d'une façon étonnante. L'homme qui avait tenu ostensiblement une mallette sur ses genoux durant tout le programme déclara à l'animateur que c'était le moment qu'il avait tant attendu et, la raison réelle de sa présence à cette émission, c'était qu'il l'avait choisie tout particulièrement parce qu'elle était connue pour être diffusée en direct sur les ondes. L'animateur expliqua d'une voix moqueuse que ledit comte de Saint-Germain désirait faire un don à son nouveau pays d'adoption.

Celui-ci se leva au moment où la caméra s'avançait vers lui. Avec un réel sens du dramatique, il resta complètement immobile pendant cinq longues secondes, alors que l'on le prenait en gros plan, avant de déclarer :

— Il se peut qu'après ce cadeau, les autorités décident de me faire disparaître pour une raison ou pour une autre. Je demande alors au public d'exercer les pressions nécessaires pour que je sois remis en liberté. Si je dis ceci, c'est surtout dû au fait que je ne possède aucun papier d'identité. Voilà, trêve de paroles! Je déclare, aux yeux de tous et sans contrainte d'aucune sorte, que, moi, le comte de Saint-Germain, remet la somme de cinq cent millions de dollars au gouvernement canadien. Voici le premier million, le reste a été déposé dans un compte que j'ai ouvert à votre nom Jean-Luc. Je souhaite que cet argent soit utilisé pour payer une partie de la dette du Québec. Voilà, Jean-Luc, je te remets publiquement le livret. Vous pouvez compter!

Sur cette dernière parole, il ouvrit la mallette et en vida le contenu sur le sol. La caméra se fixa sur la pile de billets. Les liasses de billets de cent semblaient très réelles. Le comte de Saint-Germain choisit ce moment de grande confusion pour sortir en courant.

Tony était éberlué. Le temps d'antenne de l'émission était terminé, mais l'image continuait, l'animateur s'était avancé vers l'argent, on le vit se pencher pendant que la caméra épiait le moindre de ses mouvements. Il ramassa une liasse de billets en déclarant sans tenir compte qu'il était en ondes : « Crisse, on dirait bien que ce sont des vrais! »

Pendant le reste de la journée, Montréal ne résonna qu'au nom du comte de Saint-Germain. Tony ne fit pas exception à la règle. C'est ainsi que, trois heures plus tard, la sonnerie du téléphone le surprit dans son fauteuil qu'il n'avait pas quitté, sautant d'une chaîne à l'autre dans le but de surprendre un développement sur cette affaire qu'il jugeait, pour le moins, la meilleure nouvelle de l'année, à condition que les billets soient des vrais ou qu'ils ne proviennent pas d'un quelconque vol.

Il répondit, à moitié perdu dans ses pensées. Une voix anonyme lui déclara savoir que l'enquête sur le maître tueur avait été bâclée. Soudainement intéressé, il attendit la suite. La voix de l'homme poursuivit :

— Je sais où allait Lanthier lorsqu'il est mort. Si l'on considère l'état dans lequel il était, la personne vers qui il allait devait être sûrement quelqu'un de très important pour lui. Cette personne pourrait peut-être se montrer capable de jeter une lumière nouvelle sur toute cette affaire. Je pose une seule condition à ma démarche. Je veux participer à cette enquête de façon non officielle. Je veux avoir le droit, une fois qu'elle sera terminée, d'en publier le récit, si cela aboutissait à quelque chose de concret, bien sûr.

Tony reprit :

— Qu'est-ce qui me dit que vous ne me racontez pas d'histoires?

— Lanthier a été retrouvé avec un stylo dans la main; il y avait, sur le tableau de bord du véhicule, un emplacement réservé à un bloc-notes, mais celui-ci était vide. Je possède le message que Lanthier a écrit juste avant de mourir. Vous voulez savoir si je suis un petit plaisantin. Regardez l'Hebdo-Vedettes. Je suis sur la première page. Je viens de me marier. Contactez-moi à mon hôtel. J'y ai laissé des instructions à votre sujet. À bientôt, inspecteur Robitaille.

L'interlocuteur raccrocha sur cette dernière tirade. Tony se leva nonchalamment pour réclamer la revue en question à sa fille Caroline.

— Depuis quand tu t'intéresses aux potins artistiques?

Il ne répondit pas tout de suite, lisant rapidement la manchette de la semaine. Le psychologue-écrivain se marie. Elle n'a que dix-sept ans. Marc-Aurèle Deschesne déclare : « Les sentiments humains sont quelque chose de très difficile à expliquer, je suis bien placé pour le savoir. »

Tony grimaça. Son instinct de policier se réveilla. Ce n'était donc pas fini!

Table des matières

Chapitre 1 9

Chapitre 2 11

Chapitre 3 — 28 avril 21

Chapitre 4 — 12 mai 30

Chapitre 5 — 16 mai 37

Chapitre 6 — 28 mai 50

Chapitre 7 71

Chapitre 8 80

Chapitre 9 90

Chapitre 10 106

Chapitre 11 110

Chapitre 12 113

Chapitre 13 116

Chapitre 14 124

Chapitre 15 129

Chapitre 16 133

Chapitre 17 145

Chapitre 18 153

Chapitre 19 165

Chapitre 20 172

Chapitre 21 179

Chapitre 22 198

Chapitre 23 223

Chapitre 24 231

Les Éditions pour tous ont publié jusqu'à présent :

1-*UNIVERS CITÉS* de Pierre Ozias Gagnon, collection POÉSIE pour tous, 1990, 597 p., 30 $.
ISBN 2-9802131-0-1

2-*MOTMAGES* de Pierre Ozias Gagnon illustrations en couleurs par André Fortin, collection POÉSIE pour tous, 1990, 325 $.
ISBN 2-9802131-1-X

3-*JOCELYN*, tome premier, d'Eugénie Saint-Pierre, collection ROMAN pour tous, 1994, 153 p., 15 $.
ISBN 2-9802131-2-8

4-*JOCELYN*, tome deuxième, d'Eugénie Saint-Pierre, collection ROMAN pour tous, 1994, 165 p., 15 $.
ISBN 2-9802131-3-6

5-*GÉRER LE CHANGEMENT ET RÉUSSIR* de Raymond Landry, collection AFFAIRES pour tous, 1994, 260 p., 14,95 $.
ISBN 2-9802131-4-4

6-*NEIGE* de Florence Nicole, collection ROMAN pour tous, 1994, 366 p., 18,95 $. Épuisé.
ISBN 2-9802131-5-2

7-*INSTANTS DE VIE* de Nicole Fournier, collection VIVRE pour tous, 1995, 137 p., 12,95 $.
ISBN 2-9802131-6-0

8-*THE WEEPING ANGEL* de Louis-Paul Béguin, collection NOVELS For All, 1996, 229 p., 14.95 $ CA, 12,95 $ US.
ISBN 2-9802131-7-9

9-*POÈMES DEPUIS LA TENDRE ENFANCE* de Louis-Paul Béguin, collection POÉSIE pour tous, 1997, 241 p., 12,95 $.
ISBN 2-922086-03-8

10-*FAMILLE ET CIE ou Le pouvoir d'une femme* de Lucien Gagnon, 1997, collection VIVRE pour tous, 279 p., 18,95 $.
ISBN 2-9802131-8-7

11-*LE CHARIOT DE L'ESPOIR* d'Eugénie Saint-Pierre, collection ROMAN pour tous, 1997, 205 p., 16,95 $.
ISBN 2-922086-02-X

12-ÉCRITS DES TROIS PIGNONS de Louis-Paul Béguin, collection ESSAI pour tous, 1997, 271 p., 17,95 $.
ISBN 2-922086-00-3

13-LA PATIENCE D'ÊTRE de Madeleine Vaillancourt, collection ROMAN pour tous, 1997, 127 p., 13,95 $.
ISBN 2-922086-01-1

14-MOI, J'AI LE CŒUR BLANC de Pierre Saint-Sauveur, collection ROMAN pour tous, 1998, 171 p., 17,95 $.
ISBN 2-922086-04-6

15-LA BIBLE DU PÊCHEUR de Yvan Leblanc, collection PÊCHE pour tous, 1998, 148 p., 14,95 $, mini format pratique.
ISBN 2-9802131-9-5

16-CLARA DES ÉTOILES du Mouvement parlons mieux, collection POÉSIE pour tous, 1998, 104 p., 9,95 $.
ISBN 2-922086-06-2

17-BERTRAND LE MÉNESTREL de Colette Béguin, collection JEUNESSE pour tous, 1998, 142 p., 12,95 $, 40FF.
ISBN 2-922086-07-0

18-LE PLEIN POUVOIR DES MOTS de Shelle Rose Charvet, collection SUCCÈS pour tous, 1999, 259 p., 24,95 $.
ISBN 2-922086-05-4

19-TI-GARS TOUGAS de Pierre Tapin, collection ROMAN pour tous, 1999, 556 p., 27,95 $.
ISBN 2-922086-09-7

20-VAGABONDAGE du Mouvement parlons mieux, collection POÉSIE pour tous, 1999, 104 p., 12 $.
ISBN 2-922086-08-9

21-LE MAGICIEN DE LA COULEUR TIRE SA RÉVÉRENCE de Fernande Craig, collection VIVRE pour tous, 2000, 238 p., 18,95 $. **ISBN 2-922086-12-7**

22-LE SECRET DU BONHEUR récits vécus de François Marquis, collection JEUNESSE pour tous, 2000, 56 p., 15 $.
ISBN 2-922086-13-5

23-TOI, MON BEAU RÊVE tome deux de François Marquis, collection POÉSIE pour tous, 2000, 52 p., 10 $.
ISBN 2-922086-11-9

24-PORTES OUVERTES de Pierre Tapin,
collection ROMAN pour tous, 2000, 354 p., 23,95 $.
ISBN 2-922086-15-1

25-POUR LA PLUPART D'ENTRE NOUS, LA NATURE DEMEURE INVISIBLE de Claire Payment,
 collection ESSAI pour tous, 2000, 102 p., 18,95 $.
ISBN 2-922086-16-X

26-BONJOUR LES MOTS du Mouvement parlons mieux,
collection POÉSIE pour tous, 2000, 115 p., 12 $.
ISBN 2-922086-18-6

27-DÉLIVRANCE de Jacqueline Bellehumeur,collection
POÉSIE pour tous, 2001, 77 p., 13,95 $.
ISBN 2-922086-20-8

28-LES LARMES DU SILENCE de Dolores Lévesque,
collection ROMAN VÉRITÉ pour tous, 2001, 189 p., 17,95 $.
ISBN 2-922086-19-4

29-BABOUCHKA de Nadia Erchov-Skrzetuska, collection
ROMAN VÉRITÉ pour tous, 2001, 187 p., 19,95 $.
ISBN 2-922086-08-9

30-CHAMBORD BOUCANE de Pierre Ozias Gagnon,
collection ROMAN pour tous, 2001, 144 p., 15,95 $.
ISBN 2-922086-10-0

31-LE BAL DES FLEURS du Mouvement parlons mieux,
collection POÉSIE pour tous, 2001, 119 p., 12 $.
ISBN 2-922086-18-6

32-LA ROUTE DU BONHEUR du Mouvement parlons mieux,
collection POÉSIE pour tous, 2002, 128 p., 12 $.
ISBN 2-922086-25-9

33-PIQUE, CÉLESTIN, PIQUE! d'André Dufour dans la
collection ROMAN pour tous, 2002, 131 p., 15 $.
ISBN 2-922086-24-0

34-TOUSSAINT LOUVERTURE ET L'INDÉPENDANCE D'HAÏTI d'Ogé Jean-Louis dans la collection ESSAI pour tous,
2002, 130 p., 15 $.
ISBN 2-922086-26-7

35-LE VIEUX **tome 1** de Guy Dubé dans la collection ROMAN pour tous, 2003, 186 p., 18 $
ISBN 2-922086-27-5

36-L'ÉTAU de Michel Harvey dans la collection ANTICIPATION pour tous, 2003, 162 p., 18 $
ISBN 2-922086-28-3

37-LE CHÂTEAU AUX CYPRÈS de Andy Weller Jocelyn, collection ROMAN pour tous, 2003, 614 p., 29,99 $. Comprend un disque compact
ISBN 2-922086-21-6

38-LES COMPAGNONS DE LA FORÊT d'Eugénie Saint-Pierre, collection ROMAN pour tous, 2003, 140 p., 16,95 $.
ISBN 2-922086-29-1

39-DU HAUT DE MES SEIZE ANS du Mouvement parlons mieux, collection POÉSIE pour tous, 2003, 114 p. 12 $.
ISBN 2-922086-30-5

40-LE SIFFLEMENT JAUNE DE L'OR de Marie Villeneuve Lavigueur, collection POÉSIE pour tous, 2003, 68 p. 13 $.
ISBN 2-922086-31-3

41-ÉMERAUDE, tome I, de Ginette Thériault, collection ROMAN pour tous, 2004, 254 p. 20 $.
ISBN 2-922086-32-1

42-ÉMERAUDE, tome II, de Ginette Thériault, collection ROMAN pour tous, 2004, 332 p. 20 $.
ISBN 2-922086-33-X

43-MA VILLE PLEURE SES ROSES du Mouvement parlons mieux, collection POÉSIE pour tous, 2004, 126 p. 12 $.
ISBN 2-922086-34-8

44-LA VIE EN MOTS LES MOTS EN VIE, de Marcel Côté, collection POÉSIE pour tous, 2004, 92 p.15 $.
ISBN 2-922086-35-6

45-LE PLEIN POUVOIR DES MOTS de Shelle Rose Charvet, 2e édition revue et augmentée, collection SUCCÈS pour tous, 2004, 262 p., 24,95 $.
ISBN 2-922086-37-2

46-Re-CENTRER SA VIE de Dr Gérard Charpentier Ph.d., collection SUCCÈS pour tous, 2005, 222 p., 25 $.
ISBN 2-922086-36-4. En préparation

47-DÉCOMPTE de Marie-Hélène Brousseau, collection NOUVELLES pour tous, 2005, 149 p.,16 $.
ISBN 2-922086-38-0

48-DIVAGATIONS, AMOURS SOUVENIRS ET RÊVES, tome I de Auteurs Huong et Guy limitée, collection CONTES, 2005, 138 p.,10 $.
ISBN 2-922086-40-2

49-DIVAGATIONS, AMOURS SOUVENIRS ET RÊVES, tome II de Auteurs Huong et Guy limitée, collection CONTES, 2005, 115 p.,10 $.
ISBN 2-922086-41-0

50-LE MAÎTRE TUEUR de Jean-François Tremblay, collection ROMAN POLICIER , 2005, 244 p.,20 $.
ISBN 2-922086-39-9

À PARAÎTRE

51-BROSSARDISES suivi de Fin d'après-midi de Pierre Ozias Gagnon, collection POÉSIE pour tous, 2005, 160 p., 18 $.
ISBN 2-922086-14-3